愛上傲嬌老師 2

撒空空—著

好讀出版

愛上傲嬌老師 ❷

目次

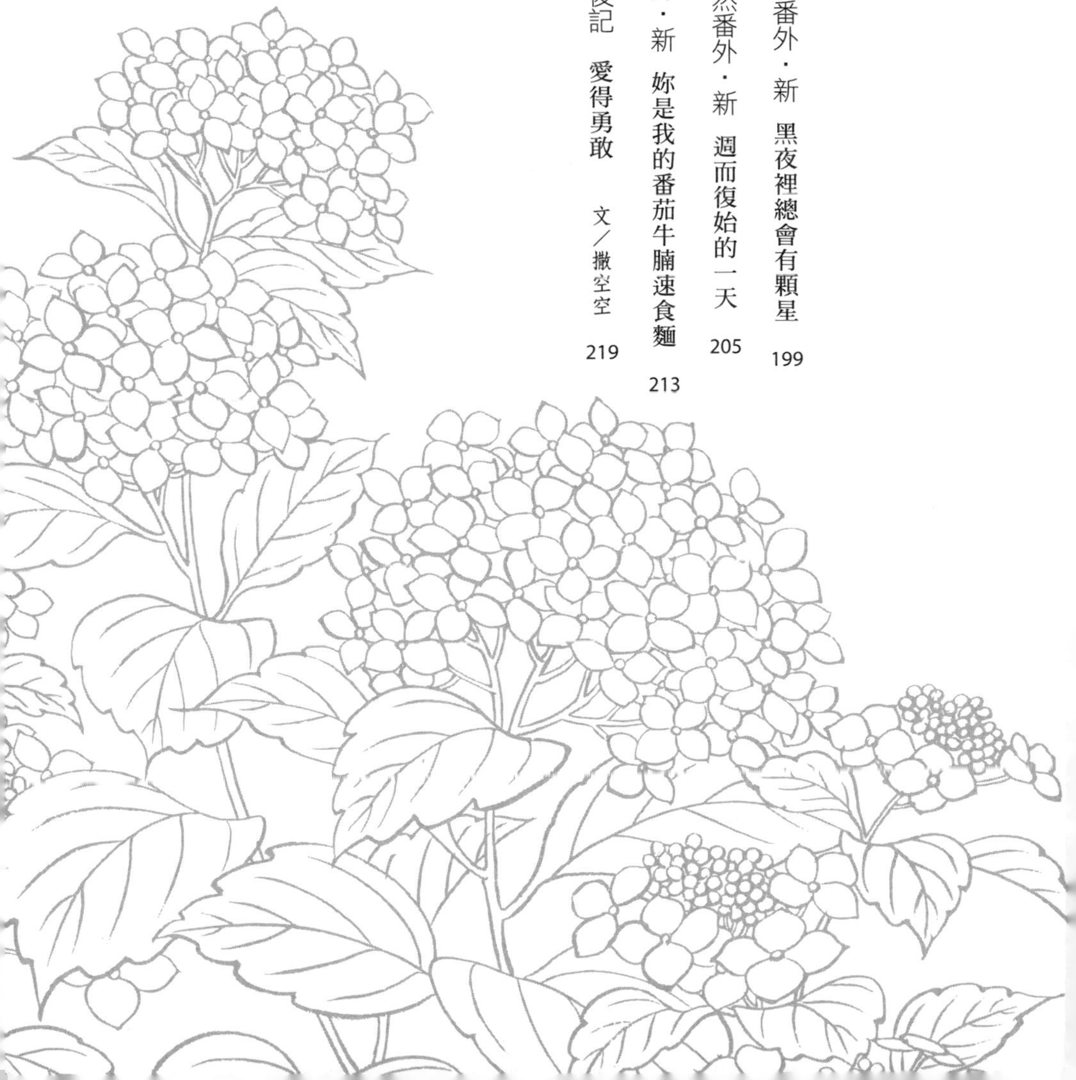

Lesson Seventeen

男人的恢復力，是很好的

寒假接下來的日子，悠然整日整日躺在床上，邊吃東西邊玩電腦，有時甚至幾天不刷牙洗臉。沒多久時間，皮下就長了厚厚的一層脂膘。看著鏡子裡不成人形的自己，悠然自我安慰：「沒事，沒事，失戀的必經階段。」然而，再長的假期對學生來說，都是短暫的。很快便開學了，悠然再次提著大包小包的行李返校。

她早已提前做好心理建設，告訴自己再次面對屈雲時該怎樣深呼吸，怎樣保持鎮定，怎樣表現出和他毫不相干的模樣。她沒料到的是，這一切，屈雲都幫助自己完成了——他的樣子，就像是不再認識她。

回校當天晚上，照例是學院集合的日子，悠然記取教訓，乖乖和室友去了集合的教室。分手之後，再次看見屈雲，他沒什麼大變化，意思是，他，還是那麼完美。悠然低頭，開始看自己帶來的課外書，可是效率很差，十多分鐘也看不完一頁。正在這時，屈雲開始爲上學期考試前幾名的學生頒獎，悠然有幸得此殊榮。被叫到名字，便得上臺從屈雲手中領取獎狀。悠然努力平靜著自己的心情，一步步走上講臺，每一步都像走在泥沼中，艱難得很。終於，悠然還是走到了，她的眸子低垂，沒有抬眼看向屈雲。「繼續努力。」屈雲道，並將獎狀遞給她，待悠然接過，立即放手，沒有一秒的停留。接著，他開始叫起了下一個同學的名字。悠然轉身，往回走，背後又傳來屈雲的聲音：「繼續努力。」這一次，他是對另一個同學說的，語氣和悠然剛才聽見的一模一樣，什麼也沒少，什麼也不多。一視同仁。這是他們分手後第一次見面。

而第二次見面，是在學校外面的那間超市。悠然照舊去採購一週的食物，在超市門口，她抬頭看見了屈雲，似乎是同一時間，屈雲也看見了她。在悠然還來不及做出任何反應時，屈雲轉身，離開了。悠然知道他本來是要進去購物的，可是看見了她，於是離開。就像他答應過自己的那樣——再也不糾纏，放了，徹底地放手。他轉身的動作乾脆俐落，如一把利劍，斬斷任何的繾綣留戀。悠然隨著人群進入超市，不知不覺地，她來到了速食麵貨架前，上面的番茄牛腩口味速食麵還有很多。只是，悠然想，今後，她和屈雲都不會再吃了。

儘管努力地避免和屈雲碰面，但畢竟是在同一所學校，開學一個月裡，悠然和屈雲還是撞見過兩三次。每一次，悠然身邊都有同學相伴；屈雲人氣頗高，她身邊的同學大老遠就會主動兼激動地叫道：「屈輔導員好！」這時，屈雲會望向她們，目光在她們身上一溜，沒有任何的停留：「妳們好。」接著，禮貌性地笑笑，離開。所有的往事，在他身上都像清水流逝，毫無痕跡。

沒多久，英語六級檢定考試的成績單下來了，就像悠然預料的那樣，安全通過。室友們跌破了有框眼鏡和隱形眼鏡，怎麼也沒想到，悠然這個懶散而不愛念書的孩子居然成爲他們同寢室裡最先通過六級的！悠然想，生命中每件事的出現都不是沒有目的的，或許，屈雲的出現，就是爲了讓她通過英語六級考試。這麼想，心裡就好受許多；很多時候，自己是願意被自己騙的。既然失戀了，就要復原，復原的第一步是大吃大喝，這一階段，悠然已經在家經歷過。第二步，就是找很多事情做，讓自己忙碌得忘記失戀這回事。悠然開始整日往圖書館和自習教室跑，爲準備研究所考試做準備，同時，也開始掌管戲劇社的事情，讓自己每天像個陀螺般不停地旋轉。當忙到連呼吸的時間都沒有時，她也就解脫了，悠然這麼想。

也不知道老天是助她還是害她，居然又派出了久未露面的小新弟弟。畢竟有深仇大恨在，龍翔絕不可能因爲懼怕屈雲就這樣放過悠然，開學之後，他一揪準機會就開始整悠然；具體一點說，就是，見一次悠然，扁她一次。比如，在學校餐廳打飯時，小新弟弟會突然衝上來，將她辛辛苦苦打好的飯菜碰倒在地——亮晶晶的紅燒肉、豆腐魚，還有清新碧綠的四季豆，就這樣報銷了。比如，在圖書館時，小新弟弟會神不知鬼不覺地趁她去上廁所時，將顏料塗在她的座位上，新買的Levi's牛仔褲就這樣報銷了。更比如，當悠然辛辛苦苦提著兩瓶開水走進宿舍時，小新弟弟會像傳說中的山賊般，「咻」的一聲從旁邊的小樹林竄出來，二話不說，奪過她手中的開水瓶，扒開塞子，直接倒掉。沒多久，開水瓶就空了。龍翔拍拍屁股，將開水瓶一放，走人。悠然只能認命地原路返回，重新灑熱淚灑汗水地再一次扛回開水。

悠然本來可以報復的，但是她沒有。因爲最近她開始檢討自己，爲什麼每次戀愛都這麼慘烈地結束，原因只有一個——報應，一定是她毫無人道欺負小新的報應。悠然決定要爲自己贖罪，因此面對小新的攻擊，她採取了逆來順受的態度。

但也許是罪孽太過深重，老天還自動在悠然的屁股上添了一腳。

那天，悠然被通知到學院裡去領獎學金，她屁顛屁顛地跑去了。領完錢，正口水滴答、毫無形象地數著時，悠然在班主任的辦公室門口撞見了一個熟人——羊角扣紅色毛衣，超短裙，高靴，身材纖細，凹凸有致，一頭長鬈髮隨意披下。只有一個人能配得上這種大紅的豔色，唐雍子。悠然下意識就想躲，但唐雍子叫住了她。悠然無法，也不能露餡，當下用十分輕鬆的口吻道：「欸，好巧，妳怎麼也在這兒？」唐雍子細長嫵媚的眸子像是要飛入鬢角中：「我來找屈雲吃飯。」接著，像是嫌悠然死得不夠快似地，又加了一句話：「屈雲第一時間就把妳和他分手的事情告訴我了……謝謝妳放了他。」聞言，悠然的心被小小地刺了一下。

唐雍子的唇飽滿水潤，她看了眼悠然，輕聲道：「屈雲一直覺得對妳有所虧欠，所以他絕對不會提出分手，現在妳先提出，這樣也好。如果我和屈雲在一起，妳會介意嗎？我是指，我和屈雲才比較般配，不是嗎？」悠然聳聳肩：「當然不介意。畢竟，我甩掉的東西有人要撿起來當寶貝，我也不好說什麼，是吧。」唐雍子嘴上功夫也不弱，當即道：「當初，妳不也是把我丟下的屈雲給撿了起來？」悠然擺擺手指：「那不一樣嘛。您大小姐身體較弱，所以到我手上的屈雲還算是嶄新的，可是前些日子，被我這如狼似虎的大蠻妞一搞，你家屈雲磨損得可厲害了，妳以後用，可就不怎麼舒坦了。」說完，不等唐雍子發話，悠然便從自己的獎學金中抽出一張大鈔，塞在唐雍子的上衣口袋，閒閒說道：「就當是屈雲的折舊費吧，不用找了，您慢用啊。」接著，悠然轉身，踩著雪靴大踏步離開。

回到寢室，悠然拉上床簾，仰面躺著，直到隔壁床的室友甲將一部搞笑電影完完整整地看完，她還是保持著那樣的姿勢。室友甲覺得她最近總有種說不出的怪：「悠然，妳在幹嘛？」話音落後很久，悠然的話才飄了出來：「我想哭……但是哭不出來。」不知道爲什麼，從學院回來後，悠然便感覺自己的胸口有東西堵塞著，她想哭，可是眼睛卻乾得可以生火。室友乙一邊抹眼淚，一邊看韓劇：「哭還不容易嗎？」悠然晃動一了下手中的獎學金，誘惑道：「誰能讓我哭，我就請她吃外國大餅必勝客。」十秒鐘後，悠然的床簾被「刷」的一聲扯開，室友甲乙丙三雙六隻眼睛，正閃動著不善的綠光。

爲了外國大餅，三個室友已經強制性忘卻「悠然是人」這個前提。先是連續播放催淚電影《媽媽再愛我一次》、《我和狗狗的十個約定》、《ＡＩ人工智慧》，悠然沒流一滴淚。接著是電視劇《還珠格格》裡頭的容嬤嬤復活，只見兩位室友握住悠然的手，另一個開始獰笑著將閃閃發亮的針刺入她那無辜的手指……悠然停頓一秒，雙腳發神經地猛踢，將室友踹翻，沒流一滴淚。再來是將黑乎乎的小強放在她面前，那六隻細長的腳不斷蠕動，離悠然的臉越來越近、越來越近……悠然雙眼一翻，昏了過去，沒流一滴淚。就這樣，使用了無數的方法，悠然的眼珠依舊乾澀。室友精疲力盡，宣告放棄。

果然，還是自己動手，豐衣足食。悠然開始自己折磨自己，買來恐怖的麻辣雞翅，可是五串下肚，除了嘴腫脹得麻木，眼底一點晶亮也無。既然「吃」這招不管用，那就不吃。悠然開始絕食，並且是站在校外生意最好的小吃店門口絕食，爲的是空腹看著別人大口品嘗美食，再加上點寒風，人家賣火柴的小女孩都是這樣被氣死的，悠然想，自己被氣哭應該不成問題。可是一連戰了好幾天，眼淚還是沒下來。不過，小吃店倒是變得冷清不少，畢竟，吃得正開心，看見一眼神迷茫、時而放射油綠光芒的女人在旁邊吞口水，這光景實在瘆人。最後，小吃店老闆主動拿出兩天的利潤，哭著請悠然別再靠近。接下來，悠然又使出一連串的方法折磨自己，例如戴上最不舒適的角膜放大片，切洋蔥，抹辣椒水……所有方法都用遍了，眼淚連冒出的跡象都沒有。室友不解：「爲什麼要哭啊？」悠然也不解，爲什麼要哭呢，也許，只是想哭吧。

這天，戲劇社輪到悠然值班，等大家都走了，悠然將所有的燈關上，將窗簾也拉嚴實，活動室的光線立即暗淡下來，只看得清物品模糊的影子。最近有人買了缸金魚放在活動室裡養著，悠然將魚缸放在舞臺上，雙手捧著，靜靜地觀看。兩尾金魚在裡面悠悠地遊戲著，無知無識，快樂閒適。有人說，金魚的記憶只有七秒。悠然想，或許是因爲這樣，牠們才會如此快樂。只有七秒，再大的痛苦都能夠完全忘記，眞好……眞讓人嫉妒。正入神地看著，頭頂忽然被人重重一彈，痛得她齜牙。抬頭，透過幽暗的光線，悠然發現襲擊自己的是小新——算了，是報應。悠然輕輕瞄了小新一眼，繼續低頭羨慕金魚。

「噠」又是一彈指，攻擊者自不必說——悠然深吸口氣，她忍。

「噠」再一彈指，龍翔似乎玩上了癮——悠然沉默看魚，如老僧入定。

「噠」再一下，伴隨著龍翔涼涼的話：「李悠然，最近怎麼沒和妳家輔導員在一起，被甩了嗎？」悠然的眸子，還是看著金魚。

「看來是眞的啊，這麼說來他再也不會保護妳了！所以我說，惡毒的女人是不會有人喜歡的。眞慘，虧妳還搞這麼多花樣去追他，結果還是被甩了。這麼說來，我最近確實看見他和一個大美女走在一起，嘖嘖嘖，妳和人家比，確實差遠了，要我選，也會不要妳。李悠然，妳……」龍翔本想繼續毒舌兩句，但看著眼前的人，卻硬生生把話嚥了下來。

魚缸的水面本是平靜的，忽然一滴水砸入，蕩起一圈漣漪，還未平息，接二連三，又有許多顆水珠砸入，奪走了原本的平靜。那是悠然的淚珠，一顆顆地，全部落入了魚缸中。金魚的閒適被打破，牠們不安地貼著缸壁游動。但沒關係，七秒鐘後，牠們會忘記這種恐慌。人，就沒這麼幸運。那個臉如煙花般寂寞的女子說過，人最大的煩惱，就是記性太好；或許，這裡的人，單指女人。

淚水一滴滴落入魚缸中，小小的魚缸，盛不下許多的悲哀。

龍翔眉宇間有些慌亂：「喂，妳……該不會哭了吧。」他舉起手，伸在半空，卻不知該做些什麼。悠然的淚，細細地流淌著，無聲無息。龍翔猶豫許久，終於將手放在悠然的背脊上，笨拙地拍打著：「我怕了妳了，別……別哭了，大不了，我不要再整妳了……」悠然像是自動追尋著相同體溫的寂寞動物，她拿起小新的袖子，將眼睛蒙在上面，慢慢地哭著。

這就是屈雲教給她的第十七課——男人的恢復力，是很好的。好到，很快就將一切忘記了。

喝酒，是最容易喝出感情的

黝黯的活動室中，悠然靜靜地哭著。

龍翔勸道：「我說……別再哭了。」悠然依舊埋頭在他的手臂上，他的袖口早已遭受了洪災。

龍翔開始收拾自己惹的爛攤子：「其實，妳……妳的條件也不是太差。」悠然沒抬頭，龍翔感覺到那些淚水似乎浸透了自己的皮膚。「那個，妳應該可以嫁得出去……我是說，如果妳家很有錢的話。」小新安慰人的技術確實不太高超。誰料這句話似乎有了一定的效果，悠然抬頭了，然後將鼻子湊在龍翔的袖子上哧溜溜一擤。

下一秒——「李！悠！然！我收回我的話，妳這輩子都沒人要！」

下一秒——「那個……我說的是氣話，妳不用……哭得連眼珠都要流出來吧……嗯，這邊的袖子也借妳擦吧。」

下一秒——悠然將鼻子湊在龍翔的另一隻袖子上，哧溜溜一擤。

再下一秒——龍翔：「……」

結果，當悠然哭完時，龍翔的衣服也已經報銷了。他肯定，如果不是嫌髒，李悠然會連自己的褲子也一起扒下來擤鼻涕。原本以爲等李悠然哭完也就算了，大家可以各回各家，各找各媽，誰知她提出一個要求：「陪我去喝酒。」龍翔眉毛一豎，正要嚴詞拒絕，但一睹悠然眼眶內欲現不現的淚花，看著自己身上那件被蹂躪已極的上衣，龍翔生平第一次，屈從了別人。

兩人來到離學校不遠的啤酒攤，叫了一箱啤酒。悠然腫脹著眼睛，充當豪放女，打開瓶蓋，直接往喉嚨裡灌，一邊灌，還一邊說著女人心事：「我很傻很天眞。眞的，我眞傻，我怎麼會認爲死纏爛打幾下，他就會喜歡上我了呢？這又不是考英語六級，只要努力，就可以通過。當時我怎麼就這麼厚臉皮，去貼他的冷屁股呢？……雖然他的屁股很翹。小新，他的屁股比你還翹，下次有機會讓你摸摸。」龍翔：「……」原本打算等李悠然喝醉酒就走人，可是在化身爲唐僧的悠然不斷嘮叨之下，龍翔也拿起啤酒準備把自己灌醉。

兩人你一瓶，我一瓶，很快就喝掉兩箱。啤酒喝再多也不會太醉，於是他們叫來了白酒，你一杯我一杯，開始乾了起來。酒局是培養感情的好地方，悠然和龍翔深切體會到了這點，半瓶白酒才剛下肚，兩人的革命友情指數就如牛市的股票般，嗖嗖嗖地往上竄。兩人拍肩歡笑，沒多久，就將各自打從幼稚園時代以來幹過什麼壞事，都向對方交代了。悠然微醺地說：「小新啊，以前是姐姐不對，做了對不起你的事。不過，要怪也得怪你太可愛了，讓我忍不住逗你。」同樣微醺的龍翔說：「沒問題的，記住把我那張照片刪除就好。」悠然答：「好說好說，回去就刪。」龍翔讚許：「好兄弟。」悠然醉意甚濃：「好姊妹。」啤酒攤老闆娘：「……」喝到最茫時，悠然忽然伸手揪住小新的下巴，要他正視著自己，雖然她自己也看不清小新的眼睛是哪一雙——都怪實在喝太多了，小新的臉上總共有八雙眼睛。

悠然忽道：「小新，快罵我。」龍翔覺得自己的舌頭似乎變大了，吐字開始不清：「罵妳什麼？」「罵我蠢，罵我笨，罵我沒眼力，罵我沒任何一點女人的自尊，罵我曾經像下賤的跟屁蟲一樣跟在他背後，人家攆都攆不走！」說完，悠然再將一小杯白酒灌下喉嚨，熱辣辣的液體嗆得她想咳嗽。龍翔醉眼朦朧地看著悠然，好半晌才道：「其實……我還挺喜歡妳這種不屈不饒的精神，怎麼說呢，如果被妳喜歡上，應該是件挺幸福的事情。」悠然很受用：「你的嘴太甜了。」順便伸手捏了捏小新同學的臉頰。龍翔想必醉到了某種程度，竟毫不介意悠然赤裸裸的調戲：「是真的。這個社會，很少有人會這麼不計較、毫無保留地付出一切。就算是夫妻，也是你防著我，我盯著你，沒意思透了。」悠然雖然醉了，但還是隱約察覺到小新意有所指，看來大家都是傷心人。既然還能想起傷心事，表示醉得不夠，悠然搖搖腦袋，道：「今天，姐姐教你新的喝法。」白酒加啤酒加雪碧，效果是很好的，兩杯下肚，悠然和龍翔相視著傻乎乎一笑，接著倒在桌上，不省人事。

悠然就這樣睡著了，一開始，覺得有些冷，她縮了縮身子。沒多久，她似乎懸空而起，身邊有了溫暖。知覺時斷時續，再沒多久，悠然似乎感覺到自己躺在很軟的床上，身上蓋著舒適的毯子。

再後來，有個溫熱柔軟的東西觸在她的額頭上，似乎是一個吻。悠然想睜眼，但酒精的威力實在太強大了，她掙扎片刻，隨即放棄。最後，意識渙散，像跌入深淵之中，什麼也不知道了。醒來，頭痛欲裂，太陽穴裡似乎有什麼東西在往外敲打，些許的太陽光像滾燙的開水般刺痛她的雙目。縮在被窩中，補眠半個小時，悠然才重新活了過來。試著睜眼，發現自己獨自躺在寢室裡。看看錶，快要十一點五十分，也就是說……她蹺課了！

悠然看向房門上貼的課表，今天上午可是學院有名的滅絕師太四節課，上學期曾有同學不過遲到一次，就被她記住，期末成績不給通過。這次她明目張膽逃了四節課，絕對會被挫骨揚灰！正在哀號，室友下課回來，看見她的第一句話是：「悠然，妳病好點沒？」第二句話是：「怎麼生病了都不通知我們一聲？」第三句話是：「來來來，幫妳盛了紅豆粥，趁熱喝一點。」悠然呆愣愣地接過飯盒，喝了一口熱騰騰的粥，無意識地咀嚼和吞嚥完畢後，才問道：「生病？」室友甲道：「是啊，我們才在想昨晚妳怎麼徹夜沒回來，結果今天屈輔導員把妳的病假條拿給滅絕時，我們才知道妳得了急性腸胃炎，昨晚一直在醫院吊點滴。」悠然問：「妳們是說，昨晚我徹夜未歸？」室友乙說：「眞是病糊塗了，妳在醫院，怎麼可能回來？今早我們去上課時都沒看見妳，可能是屈輔導員送妳回來的吧，他這人還挺負責的。」

屈……雲。爲什麼是他，昨晚一起喝酒的，是小新才對。悠然想理清楚事情的經過，但腦子太痛了，根本不能想事情。後來，悠然聽戲劇社的人說，龍翔因爲某個晚上在酒攤喝醉，吹了一夜冷風，重感冒一週。如果是以前的悠然，可能會想將事情弄得清清楚楚、明明白白。可是現在，悠然想，屈雲和自己的那一章已經翻過去了，沒必要複習。只要有關他的事情，都不再重要，不用去想。就這樣，悠然讓這件事過去了。

那晚和小新喝酒訴衷情後，悠然覺得這孩子其實本質不壞，就是脾氣有些暴躁，唉，獨生子女的通病，慢慢教導，還是改得過來的。抱著拯救迷途羔羊的態度，悠然開始和他親近不少，兩人打打鬧鬧的，逐漸熟識了起來。龍翔脾氣硬，接受不了仇人一下子變朋友，一開始還顯得抗拒，但悠然每次都會拉他去喝酒，喝到了一定程度，以前的恩怨也就在腦子裡煙消雲散了。熟識之後，悠然發現小新的人氣比自己想像中低。按理說，小新同學皮囊好，有家底，就算不是校草，至少也是校草二號。可是悠然冷眼看去，發現小新就像那被放射元素污染過的土壤，連桃花幼苗都沒長出一株。再冷眼看去，悠然看出原因了，這小新的個性讓人受不了。不說其他，單就他排演戲劇時的表現來說，女主角只要有一句臺詞說錯，一個表情做錯，這廝馬上嚴詞批評，一點也不給面子，毫無憐香惜玉之心。前幾個月，有個暗戀他而參加戲劇社的女生，就因爲排練時表現不佳被小新罵哭，從此消失。久而久之，戲劇社的成員都不太敢和小新對戲，悠然懷著濟世救人的心，主動承擔起與小新對戲的任務。

當出錯時，龍翔不會因爲她身分不同而口下留情：「笨啊，妳一聲二聲三聲四聲不分的啊？臺詞念得這麼差，究竟是怎麼當上社長的？」悠然對付小新的方式，就是以暴制暴，直接隨手拿起槌子或板凳敲他腦袋：「既然曉得我是社長，態度就好一點。」龍翔氣惱：「醜女，很痛耶！」悠然也來氣：「不痛我幹嘛打你。」於是，兩人就在臺上互毆起來，你扯我頭髮，我挖你眼睛，打得不可開交。臺下的社員：「……」兩人打得挺認眞，時常看見他們的臉上手上貼著ＯＫ繃，最嚴重的一次，是龍翔的小腿綁上了繃帶。面對此事件，悠然很誠懇地檢討著：「我承認，隨身攜帶水果刀的行爲是不對的。」龍翔：「……」打完之後，兩人又相約去喝酒，一醉泯恩仇。

沒多久，有不滿的人找上門了。小密含血憤憤：「李悠然，原來妳根本沒把我當成朋友，我看錯了妳。」悠然一頭霧水。「妳和那個龍翔搞在一起，居然都不告訴我！」小密對此非常不滿。悠然連忙解釋，說自己和小新只是普通朋友。小密收集了罪證而來：「那爲什麼上次我看見龍翔去學校旁邊的餐館，端了一大份客飯親自送到妳們宿舍樓下？都到這地步了，還說是普通朋友？」悠然賭咒發誓，說那次是因爲打架時，小新推她，害她扭傷了腳，他完全是爲了道歉才替她送飯。經過再三的解釋，小密才勉強相信：「其實我也覺得不太可能，妳跟屈雲才剛分手，哪裡可能復原得這麼快？」悠然抖抖手抖抖腳，茫然一笑：「屈雲？誰是屈雲，不認識呢。」小密歎口氣：「自欺欺人，這招也不錯。」「不跟你說了，我跟小新在籃球場有約，先走了。」悠然說著，開始朝籃球場跑去。

吃飯時間，籃球場空著，悠然和龍翔便不客氣地霸占了。悠然一邊運球一邊放話：「今天你再輸，就太沒面子了。」龍翔猛地上前：「別忘了，上次是我讓了妳三十分。」搶走她手上的球，轉身，投了個漂亮的三分球。悠然拿著球，開始往籃框底下跑：「但我還是贏了。」龍翔提議：「好，這次誰輸誰就站在司令臺上大喊一聲：『我很饑渴！』」悠然贊同，於是比賽開始。可是沒幾分鐘，悠然就因爲落後八分而撇氣將小新的球褲扯下來。兩人放棄打籃球，開始打架。打得灰頭土臉，氣喘吁吁後，坐在一旁喝起罐裝啤酒，積聚著力氣，準備繼續打籃球或者是打架。喝完一罐，悠然將易開罐捏扁，扔在龍翔的背上。龍翔以爲這是開戰的信號，一躍而起，擺好姿勢。但悠然卻有點意興闌珊：「小新啊，我今天遇到一件事，我應該很生氣，但是我卻不能生氣。」龍翔將眼睛轉移到悠然的下半身，緩聲說出了兩個字：「難道是……痔瘡。」悠然：「……」

一秒鐘後——「李阿婆，妳幹嘛用啤酒砸我！」悠然道：「怎麼會是痔瘡！」龍翔回道：「生氣的人，本來就容易長痔瘡。」悠然反擊：「那也是你先長！」吵架之後，兩人抱著手臂，互不理會。最後還是悠然投降：「我說的事情是指，我今天被人整了。」這天下午，悠然的班級到學院教室上完專業課程後，下課鈴響，剛拿著課本走到門口，卻撞到一個人。那個胸膛很熟悉，悠然不用抬頭也知道是誰，於是她便選擇頭也不抬地緊步往外走。可是，屈雲叫住了她：「李悠然同學，麻煩回來，我有事要說。」悠然只能咬住牙關，重新回座位上坐好。屈雲要講的事情是，學校最近要開始迎什麼、慶什麼的活動，要進行環境衛生評比，下週四會對每個學院進行檢查。學院對這次的評比非常重視，要求全體教職員工全力以赴，並劃分了負責區域。悠然所在的年級，得負責打掃整理學院的儲藏室。

此話一出，全班哀聲連天。要知道，學院的儲藏室自學院成立以來就沒人打掃過，裡面的東西又多又雜，地上的灰塵都堆積了三尺厚。而學院院長的要求是——要收拾得纖塵不染。纖塵不染，那是什麼境界啊！屈雲適時安撫民心：「到下週四還有整整一個星期，時間還是很充裕的，請大家合作一些，早些完成任務。那麼，接下來有沒有同學想負責這次的環境衛生打掃？」此話一出，剛剛還因激憤不滿如春天麥田般搖曳的一顆顆人頭，頓時，低到了塵埃中。這種差事，典型的吃力不討好，傻子才會去做。屈輔導員開始點兵點將：「既然沒人願意，那麼就由我指定吧。」剛才的話，悠然倒沒怎麼聽進心裡，她一直在想著其他的事，一些能讓她忘記自己前男友正站在面前的事。因此，當屈雲叫出李悠然這個名字時，悠然彷彿屁股被咬了，整個人差點沒跳起來。悠然茫然地問左邊的同學：「他剛才，是在叫我嗎？」同學拍拍悠然的肩膀：「他叫妳去當免費的清潔工，悠然，節哀。」悠然困惑兼氣憤地抬頭，恰好看見屈雲那副裝氣質的平光眼鏡上，久違的白光就這麼閃過。「叮」的一聲響，刺得悠然耳膜隱隱發痛。

回憶結束，悠然發問：「你說，他這麼做究竟是什麼意思？」「其實很好理解。」龍翔將易開罐捏扁，一擲，準確地投入了籃框中。那姿勢，才叫一個臭屁與帥氣。悠然問：「怎麼說？」龍翔給出的答案是：「因爲，妳這個人很欠扁，是人都想整妳，連妳的前男友也一樣。」下一秒——「李阿婆，妳往哪裡扔啊！」悠然怒道：「我就是要往你褲襠下扔，就是要讓你斷子絕孫……喂，你幹嘛拿兩瓶？」龍翔不甘示弱：「妳讓我斷子絕孫，我就讓妳兒子沒有奶瓶！」悠然恫嚇：

「啊！不要過來！」就這樣，籃球場上的兩個人又開始追逐打鬧了。

雖然是屈雲要她做的事情，但下達命令的卻是學院，悠然沒有膽子反抗，只能認命地去整理儲藏室。「負責人」這個職位說起來好聽，其實再慘不過，明明無數次通知全班下午三點在儲藏室集合，但悠然在冷風穿過的走廊上等了將近半小時，一個人影也沒有。有良心的同學還做做樣子，打通電話請假，理由還挺一致的——一個說是爸爸病了，一個說是媽媽病了，一個說是自己病了，還有一個說是自己養的金魚病了。到最後，悠然只能揪住小密，要她陪自己去打掃。打開儲藏室，悠然頓時覺得，這地方絕對是穿越的良地——無比陰森神祕啊。各種型號的蜘蛛網，滿眼的灰塵，到處擺放的雜物，一踏上去就吱呀作響的爛木地板。

悠然長歎口氣，用圍巾蒙住口鼻，開始認命地打掃起來。認認眞眞清掃了一小時，也才不過掃出一小塊地方，悠然累得腰痠背痛，也不管骯髒與否，直接在地板上坐下。小密發問：「爲什麼屈雲要這樣整妳？」悠然扭動著頸脖，揉著小蠻腰，剽竊了龍翔的理由：「因爲我是個欠扁的人，是人都想整我，連我那萬惡的前男友也不例外。」小密贊同：「聽妳這麼一說，好像確實是這麼回事。」悠然連生氣的精力都沒了，決定饒小密一命。正在休息中，悠然的觸角開始蠕動：「你有沒有覺得，空氣中有一股不太一樣的味道？」小密坦白：「我只是有，想要釋放硫化氫的設想，但還沒有變成現實。」

悠然一掌推開了小密，緊接著，她便看見，小密背後、儲藏室門前站著曹操。雖然光線黝黯，但曹操高挺鼻梁上的平光眼鏡再次閃現了白光。白光，又見白光。小密本是貪生怕死之輩，此刻見到屈雲忙腳底抹油，開溜：「悠然，我還有課，下次再來找妳，拜拜。」剛一說完，人就跑沒影子了。悠然起身，拿起抹布開始擦拭笨重的木架子，這麼做的唯一目的就是爲了背對屈雲。悠然希望，待自己回身時，屈雲也會像上次分手時那樣，不見蹤跡。但悠然的願望落空了，因爲她聽見曹操正朝著自己走來，那破舊的木地板正吱呀吱呀地呻吟著。悠然手中的抹布被揉成了豆腐渣。屈雲開口：「看來，效率不怎麼好，才打掃了這麼點地方？」悠然閉上眼，不理會。屈雲冷道：「忘記通知妳，在校方視察之前，學院會提前一天進行檢查。也就是說，下週三之前，這裡就必須打掃乾淨，有問題嗎？」沒人說話，沒人說話，只是狗在叫，悠然在心中這麼告訴自己。屈雲挖苦：「怎麼，只有妳一個人，其他人都不給妳面子？李悠然同學，妳的人緣似乎不怎麼好。」事，不過三。

悠然猛地回身，將沾滿灰塵的抹布往屈雲臉上一擲，抹布稀溜溜地滑過屈雲完美的臉部輪廓，接著滑落在地。悠然冷冷地看著屈雲，對這位前男友說了一句話：「老師，你話太多了。」雖然被骯髒的抹布擦了臉，但屈雲看上去並沒有什麼情緒波動，他只是站在原地，看著悠然。儲藏室的窗戶是用木板釘死的，但年深日久，風吹日曬，木板上有了縫隙。一縷陽光，就透過這道細微的縫隙射入，投射在兩人之間。空氣中，無數微塵浮動。悠然看見，屈雲的臉似乎也染上了陽光暖黃的顏色，而他的唇綻放了無聲的笑，笑意溫適、燦然。接著，他轉身走了出去。悠然站在原地，不停地回憶著：「剛才是不是用力過猛，將屈雲扇成腦震盪了？」如果這麼容易就腦震盪，那屈雲也就不叫屈雲了。

第二天下午，悠然照舊如一頭勤勤懇懇的小母牛在儲藏室裡耕耘著，這天，連一通請假的電話也沒有，全體同學玩失蹤。正做得喘粗氣的時候，悠然有那麼一個刹那，理解了美帝校園那些槍殺同學的作案者心情。累呼呼地打掃了兩個小時，總算將東南邊的角落整理乾淨，雖然離學院院長不切實際的纖塵不染境界還差很遠，但悠然很滿足。誰知恰在這時，空氣中又湧動出奇異不安的味道。照例，悠然轉頭，不出意外地看見了屈雲。悠然暗暗移動腳步，握緊掃帚。屈雲微笑：「效率提高了，很好。」好孩子是不興跟前男友對話的，悠然這麼告誡自己。

屈雲道：「最近還是在喝酒嗎？少喝點，喝多了，會傷身。」就算我喝硫酸，關你什麼事？悠然心想。似乎看出了她的身體語言，屈雲接著道：「而且，一男一女喝酒也不太好，很容易……喝出一些誤會的感情。」那你和你們家唐雍子在一起像兩隻欠蒸的秋收螃蟹那樣，橫行在校園大道上就好了！悠然覺得牙齒緊了緊，但緊接著便意識到自己的可笑，管他和唐雍子做什麼。於是，悠然釋然一笑，接著將手上的掃帚一橫，「啪」的一下打在屈雲的小腿上。力氣挺大，雖不至於骨折，但至少也瘀青了，悠然對自己完成這個舉動感到滿意。她冷冷地說道：「老師，眞是抱歉，一不小心，手滑了。」這天天陰，沒有陽光，所以屈雲唇上的笑在悠然眼中，不是非常清晰。但是她確定，這個笑，和昨天的一模一樣。這廝絕對是被打傻了。悠然抽身，沒再多說一句話，直接越過屈雲，離開。接連兩天都在同一地點遇到屈雲，悠然認爲，第三天也逃不掉，因此她帶了ＭＰ４數位隨身聽，下載的全是重金屬音樂，決定在打掃時戴上耳機，死都不聽屈雲說話，讓他沒趣，早點離開。但是當打開儲藏室的門時，悠然呆愣了一分鐘，接著她開始後悔自己帶來的不是一把菜刀——只見，她昨天才剛打掃完的儲藏室東南角，又堆上了許多雜物以及灰塵。這天，屈雲沒有來。

晚上，悠然和龍翔在學校的網球場上喝著酒。悠然陰鬱著臉：「我想殺了他，可是我不能這麼做，我不能因爲一個人渣而進監獄，所以，唯一的方法就是……」她將叮叮發亮的水果刀遞給龍翔，「你去幫我殺。」龍翔默默地瞄了她一眼，低下頭繼續喝自己的啤酒。悠然很有義氣地繼續說：「放心，我會去監獄看你，還會幫你買CP值最高的潤滑油。」龍翔慢悠悠地抬起眼睛，要求一個解釋：「潤……滑油？」悠然沉浸在自己的世界中：「你這種型，應該是頗受監獄老大的歡迎……小白臉和黑老大，強攻強受，多麼好的耽美題材。」話音剛落，水果刀「刷」的一聲在空中劃出一道銀光，準確無誤地將悠然的袖子釘在地上，只差一公分，悠然的皮肉就會損失一塊。悠然內心歎息：「小新這傢伙果然欺軟怕硬，難怪我們會成爲酒友。」

龍翔突然問出一個非常奇怪的問題：「明天中午，妳肚子會餓嗎？」悠然將刀從地上拔起，順便解救自己的袖子：「只要我活著，每天中午肚子都會餓。」乖乖，居然破了個大洞，她決定等會兒要把小新的信用卡偷出來，去商場重新買件衣服。龍翔道：「那麼，明天中午我請妳吃飯。」悠然將水果刀收好，盯著龍翔道：「無事獻殷勤，非奸即盜。說，你是不是對姐姐我有意思了？」龍翔的臉紅了紅，兩條眉毛抖動著大吼道：「李阿婆，拜託妳思春不要思在我身上，誰會對妳有意思！」悠然好整以暇地喝著啤酒：「那你幹嘛臉紅？小新，不要迷戀姐姐我，姐只是一個傳說。」龍翔深吸口氣，硬生生兼顫抖地將兩條眉毛撫回原狀，努力回到剛才的話題：「明天上午十一點半，學校後門，不見不散。」說完起身，準備走人。悠然道：「喂，這麼晚了，送姐姐回宿舍吧。」「李阿婆，放心，妳長得安全得很。」龍翔拍拍屁股，走人。沒法子，單身的女人只好自己回宿舍。

此刻已近深夜一點鐘，網球場距離悠然住的宿舍頗遠，中間有一段林蔭路，白天走的時候都覺得陰森，更別提這四下無人的時候。悠然曾經聽過不負責的傳言，說是這條路上十年前曾經發現過一具女屍，至今尚未破案。要是平日，悠然絕對不敢獨自一人走這條路，可是今晚喝了點小酒，膽子肥了點，沒什麼顧忌，也就雄赳赳地行進在林蔭路上了。雖有路燈，但那光卻是慘陰陰的，地面上那些樹枝的影子時而晃動，活像嶙峋的鬼爪。周圍安靜極了，只剩下冷風吹過的聲音，那種恐怖能滲入人的骨頭中。冷風一吹，將悠然的酒氣吹散了些，她心中開始有些膽怯。她想快點走完這段路，但不知道是自己的心理作用還怎麼的，這段路卻忽然變長了，彷彿永遠也走不到盡頭。恰在此時，前方忽然出現一陣腳步聲，悠然定睛一看，發現有名男子面目陰沉，雙手插在褲袋中，正朝自己迎面走來。她心下生疑，便沿著林蔭路的左邊走去，想錯開那人。誰知，那男人見她這麼做了，也移動腳步，靠著左邊走，並且，他似乎正要從褲袋裡掏出某件東西，晃眼望去，好像是一把刀。這下子，悠然的酒徹底醒了，她心中警鈴大作，瞬間明白這男人就是傳說中的劫匪，強盜，甚至很可能是色狼。

悠然直到這時才知道，雖然平時的自己嗓門超大，但眞的來到危急時刻，也不過是隻軟腳蝦。她想大聲呼救，喉嚨卻因害怕而發不出聲；她想拔腿就跑，但雙腳卻因恐懼而固定在原地。男人很快就走到悠然的面前，而褲袋中那把刀也掏了出來。悠然稍一打量，雖然不長，但殺她，是足夠了。然而，悠然卻發現，這吃飯的傢伙都已經掏出來，男人卻拿眼睛往她的背後一瞄，遲疑片刻，將刀子收回，轉身快步往回走了，沒多久，便消失在黑暗中。等到確定男人不見了，悠然緩過氣來，這才發現手腳冰涼，背上冷汗一片，小腿不停地打顫。她趕緊將身子靠往旁邊的梧桐樹，以免支撐不住，倒了下去。這麼一靠，身子轉了九十度角，自然而然地，她看見了背後的人。

雖然路燈不太明亮，但說得不純潔點，畢竟都睡了這麼多次，就算他被一輛卡車撞死，再被四輛水泥車輾過，悠然還是認得出，那人是屈雲。難道，剛才那男人就是因爲看見屈雲才沒有對自己下手？悠然正在猶豫是否要向他道謝，屈雲先發話了：「我說過，喝酒，是很容易喝出事情來的。」這其實是很平常的一句話，但悠然也不知怎麼的，心中不太高興，便岔開話題：「老師，這麼晚了，你怎麼在這裡？」該不會是跟蹤自己吧，這個念頭剛一萌芽，就被悠然強行壓下去，跟蹤個頭啊，他和她現在什麼關係也不是。屈雲的回答是：「我是來散步的。」悠然狐疑：「有人會這麼晚散步嗎？」屈雲回道：「這麼晚，還有人喝酒，並且自己一個人走回宿舍呢。這說明，這個學校無奇不有，不是嗎？」悠然語帶諷刺：「是啊，特別是有您這種奇葩。」屈雲笑笑，不語。悠然這才省悟過來，自己又和他廢話了，可是既然已經開始，也就不介意再多廢幾句。

悠然質問：「是你又把垃圾倒在儲藏室的，是嗎？」屈雲回答：「那不是垃圾，只是一些被遺忘很久、需要整理的東西，我只是好心替妳送去。」悠然語氣不善：「而且還好心地倒在我辛辛苦苦剛整理好的地方？」屈雲這麼回答：「因爲，只有那個角落比較好放東西。」悠然覺得再扯下去沒有必要，她決定打開天窗說亮話：「屈雲，記得那天你答應過我的事情嗎？」屈雲沉靜地陳述：「放妳走，不再糾纏妳。」悠然問：「那你認爲自己現在的舉動，算是實踐諾言了嗎？」屈雲道：「我已經同意分手了。」沒錯，悠然點頭。屈雲又道：「我並沒有纏著妳，要妳跟我復合。」是這樣沒錯，悠然點頭。屈雲續道：「那麼，我應該算是遵守諾言了吧。」確實是這樣，悠然點頭……三秒鐘後，又馬上將頭搖動得如撥浪鼓似的。李悠然，妳這個腦容量還不如一隻老鼠大的蠢物，居然差點就被屈雲給繞走了。

悠然振作精神，立馬叉腰反駁：「那麼你爲什麼還要整我、陷害我，讓我做那種吃力不討好的工作？還有，爲什麼要三番四次地跑到儲藏室來找我講話？」屈雲道：「我以爲妳的願望是，讓我們忘記過去曾經是男女朋友的事，從今往後只是普通師生關係。」悠然承認：「沒錯，這就是我的願望。」屈雲解釋：「那麼，我現在正是按照妳的願望，將自己當成妳的老師。妳是我的學生，就和我的其他學生一樣，都有可能被抽中負責這次的清潔工作；也就是說，妳只是恰好被抽中而已。」悠然追根究柢：「那麼，抽的規則是什麼？」一陣風吹過，拂起屈雲的髮，那些髮在他眸子前翻飛：「規則就是，誰是我第一個看見的學生，誰就是負責人。」悠然開始痛恨自己的追根究柢：「……」「而我之所以幾次三番去到儲藏室，是爲了查看妳的工作進度，我只是做了一個老師該做的事情。」屈雲的表情很平靜，屈雲的聲音很鎮定，屈雲的態度很淡然。

悠然無從反駁，她不可能死咬住屈雲，硬說他做這些事情是對自己有所圖謀。悠然唯一能做的，就是轉身，緊步往前走。走了一百多公尺，回身一看，發現屈雲一直跟在背後，無聲無息。這麼說來，很可能剛才在那個危險男人到來之前，屈雲就一直跟在她背後？那麼，上次和小新醉倒在酒桌上時，也是跟蹤而來的屈雲將她送回去的？還是說，這些日子，屈雲一直都在跟蹤她？當悠然不願意想一件事時，便會像嗑藥似地用力搖頭，試圖將那件不受歡迎的事情搖出腦子。因此，走在後方的屈雲便看見一道奇異的場景——自己的前女友兼學生李悠然同學站在原地，像鬼上身似地忽然抱住腦袋，全身顫抖，使勁搖晃著，那陣仗大得連她那牢固的馬尾都摔散了。屈雲：「……」這麼持續地搖動半分鐘後，悠然忽然邁開腳步，向前跑去。她的本意很簡單，就是爲了甩掉屈雲這隻跟屁蟲。可惜跑沒多久，悠然腳下不知踩到什麼東西，「咚」的一聲跌進了旁邊的泥土堆。下午才下過雨，泥土還是濕潤的，悠然的臉上、手上、膝蓋上都沾染了不少濕泥。這下可眞是丟臉丟到冥王星了，悠然又羞又惱又氣又急。屈雲趕來，將手伸出，遞給她：「快起來，地上濕氣重。」他的手還是一樣，在月光下閃著幽靜的光，充滿了玉色的誘惑。可是悠然不接，既然當初決定放手，就不會再接。屈雲明白了她的想法，便上前握住她的雙臂，想直接把悠然整個人提起來。悠然擺動身子，掙脫屈雲的手，抬頭，冷冷看著他：「我不要你扶。」屈雲道：「老師扶學生，是很正常的事情。」悠然道：「是正常，但是我自己可以起來。」說完，她便掙扎著起身，但腳下的泥土實在太滑，悠然的屁股好不容易離地，又再次砸在地上，還濺起不少泥點。屈雲微微皺眉，並再次伸手，準備扶起悠然：「天氣冷，別任性，感冒了不是好玩的。」悠然仍舊推開他的手，低著頭，看著泥土，鎮靜地說道：「老師，我們之間已經沒有關係。今後我的路，是我一個人走，我還會摔很多跤，但那都是我自己的事，和你無關，所以，請拿開你的手。」屈雲的動作沒有任何的停滯，他伸出手，在悠然還沒準備好反抗的當下扶起了她，待她站穩後才把手放開。他的眸子如同幽靜的潭水，映著悠然的影子：「不管今後怎樣發展，但只要我在，我就會扶。」說得真好聽，悠然想，當初，不就是他將自己推入最大的泥潭嗎？

眼看自己如此狼狽，悠然怒火驟升，將身上的泥點盡數往屈雲的外套上擦，她的力氣很大，手腳的皮膚都擦紅了。擦到最後，屈雲的名牌外套已經被揉得縐兮兮的，骯髒不堪。悠然擦累了，氣也發夠了，便停下，等著看屈雲的反應。她希望他會生氣，希望他會惱怒，甚至鬱卒一下下也好。但是沒有，屈雲只是安靜地等待她發洩夠了，接著脫下外套，露出襯衫，說了一句話：「用這個擦，乾淨些。」一邊說，一邊伸手觸到悠然的臉頰，輕輕拭去她眼角下的泥點。悠然呆愣了半晌才回過神來，退後，離開他的摩挲。接著，她踏出泥地，走上水泥大道，朝自己的宿舍走去。悠然明白，屈雲一直跟在自己背後，可是她不再回頭。回到寢室，室友都睡了，悠然站在黑漆漆的陽臺上，靜悄悄地往下看——宿舍大門前，屈雲的身影佇立不動，高挺的身形優雅出塵，像一隻美麗而危險的獸。悠然離開陽臺走了回來，躺在床上伸手撫摸著床簾，涼滑的，柔順的。對面的室友丙睡眼惺忪地問道：「悠然？怎麼這麼晚才回來？」悠然回道：「我……遇到個泥潭。」室友丙打個哈欠：「啊，沒事吧，沒掉進去吧？」悠然在黑暗中無聲地笑著：「沒，以前掉進過一次，所以長了記性，死都不會再掉了。」室友丙重新尋覓著夢鄉：「這說明啊，以前那次掉得好，以後妳走路就會安全多了……不說了，睡覺吧。」悠然撫摸著床簾，喃喃道：「是，就算再美，也不會掉入了。」是啊，再也……不可以掉進去了。

不知是因爲驚魂還是因爲屈雲，悠然一直到下半夜才睡熟，所以第二天早上她賴床了。不過，反正是星期六，不上課，悠然便放心大膽地做著白日夢。這個白日夢做得很沒有道德，悠然夢見自己當了小三，並且還是和貝克漢偷情，正偷在興頭上，貝嫂殺進來，用那殺人越貨、居家旅行、送親訪友必備的十公分高跟鞋將貝帥的腦袋砸了個大血窟窿；接著，抓住準備逃跑的她，揪住衣領，高舉起手，左右開弓，「啪啪啪啪啪啪」扇著她的耳光。這個夢做得很眞實，悠然甚至感覺到臉頰確實痛了起來，並且，越來越痛。一睜眼，赫然發現這不是夢，只見小新正一手捏住她的下巴，一手拍打著她的臉頰。悠然一躍而起，逃離他的魔掌：「你幹什麼！」龍翔的眉毛又即將衝破雲霄：「我昨晚是怎麼說的？」悠然這才想起昨晚確實答應過小新今天上午十一點半在學校後門見面，但失約事出有因，她連忙解釋：「先別氣，我昨天回宿舍時遇到色狼，嚇得失眠了整晚，所以才會睡過頭的。」聞言，龍翔的眉毛重新歸位，他收回手，輕咳一聲，道：「那個……妳沒事吧。」悠然忙道：「還好我急中生智，走到路燈下，把臉對著光一照，那色狼嚇得屁滾尿流，立馬跑路了。」她用這番自嘲的話，把遇上屈雲的那一段隱藏了過去。誰知，龍翔居然點點頭：「那就好。」悠然沉默片刻，猛地爆發：「這麼沒有眞實感的故事，你也相信啊！」龍翔是爲打擊悠然而生的：「不會啊，每次妳站在路燈下，我突然回頭看妳的臉，也會有想逃的念頭。」悠然頓時覺得牙縫空空的，實在很想逮住眼前這塊毒舌嫩肉來咬。

龍翔不耐煩了，一把將悠然從被窩中提出來：「廢話少說，快給我起來洗漱！」都被這條小公狼追到老巢來了，悠然只能起床，誰教自己昨晚腦子發熱答應了他呢？咦，追到老巢，悠然這才意識到這個問題：「你是怎麼進來的？」寢室裡居然只有他們這對姦夫淫婦，哦不，是孤男寡女。龍翔一派輕鬆地答道：「我等了十分鐘，妳還沒出現，打手機也是關機，所以我就直接上門來了。是妳室友替我開的門，然後她們說要出去逛街，就走了，還叫我慢慢坐。」這三個死女人，居然把人在睡夢中毫無反抗能力的自己，放心丟給小新這個外表看似小孩、內心誰知是否是色情變態狂的人，實在毫無義氣。悠然含著眼淚，咬著棉被，決定等會兒要偷吃完她們的開心果來補償自己。

在龍翔的催逼下，悠然以光速梳洗完畢，穿好衣服，跟著他走出校門。他攔了輛計程車，將悠然推了上去，要司機開往千豪飯店。千豪飯店算是本地數一數二的大飯店，悠然心下疑惑，打個哈欠，道：「不用去這種高檔的地方，隨便在附近吃點特色菜就好。」龍翔道：「妳今天只要負責吃，至於在哪裡吃，和誰吃，通通不要管。」悠然狐疑：「難道今天不是只有我們兩個約會嗎？」龍翔鄙夷：「妳想得美。」悠然伸個懶腰，踢踢腿，頗為遺憾：「我還以為，你是要向我告白，我還在思考該怎麼拒絕你，才能夠在你心上留下血淋淋的痕跡呢。」龍翔：「……」

十多分鐘後，他們到達了目的地，在服務生的帶領下來到指定包廂前。進入時，龍翔忽然停下，看著悠然的手，嘴中默念著：「這是豬蹄，這是豬蹄，這是豬蹄。」就在悠然正思考該一腳踹向他左邊的蛋蛋，還是右邊的蛋蛋，或者是中間的香腸時，這兩顆蛋蛋和一根香腸的主人小新忽地握住了悠然的手，態度親昵地拉著她走進包廂。這究竟算是自己吃小新的豆腐，還是小新在吃自己的豆腐？悠然一邊苦苦思索這個問題，一邊打量包廂中圍著飯桌坐的每個人。不多，就五個，兩對夫妻加一名氣質少女。根據相貌看來，左邊這對夫妻應該就是小新的父母，而右邊這對夫妻加氣質少女應該是一家人。「小翔，你怎麼這會兒才到啊！害你林叔叔和阿姨，還有小雲等了這麼久！」龍翔的母親，一位打扮得體的貴婦模樣女人站起，口中不住地埋怨著兒子，並用一種略帶不歡迎的目光看向悠然：「這位是……」「我未婚妻。」小新說著，完全不顧在座人的鐵青臉色，逕直拉開一張椅子服侍悠然坐下，並故意低下頭，狀似親昵地對著悠然耳語：「昨晚讓妳累壞了，今天多吃點，吃完了，我再帶妳去玩。」雖然悠然有時蠢得讓人無法忍受，但三不五時她的腦子也會靈光一次。比如說這一次，悠然瞬間明白，這場飯局肯定是小新父母為他安排的相親宴，但小新這廝荷爾蒙分泌過剩，還處於叛逆期，想要要性格違逆反抗父母，因此將她帶來冒充自己的未婚妻，讓他父母下不了臺。想到這裡，悠然不禁感慨，如果自己將來有小新這種兒子，一定要把他削碎了餵鴨子。不過而今眼下，自己已經被小新拉上了賊船，在場所有人都用敵意的目光狙殺她，悠然無法承受這種厚愛，只能遵照小新的指示，低頭吃飯。桌上擺的都是飯店的招牌菜，味道很不錯，悠然吃得不亦樂乎，最重要的是，還能免費欣賞一場老套的家庭劇——

小新的老爸發火了：「龍翔，你太沒禮貌了！」小新回道：「抱歉，昨天我們玩晚了，所以一覺就睡到了大中午。」語氣中根本沒有一點抱歉的意味。小新所說的話，潛臺詞可是春色無邊，聽上去似乎是指他倆已經有了實質關係，還睡在同一張床上。這下可好，悠然那原本就不太清白的名聲徹底被玷污了，她暗暗歎口氣，筷子朝桌上的大閘蟹進軍。「你，你大學沒上幾天，花樣倒是學了不少，什麼不清不白的女人就敢往這裡帶，快把她送回去！」小新的母親完全不能理解「女人何苦為難女人」這一道理，直接將矛頭對準悠然。悠然加緊了嘴上動作，快別這樣，我的胃還沒填飽呢，怎麼就在趕人了？「媽，她是我未婚妻，可不是什麼不清不白的女人，我已經答應她了，等到了法定年齡，我們就結婚。」小新撒起謊，臉不紅心不跳。小新的父親震怒了：「住口，你知道自己在說什麼嗎！我怎麼可能同意你娶這種來歷不明的女人進門！」「既然她不能進門，那我只好入贅了。」小新將身子往椅背上一靠，雙手一攤，嘴角的弧度染著冷笑，又夾雜著嘲諷，像在冷眼看著眼前可笑的一群小丑似的。悠然認認真真地將自家屋子的情況回想一遍，抬頭道：「我家屋子不大，真要入贅的話，你只能睡廚房了。」小新將眼珠轉到右下角，帶著點皮笑肉不笑的表情碎屑，將手伸向悠然的臉頰，看似親熱的調戲，實則重重地一擰：「看，我最愛的，就是妳的幽默。」看來自己又說錯話了，悠然知錯就改，重新低頭，繼續吃她的免費大餐。

坐在對面的林家見小新完全不把他們放在眼中，當即齊刷刷地站起，儘管強壓住怒火，但這位林叔叔的語氣還是不可避免地硬了些：「久則，看來，你兒子這是看不上我家小雲，既然如此，那我們就不打擾，再會了。」說完，不顧小新父母的極力挽留與道歉，帶著嬌妻與愛女氣呼呼地離開。悠然對他們的這一舉動覺得半明媚半憂傷，憂傷的是一場好戲少了精彩度，明媚的是這一大桌子菜少了人搶，她可以放開肚子吃了。小新爸爸見得罪了要人，忙將怒火灑向罪魁禍首小新：「你這是什麼態度！知道嗎，這可是稅務局局長，要是能跟他們家聯姻，對我們百利無一害。」小新坐下，拿起筷子替悠然夾菜，看也不看氣急敗壞的父母：「你的生意，關我什麼事？我說過，不要想把我當成棋子，我不是你們控制得了的。」小新爸爸怒道：「好，有本事，你以後就不要再回家，也不要再用我的錢！」意思似乎是要和小新斷絕父子關係。小新不慌不忙，繼續爲悠然夾菜，喉間低低地發出一聲幾不可聞的冷笑：「難道你沒發現，我已經半年沒回過家了？不過，沒發現也是正常，畢竟你一個月也不會回家多少次。還有，我花的，是爺爺留給我的錢，請你弄清楚。」「好了，別吵了，相親的事情容後再說。現在最重要的是，解決這個女人。」得，又將戰火往她身上揮動了，悠然拿起餐巾擦拭了一下自己的嘴，心中暗暗歎息一聲，看來，這位阿姨絕對是嫉妒自己的年輕貌美身材標致清純風情。

小新媽媽來到悠然面前，居高臨下地問道：「妳要多少錢才肯離開我兒子，兩萬夠不夠？」聞言，悠然兩隻眼中頓時閃現著澄黃的金元寶，口水如黃果樹瀑布般墜下。哪裡用得著兩萬，給兩千她就能將自尊原則等東西完全踹開。悠然正想說：「阿姨您真是太客氣了，放心吧！我也是混道上的，知道規矩。收了您兩萬塊，一定把事情給您辦得乾乾淨淨。以後，小新找我一次，我扁他一次；找我兩次，我剁掉他一隻手；找我三次，我找群小恐龍光天化日把他給〇〇XX了。那個，今天也算是黃道吉日，不如就地給錢吧！最好是現金，當然支票也是可以的。」誰知小新深諳她脆弱的道德觀，好整以暇地將手放在悠然的肩上，並使上了力，意思就是——「妳答應啊，大不了，答應完之後我就把妳肩膀給折了。沒事的，妳只管答應吧。」悠然似乎聽見了自己骨頭咯吱咯吱響動的聲音，肩膀也是緊緊的痛。留得膀子在，哪怕沒錢搶，悠然非常有遠見地投靠了小新。你想啊，小新父母膝下只有他一個兒子，那兩老百年之後，錢還不都是小新的。因此，悠然以她那放射著堅毅目光的眸子看向小新媽媽，肅穆地說道：「一點點金錢，是拆散不了我們的。」潛臺詞是，很多很多的金錢才可以拆散我們，阿姨倘若您能再多多拿出一點，我的肩膀也就豁出去了。但小新媽媽和悠然有代溝，沒能悟出這層含意，只見她柳眉一豎，紅唇一噘：「既然如此，就別怪我們不客氣了。」拋下這句狠話，小新媽媽腳踏皮靴，「蹬蹬蹬」地走了出去。小新爸爸則厭惡地看了眼自己的兒子與悠然，後腳也跟著妻子步出包廂。

這才短短幾分鐘時間，整間包廂就只剩下悠然和龍翔。悠然求之不得，趕緊重新坐下，拿起筷子，大快朵頤。龍翔拉動椅子，也靠著她坐下，悠然不理，照吃；龍翔以手扶腮，偏頭觀賞她的吃相，悠然不理，照吃；龍翔微歎口氣，表明自己有滿腹心事，欲向人訴，悠然不理，照吃。龍翔握住悠然拿筷子的一雙手，不讓她再吃，這下，悠然只能理了。龍翔問：「妳就沒有什麼想問的問題嗎？」悠然看著自己筷子上夾著的肉，沉思片刻，說出了從剛才就埋藏在心中的疑問：「這頓飯，應該還是你父母買單吧？」龍翔似乎有一瞬間的窒息，緩過氣來，怒道：「我是指關於我家的情況，妳就沒什麼想問的嗎？」悠然眼中閃現渴望：「問了，你會請我再吃一頓嗎？」龍翔額頭青筋有爆裂的危險：「難道，妳的人生只剩下吃這件事了嗎？」悠然很有追求地補充：「當然不是，還有喝拉撒。」吃喝拉撒，此乃人生最眞實最高尚最無境界的追求。龍翔此刻眞正理解到「報應」這個詞，自己父母剛才想必也是他現在這般心情。

龍翔已經放棄讓悠然自動提問的念頭：「他們想以我的婚姻做爲籌碼，幫助他們的生意發展得更好。」悠然實話實說：「其實那個女孩很有氣質，娶來當老婆不錯。」龍翔倒了杯酒，一口飲下：「也許她很好，但我偏偏不喜歡。」悠然將自己的酒杯遞給小新，示意他滿上：「那你喜歡什麼樣的？」龍翔瞄了悠然一眼，隔了半晌，嘴角露出淺淺的笑：「我喜歡……胸大的，腿長的，下巴尖尖的，頭髮短短的，性格溫柔文靜的。」悠然細細一琢磨，很有自知之明地說道：「那簡直就是跟我完全相反的女人嘛。」龍翔但笑不語。悠然問：「好了，說說吧，你爲什麼會這麼討厭自己的父母！」龍翔開始回憶：「其實從小到大，我和他們在一起相處的時間並不多，基本上，我是由我爺爺帶大的。我父母算是政治婚姻的結合，兩人雖然結了婚，但還是各玩各的，偶爾聚在一起，也是談論生意上的事情。他們從不吃虧，就連感情也是分毫算清的。我承認自己不孝，但他們對我也並不慈愛。記得小時候，爺爺規定他們每個月要來帶我去遊樂場玩一次，順便促進一下夫妻和親子之間的感情，可是他們嫌麻煩，便約定好每人每月輪流帶我出去。又有一次，我爸正和他的第五任小祕書打得火熱，脫不開身，便要我媽代替他一次，到現在我還記得當時他們的對話——『下個月和下下個月，都由我來帶他出去，還不行嗎？』『我明天已經和朋友約好去逛街了，哪裡有空？輪到你，就是你的事，別來找我。』『既然妳這麼說，那我就把他丟在家裡了。』『丟就丟，又不是我一個人的兒子，當初我根本不想生，都是你們家逼的，還說什麼我只管生，生下來你們養，結果現在呢？一會兒是家長會，一會兒又要帶他出去玩，隔三差五就要耽誤我的時間。』『欸欸欸，可不是我求妳生的，我也還沒玩夠，我也不想要孩子，要怪，妳怪我爸去。』」

龍翔本來是個情緒分明的人，像幅色彩濃重的油畫，這時他卻低斂著雙目，眉間灑落諸多落寞：「當時我就站在書房外，清清楚楚地將這些話聽在耳中，原來，我對他們來說，只是一個累贅。從那之後，我再也不願和他們出門，爺爺也就作罷了，而他們，也輕鬆了不少……這就是我的家庭，一個不太正常的家。」悠然早已停下筷子，等小新說完，她伸手撫摸了一下他的頭髮，誠摯地說了一句話：「能看見比我還慘的人……老尼我，真是開心。」龍翔的眉毛急遽地變化著——「U」→「一一」→「八」早該知道這女人沒心沒肺沒道德，他認命地歎口氣，低頭舀了碗甲魚烏雞湯。正要開動，忽然聽見悠然輕輕喚了聲他的名字，是眞正的名字：「龍翔。」龍翔懶洋洋的，愛理不理：「嗯？」悠然輕聲道：「如果哪天，你想去遊樂場，告訴我一聲，我帶你去。」聞言，龍翔的手頓了頓，他一直低著頭，鮮美的湯麵上倒映著自己眸子模糊的影子，搖搖晃晃的。良久，他看見湯裡的一雙眸子彷彿漾出了淡淡的笑。龍翔用瓷勺舀起一勺湯，將那笑喝下，心中突然生出一種穩穩的溫暖感覺，他輕聲回答著：「好。」這一頓飯，兩人都吃得很香甜，理所當然，也喝了不少酒。

日子渾渾噩噩地過著，悠然還是每天都到儲藏室去整理東西；屈雲，照舊每次都會來。可是悠然做好了萬全的準備，以死相逼，將三名室友拉來幫自己；當然，這裡的死，針對的是室友們的生命。有外人在，屈雲暫時沒有特別的舉動，悠然收拾的速度也加快了，到了週二時，已經成功地完成任務，將儲藏室打掃得離纖塵不染不遠了。悠然原本以爲，她可以獲得重生，可是天有不測風雲，並且是眞正的風，眞正的雲，還有眞正的傾盆大雨。儲藏室那片用來封窗戶的木板被吹開，狂風暴雨進入，將裡面的東西席捲得亂七八糟；這是週三下午發生的事情。當悠然接到屈雲的電話趕去查看時，內心眞的好想死。那心情，活像自己辛辛苦苦養了十八載的如花似玉女兒，被一群不知名的暴徒給凌辱了似的。悠然睚眥欲裂：「是誰幹的！」屈雲平靜地回答了她的問題：「老天。」得，老天最大，悠然收起憤怒，暗暗抹去淚水，再次認命地收拾起來。但是看這一番雜亂，大概熬夜通宵也整理不完，悠然苦痛萬分，咬著牙，開始奮鬥。木架上層的許多東西都被風颳了下來，悠然只能登上梯子將東西擺放上去。很不幸，她今天穿的是裙子，這麼一登上去，裙下風光展露無遺。悠然神經粗，一開始並沒有察覺，直到無意間低頭看見屈雲黑眸中的流轉華光，才猛地意識到不妥，忙伸手捂住裙子，怒道：「你幹什麼？」「看風景。」屈雲靠著木架，雙手交疊在胸前，修長十指有節奏地敲打著，看上去心情頗爲不錯。悠然目光中閃現凶光：「老師，麻煩你走開，讓我自己來收拾！」屈雲唇畔露笑，溫然動人：「抱歉，我必須看見妳整理完畢才能放心離開。」他的一雙眼睛依舊看向所謂的「好風景」。悠然眼睛一冷，下一秒便拿起架上的東西用力朝屈雲擲去。

屈雲反應賊快，躲避速度一流，明明那些頗具殺傷力的東西眼看就要砸到他，他卻總能在千鈞一髮之際閃開。他的動作很快，卻給人一種毫不慌亂、有如閒散信步的感覺。他的優雅給悠然的怒火加了一大把柴火，她完全忘記自己腳下踩的是什麼，不顧一切地抱起一大堆東西，猛然向前扔去。這麼一來，梯子一歪，悠然來不及扶住木梯，就這樣直直地從上面落下。幸好平衡感還不錯，悠然還算穩定著陸，但那笨重的木梯被悠然的腳一勾，在重力和慣性的引導下，逕直朝著她腦袋砸來。一切發生得太快，悠然根本來不及做任何反應，只能眼睜睜看著那巨物砸向自己本來就不甚聰明的頭。然而一個身形忽然在眼前閃過，悠然的臉頰觸到熟悉的胸膛，緊接著，便是「咚」的一聲悶響。一切結束後，有一瞬間的靜默，悠然緩緩抬頭，發現屈雲正左手環住自己，將她圍在懷中，而右手竟逕直擋住了倒下的木梯。他低頭，幽暗的眸子帶著水漾的波光：「沒事吧。」

屈雲救了自己。意識到這點後，悠然開始思考自己該怎麼回答。是道謝？還是怪他多管閒事？

最後，悠然選擇了最保險、最無意義的答話：「老師，好熱。」說完，從他懷中掙脫出來，後退一步，站到一公尺以外。屈雲笑笑，沒說什麼。悠然將眼神移開，低頭撿起地上散落的東西，準備繼續整理。抱起一堆書，悠然起身，卻看見屈雲依舊站在原地，而木梯則倚靠在他的右臂上，也就是說，他依舊保持著格擋的姿勢。悠然道：「把梯子給我。」屈雲回答：「這個，恐怕有點困難。」悠然語氣有些不耐：「我不想跟你浪費時間。」屈雲問：「跟我在一起說說話，就是浪費時間嗎？」悠然抿抿嘴，不想和他多說，直接走過去，準備將木梯奪過來。但是待走近後，竟發現不是屈雲故意在逗自己，這木梯是眞的沒辦法給她，因爲，木梯上有根露出的生鏽長釘，正釘在屈雲的右臂上。剛才屈雲站的地方背對著光，悠然並沒有察覺，近看之下，才發現屈雲的額頭上布滿了細細小小的汗珠，而他的右手臂已經被血浸濕，在黝黯的光線下，潮而黏。木梯也是陳舊的，上面那根露出的釘子大概有五公分長，整根釘入了屈雲的右臂中。睹此情狀，悠然的臉「刷」地一下白了，手腳也開始微微顫抖。

屈雲緩聲安慰道：「別怕，把那邊的工具箱給我。」悠然此刻已是六神無主，恍然間聽見這個指示，忙不迭地奔去將工具箱拿來，打開，放在屈雲面前。屈雲拿眼睛往工具箱中一掃，迅速找出鉗子，略一用力，將長釘攔腰剪斷。悠然趕緊扶住木梯，放在一旁，接著將屈雲送到醫院。悠然一路都很驚惶，反倒是屈雲一直開著玩笑緩解她緊張的神經。好不容易，急診室醫生將那根長釘拔了出來。但照了X光，發現可能傷及骨頭，要屈雲住院觀察。悠然又趕緊跑去辦理住院手續，買生活必須用品，等一切弄完後，心情才平靜下來。綁著繃帶的屈雲坐在病床上，靜靜地看著悠然。悠然原本打定主意低頭休息，但後來實在受不住他的高壓電，抬頭道：「你在看什麼？」屈雲不說話，一雙眸子如沉靜秋月，映著無盡雲紋。悠然只能再次低頭看雜誌，但上面的字一個也沒進她的眼睛。心神不定之間，屈雲的話邁著沉穩的步伐進入了她的耳朵：「悠然，我們重新開始，好嗎？」悠然正在翻頁，聽見這話，手一抖，彩頁被撕開一條大口。屈雲從病床上坐起，步步朝著悠然走來。燈光將他的身影投影在悠然的背上，越來越長，越來越重，悠然似乎被壓住，呼吸也變得不暢。在她即將窒息的瞬間，屈雲半跪在她面前，一隻手掌住她的膝蓋，而那隻綁著繃帶受傷的手則握住悠然的手腕。悠然一直低著頭。

屈雲開始說著話：「我和古承遠之間，發生過很多事情。」他的聲音氤氳在病房的燈光下，帶著一種黯沉，「從小到大，我都過得很順利，好的父母，好的家庭，好的學業，好的環境。這樣的一帆風順讓我的性格變得冷傲，不討人喜歡。從小到大，我的朋友不多，沒人能忍受我的壞脾氣。及至後來我聽從我媽的話，上了軍校，認識了古承遠。他很好強，我也不服輸，第一學期，我們處於暗暗競爭的階段。到了第二學期，我半夜出去，被一群流氓圍攻，古承遠出現，幫了我，從那以後，我們的關係開始好轉，漸漸地，我們成了好朋友……至少我是這麼認爲的。可是怎麼也沒料到，在我生日那天的凌晨，我接到了從古承遠公寓打來的電話，裡面，有男女喘息曖昧的聲音，藉由對話，我聽出那正是古承遠和我當時女友唐雍子的聲音。我一刻也沒耽擱，馬上驅車前往。那是個下著大雨的夜，在發動車子時，我隱約覺得車下似乎輾過了什麼東西，但當時的情緒已經不容我停下。幾分鐘內，我便來到了古承遠的公寓前，門是半開的，我走進去，親眼看見他和唐雍子身無寸縷，正在做著男女之間的事情……我從沒料到，一個我所謂的最好朋友、最好的兄弟會背叛我。當時，我已經處於茫然的情緒，甚至沒有驚動他們。像具遊魂般回到了家，在車燈下，我看見樓下躺著一隻貓，就是那隻我撿來的貓。牠很怕雷聲，只要打雷，就一定要待在我身邊。那天，雷聲轟鳴，我卻因爲那通電話忽視了牠。在我出門準備去古承遠的公寓時，牠就跟在我背後，我開車時，牠鑽進了車底，在我發動車時……牠連聲音也來不及發出，就被我輾死了。我抱起牠的屍體，很濕，很沉，我將牠抱回屋子，用棉被包裹著，但牠一動也不動，四肢已經僵硬。我就這麼看了牠一夜，等到星期一，天亮的時候，我衝到學校，攔截古承遠，質問他爲什麼要這麼做，妳知道他的回答是什麼嗎？

「他說，從一開始，他就沒有把我當成朋友；他說，當初圍攻我的那群流氓，是他叫來的；他說，他是故意讓我看見他和唐雍子上床的情景。」屈雲的眸子染著天山之巔的雪，冷不可當，「他說，他只是想毀掉我……所以，我打了他，當著那天恰好來校檢查的高層人物的面，而這，也在他的計畫之中。我媽那邊的家族都在軍隊裡工作，要保住我，應該沒什麼大問題。只是我已經不想在那裡待下去，所以選擇自動退學，重新參加大學考試，一路走來，便進了這裡。一開始，我並不知道妳是古承遠的妹妹，只是覺得妳很有趣，看上去似乎很好扳倒。但每次當我認爲自己就要成功時，妳都會站起來反擊，全身像是有無窮的精力，和妳爭鬥著，我也覺得日子過得很快。可是後來，無意間得知妳和古承遠的關係，我的心就變得連自己也看不清了。在妳提出要和我交往時，我答應了，但那時只是爲了報復古承遠。想起來，就讓人覺得卑劣與噁心，是嗎？但我當時就這麼做了，我不知道，自己究竟想對妳做出什麼以傷害古承遠，我一直避而不去思考這個問題。我只知道和妳交往後，我變得比以前快樂許多，但我卻將對古承遠的恨轉移到妳身上，所以對妳的態度時冷時熱，因爲連我也不知道自己在幹些什麼，我不知道對妳究竟有著什麼樣的感情。

「那一次，妳說妳發現了我的生日，當時我發了火，把妳氣走了。我以爲發火只是因爲妳提起那個我不願提及的日子，但我後來發現那份心情裡頭，還有恐懼……妳可以發現我的生日，同樣，也可以發現當初我和妳交往的動機並不單純。生日那天，我獨自在家，喝酒度過，但腦子裡卻始終回想著那個最不願想起的生日。接著，妳就來了，之後……我做了人生中最後悔的一件事，說了人生中最後悔的一句話。酒醒之後，我聽了妳和古承遠的往事，我知道自己錯得離譜，但心中同時卻有一絲慶幸，我在想，以後和妳在一起，終於可以不再有古承遠的阻隔。當一切明瞭時，當一切顧忌都拋開時，我才知道自己的心情之所以如此雜亂，是因爲我早已在不經意間愛上了妳，愛上妳的韌性，愛上妳的笑，愛上妳的古怪，愛上妳的貪吃，愛上妳只要擁有微小的東西就感到很幸福的模樣。於是，我千方百計要妳留下，因爲我已經捨不得放妳走。我開始感到害怕，害怕妳會知道我以前那些事，害怕妳會離開我……可是沒想到，不管怎麼提防，這一天，還是來了。悠然，給我一次機會，一次就好，只要回來我身邊一次，我不會再做任何傷害妳的事情。」

屈雲的語氣誠摯寧靜，他的臉是很美的，帶著朦朧的白，讓人忍不住想要伸手撫摸。可是，太美的東西如脆弱的秋葉，一碰，便會殞落；如碧波靜謐的湖面，一碰，就會破碎。所以，悠然不敢伸手，她已經被傷怕了。「宿舍大門要關了，我該走了。」悠然道，一邊說，一邊試圖輕柔地將手從屈雲那裡掙脫出來。但是屈雲不放：「別走。」他的聲音裡帶著濃重的請求味道。屈雲用那隻受傷的手緊緊握住悠然，她若用力，傷口會裂開；這一點，悠然知道，屈雲更知道。悠然再次說道：「我真的要走了。」她的聲音很輕，卻很堅決。屈雲沒有說話，他看著悠然，眼神不是清澈，而是一種墜落的黑，沉靜到底。眼尾微彎，睜眨之間有無數暗夜的桃花閃爍。可是悠然不看，她只是機械地說著同一句話：「我要走了。」然後，一寸寸地將手從屈雲那扯出。

因爲受了傷，屈雲的手無法使出大力，但他還是盡自己最大努力挽留著。地板上，兩隻重合的手影子開始分離，成爲長條，很慢，卻時刻在分離之中。潔白的繃帶在悠然眼前慢慢浸出血液，漸漸地，厚重而黏稠；這一過程，在悠然猛地起身時加快了速度。由於悠然的拉扯，傷口完全撕裂開來，血，在黝黯的光線下彷彿變成了華麗的黑色，漸漸地，墜落在地面。悠然沒有迴避，而是直視著面前的血腥，她安靜地說道：「屈雲，我必須走，因爲我們之間已經沒有任何關係。現在，我只是你的學生，你只是我的老師，僅此而已，是的，僅此而已。」

悠然要離開，不是因爲還在賭氣，不是因爲還在恨屈雲，不是因爲還在懲罰屈雲。離開，是對自己的未來、對自己的心負責的作法。她必須離開。嫩白的指尖從屈雲的手掌中脫離而出，帶著最穩固的信念，離開。沒有任何的遲疑，悠然走出了病房，不再回頭去看地板上一直保持著跪姿的屈雲，不去看他鮮血淋漓的傷口……不再去看他們的過往。拖泥帶水，太過骯髒，悠然不允許自己做這種事。

「我是不是很無情？」在戲劇社活動室中，悠然這麼問著龍翔。像往常一樣，他們倆總是最晚離開。悠然坐在舞臺邊緣，雙腳垂下，懸空，一雙紅色的鞋子，搖搖擺擺的。她略一伸手，將一瓶喝完的罐裝啤酒投入旁邊的垃圾桶中。龍翔站在舞臺下，慢慢飲著自己手中那罐，只不做聲。見小新久久沒有答話，悠然伸腳踹了他一下：「問你話呢！」龍翔斂眸，眼角閃現一道精光，接著以迅雷不及掩耳之勢……脫下了悠然那只踹自己的鞋子，丟入垃圾桶裡。悠然只能一蹦一跳地跑去將鞋子撿回。悠然歎息一聲：「小新，你真不是帶把的，太小氣了。」龍翔喝酒，不理她。悠然沒再步上舞臺，而是站在龍翔身邊，輕聲道：「聽說，他的骨頭確實出現了點問題，現在還在住院。」龍翔將手中的啤酒一飲而盡：「既然這麼想念，就去看看吧。」悠然回道：「你又不是不知道我的性格，就喜歡囉嗦幾句。如果真的要做，倘若真的能做，早就做了，還等到這時候嗎？」她仰頭，看向舞臺頂端的燈光，太眩目了，看久了，眼睛開始花亂。

「是嗎？」龍翔似有似無地發出了聲音，隔了半晌，又問：「對他……還有感情嗎？」悠然閉上眼：「可能，還有以前的一些存糧。不過，我心裡很清楚，不能再沾他了，絕對不能了……

就像毒品那樣，雖然很刺激，但一沾染上，什麼都完了。說實話，他長得眞好，不是嗎？」龍翔重新打開一罐啤酒，就地喝了起來：「有嗎？」悠然一臉陶醉：「難道你看見他，就沒有想衝上去把他襯衫撕破，就地將他推倒解決，再推倒再解決，重新推倒重新解決的衝動嗎？」龍翔的眉毛再次搶鏡：「我怎麼可能對一個大男人有這種衝動啊！」悠然聳聳肩：「那太可惜了。屈雲曾經告訴我，他想親手摸摸你的翹屁股呢。」龍翔：「……」悠然：「看你的樣子，似乎是在竊喜。」龍翔：「……」悠然：「我早該知道你對他有意思，難怪當時一天到晚都針對我，原來是因愛生恨來著。」龍翔：「……」

沒有屈雲的校園是寧靜的，悠然充分享受其中。但好景不長，剛走了隻狼，又來了隻狽——古承遠到了。他直接將車開到宿舍門口，低調而極致奢華的車，加上硬朗英俊的男人，幾乎吸引了所有學生的注意。悠然已經決定不再逃避，反正已經殺了一個屈雲，也不怕再多殺一個古承遠。於是，她直接迎上去，開門見山：「我今天、明天、後天，還有下個星期、下個月心情都不太好。倘若你不想自己臉上再次掛彩，就請離開。」古承遠斜靠在車門，雙手插在褲袋中，慢慢地說了一句話：「妳爸要動手術，媽要我來接妳回去。」悠然渾身一震，馬上問道：「爸怎麼了？病情嚴重嗎？」古承遠拉開車門，道：「回去，妳自然就知道了。」悠然往前邁了一步，但緊接著便停了下來。她忽然意識到，這很可能是古承遠爲了騙自己而設下的詭計。悠然馬上拿出手機，撥了白苓的號碼，但那邊卻一直呈關機狀態。古承遠嘴角微勾，似笑未笑：「怎麼，不相信我？」在這樣的情沉下，悠然覺得他那抹笑很刺眼：「你有資格讓我相信嗎？」古承遠悠悠地問道：「但妳還有選擇的餘地嗎？妳現在聯繫不上他們，根本就不知道事情的確切狀況……如果我說，妳爸現在已經來到了最後時刻，妳還會優哉游哉地跑去搭火車嗎？」聞言，悠然猛地抬頭，眼裡因古承遠說出的這個可能性而震動，她極力保持鎮定，但聲音還是微微顫抖：「你撒謊。」古承遠淡淡地笑，笑意帶著一種涼氣：「妳完全可以試試看。說不定，再耽擱下去，就連妳爸的最後一面也不能見了。」悠然又驚又恨，氣得渾身發顫，站了許久，終於還是屈服，準備上車，隨古承遠回家。她雙手緊捏著，身體緊繃成屈辱的線條。正在這時，一個聲音響起：「我送妳。」悠然回頭，看見小新。龍翔看也不看古承遠，直接對悠然道：「來吧，我打個電話給我爺爺的司機，讓他送我們去。」那一刻，悠然覺得小新的頭頂頂著一個金閃閃的光圈，再插一對翅膀，他就成了天使了。

龍翔的辦事效率很快，司機和車子沒多久就來到學校門口接他們。悠然沒再理會古承遠，逕直上了車。在高速公路上，龍翔回頭查看後方，告訴悠然：「他在後面跟著我們。」「他沒什麼重要的。」悠然此刻已經不及思考別的事情，她唯一思考的，就是父親的病情。爸爸的身體一向很好，怎麼會突然生病呢，難道真如古承遠說的那樣……想到這，悠然的心像一條正被人擰乾的毛巾，糾結成了團。她的指尖像剛從冰塊中解救出來，僵硬而冰涼。不一會兒，有個溫暖的體溫罩在她的手上，讓她緊張的身體漸漸放鬆下來。龍翔握住她的手，輕聲安慰道：「沒事的，很快就到了。平靜下來，只有處理好自己，才能回去幫助妳的父母，而不是給他們添亂。」在最寒冷的時節，一點點的溫暖便是最鮮明最可貴的，悠然聽從了小新的話，一顆心慢慢沉澱下去。是的，現在的自己應該要堅強起來。在父母的庇護下，她有了這麼快樂的二十年，而現在是她庇護父母的時候了。悠然緊握著小新的手，從他掌心的熱度尋找力量。那一刻，她第一次感覺到，小新並不總是小新。

等待的時間很漫長，但終究還是會到來的。到了古承遠說的那間醫院前，悠然跳下車，衝進去忙詢問護士，正在這時，眼角瞥見母親出了電梯。看見悠然，白苓頗感意外：「悠然，妳怎麼在這？」悠然心急如焚，忙衝上前問著：「爸呢？媽，爸怎麼樣了？」白苓問：「還在手術中，妳怎麼知道妳爸住院的？」但悠然已經聽不進母親的問話，她一心只想知道父親的詳細病情：「爸究竟得了什麼病，爲什麼會突然倒下，手術危險嗎，我和爸同血型，可以替他輸血的。」「其實，妳爸正在動……痔瘡手術。」白苓的一句話讓全場安靜了下來。痔……瘡。悠然感覺整個畫面上方有可愛的烏鴉飛過，後面撒了一串刪節號。龍翔感覺自己和悠然的後腦勺掛上了一大滴汗珠。白苓文雅地笑笑：「妳爸本來就有這個病，平時比較注重飲食，但昨天和朋友出去，沒忍住，吃了辣的，又喝了許多酒，所以今早復發了，疼得坐不了。放心，只是個小手術，沒什麼大不了的。」悠然腦海中，開始出現老爸坐在馬桶上疼得鬼哭狼嚎的樣子。這個可笑的結果讓悠然安下心來，要到這時，她才感覺到體內的血液開始重新流動。「妳是怎麼知道這件事的？」白苓的話讓悠然回過神來。悠然馬上反問：「媽，妳的手機爲什麼沒開機？」白苓從皮包拿出了手機，喃喃道：「沒開機？咦，眞的是關機，難道是今天早上承遠幫我調整時間時，不小心按到關機鍵了？」

古承遠！古承遠！悠然心中突生一股無名怒火，她控制不住自己，轉身向外跑去。她知道，古承遠在外面等著自己。果然如悠然所料，古承遠的車就停在外面。她三步併兩步衝上去，死命地踢著車門，三四下之後，古承遠下了車。他說：「小心腳。」悠然質問：「你有病是不是，為什麼要編出這樣的事情來！」古承遠道：「不算是編造吧，妳爸本來就在動手術。」醫院門前來往行人很多，看見兩人無不紛紛側目，悠然不想被當成展示品，便將古承遠帶到醫院的中庭花園。這裡環境不錯，清澈的人工湖中央有座古色古香的八角亭，四座木橋連接著八角亭和湖岸。悠然和古承遠就站在其中一座橋上繼續剛才的爭執。悠然的語氣很衝：「你這麼做到底是為了什麼，想看我擔心，想讓我過得不安生是嗎？只要我有了平靜的生活，你就覺得自己必須來打亂，是嗎？」古承遠坦誠：「不是。我只想在車上和妳說說話，但沒料到那小子會忽然出現。」悠然發覺自己越來越不理解古承遠了：「就為了跟我講話，你就用我爸的生命來開玩笑！」每一次，當她認為他的內心已經深暗到最底層時，他總是能做出更黑暗的事情。古承遠的心就像黑洞，黑暗得永遠沒有底限。悠然輕緩地搖著頭：「古承遠，我請求你，永遠不要再出現在我們的家庭裡，你太可怕了。」聞言，古承遠的眼神神經地扯動了一下，他忽然笑起來，笑得很輕鬆，笑得很乾淨，給人的感覺卻如鬼魅般恐怖：「果然是母女，妳和她，都做了相同的事情——將我放逐出妳們的生活。」

悠然問：「你在說什麼？」古承遠看著悠然，臉上一直保持著笑容，沒有一絲一毫的變化，看上去似乎是個假人，沒有任何的生命力：「妳心目中那個慈愛的母親，那個曾經說過要陪我一輩子的母親，在認識了妳父親之後，拋下了我，像丟掉一只鞋，就這樣輕而易舉地拋下。」悠然不允許古承遠說自己母親的壞話：「媽媽不是有意的，她也捨不得你，她一直都在盡力補償你！」古承遠的聲音低沉中略帶清冷：「補償，每個月接我來你們家一次，親眼感受你們闔家歡樂、共擁天倫的幸福生活，這就是補償嗎？」悠然深吸口氣，道：「你恨媽媽拋下你和我爸結婚，你恨我搶走了你的位置，所以你要報復我。但我認爲，你已經報復過了，我們家，不再欠你。」「夠了？」古承遠在唇舌間咀嚼著這個詞，輕聲道，「妳知道怎樣才夠嗎？……留在我身邊，永遠地留在我身邊，這樣才夠。」悠然的語氣很堅定果斷：「我不可能再這麼做。古承遠，有什麼計謀只管使出來，我會用盡全力跟你對抗，但絕對不會服輸。」古承遠丟出了一句不鹹不淡的話：「那麼，如果計謀是使在妳父母身上呢，妳也無所謂嗎？」

悠然徹底暴怒：「你敢！」古承遠道：「可是，我偏偏就敢……除非，妳答應我的要求。」悠然提醒道：「我們是兄妹。」古承遠問：「只是因爲這個原因？」悠然問：「難道這 點還不夠嗎？」陽光照耀，人工湖的湖面上波光粼粼，將破碎的金光鋪在古承遠的眸中，他的眼裡是破碎的光明：「如果我說，我和妳並沒有血緣關係呢？」悠然覺得今天的陽光很刺目，她開始昏眩，古承遠的話不像是眞實的：「你說什麼？」古承遠重複道：「我們沒有血緣關係，從來沒有。」悠然否認：「不可能！」古承遠繼續：「從一開始，我就知道這點。不告訴妳，是爲了增加妳的罪惡感，和有一半血緣關係的哥哥交往，我要讓那種不可告人的情緒折磨妳。」此刻的悠然只能不斷地重複這句話：「不可能！」「如果不相信，妳可以問她。」古承遠的眼睛穿過悠然，看向已經站在悠然背後許久的白苓。

悠然猛地轉頭，看見母親，想到她已然聽見自己曾經和古承遠交往的事情，頓時覺得如同一道焦雷打在頭頂，震碎了所有的神經。白苓是個美麗的女人，即使人到中年依然膚白勝雪，如牛奶般細膩。此刻在陽光的照射下，她顯得有些朦朧，連聲音也不眞實，像是夢遊的囈語：「原來你是這麼恨我……承遠。」古承遠的眸子有種讓人骨頭生寒的魔力：「妳答應過會帶我離開他，但最後還是自己走了。是的，我恨妳。我想，報復妳的最好方法，就是傷害妳的寶貝女兒，所以，我就這麼做了。記得她第一次大學考試失常嗎？那是因爲，在考前一個月我拋棄了她。我告訴她，我從來沒有愛過她。妳眞該看看，她當時眼中的絕望……」

悠然怒吼著打斷了古承遠的話：「滾！」她無法忍受自己經歷過的苦痛，從始作俑者口中輕描淡寫地吐出。她無法忍受自己的母親聽見這一切。「古承遠，我永永遠遠都不想再見到你。」悠然的齒縫似乎染著最烈的恨，吐出的每個字都沾染了濃稠的黑。整個人的氣息充滿了最極致的恨意，如果有把刀，悠然會毫不猶豫地將它捅入古承遠的心臟。她從來沒有這麼恨過一個人，恨到願他遭受世界上最可怕的刑罰。任何一個站在悠然面前的人，都會被她身上爆發出的憤怒所震懾。那不僅僅是憤怒，還有厭惡，像看見蠕動蛆蟲般的厭惡。

古承遠移開眼睛，轉身，如悠然希望的那樣，離開了。直到他的身影消失，看不見了，悠然的胸口依舊被強烈的情緒鼓動著，不停地喘息。白苓什麼也沒問，什麼也沒說，只是將自己的手放在悠然的肩膀上。悠然所有的力氣都用於武裝起自己強硬的外表，母親的手如最後一根稻草，壓垮了她。悠然轉身，像小時候遇到委屈那樣，將臉窩在母親的肩窩。不同的是，小時候的她會哭，但如今的她只靜靜地呼吸母親身上幽蘭般的香氣。哭，已經不能再解決事情。悠然只是想休息一下，在沒有任何打擾的情況下，在母親的肩窩中休息一下。

薔薇架下，白苓說出了眞相。古承遠，確實不是她所生。白苓二十二歲時，在父母的安排與命令下嫁給了古承遠的父親——古志。結婚之後，白苓才發現，身爲軍官的古志脾氣很暴躁，動不動就爲一些小事發火。兩人之間本來就沒有感情基礎，再加上古志幾次三番地動手打她，白苓對這段婚姻失去了信心，決心逃離。於是，她偷偷吃避孕藥，並買通醫院開立她無法懷孕的檢驗報告。儘管白苓無法生育，但古志卻不聽從父母的話，他沒有和白苓離婚。但是，古家不能無後，古志便在外面找了代理孕母，這才有了古承遠，然後抱回家中交給白苓撫養。在全家人的配合下，這件事並無外人知曉。白苓雖然不愛古志，但與生俱來的母性還是讓她眞心喜歡上了襁褓中的古承遠。她像眞正的母親那樣疼愛他，教育他。古承遠雖是獨生子，但古志對他嚴厲到極致，時常爲一些微小的問題毒打他。白苓阻止了很多次，都不見效果。

古志的冷酷讓白苓無法忍受，正在這時，她認識了李明宇。李明宇的溫柔儒雅和古志的固執形成鮮明對比，白苓第一次感受到什麼是眞正的戀愛。終於，她決定和古志離婚，嫁給李明宇。在爭吵之中，這件事被年幼的古承遠聽見。那天晚上，古承遠撲進白荼的懷中，請她不要離開。白荼一向將古承遠視爲親生骨肉，她下定決心並向古承遠保證，要帶他走。但在法庭上，古志拿出了白荼不是古承遠生母的證據；理所當然的，古承遠被判給了古志。就這樣，白荼和古承遠分開了。之後，白荼去看過古承遠，每一次都看見他身上傷痕累累，每一次都心疼不已。但是她無能爲力。古志甚至認爲白荼會離開，都是古承遠的錯，於是三天兩頭對他打罵；甚至有一次，還將古承遠的頭壓進水中，在他快要窒息時，才放開手。白荼喃喃道：「我知道他過得很苦，但從來沒想過，他會這麼恨我。我從不知道，那對他而言是一場殘酷的離棄。更沒想到，那孩子會將仇恨撒在妳身上。」悠然輕聲道：「沒事的，媽，都已經過去了，都過去了。」

事情結束後，悠然和龍翔返回學校。車上，悠然一直沉默著，像是在想很多事情，又或者，什麼事情也沒想。等車子進入了鬧區，龍翔忽然要司機在一家酒吧前停下，悠然一時還來不及反應，就被拉著下車了。很快地，悠然坐在座位上，桌前擺放了許多酒。龍翔道：「喝吧！」悠然頓了頓，接著，開始一杯杯地喝起來。喝酒，喝到一定程度就會讓人開心，但今天，悠然把酒當水喝，卻怎麼也喝不到那種境界。越喝，越苦悶。到最後，龍翔握住了她連續灌著酒的那隻手。悠然問：「爲什麼不讓我再喝？」龍翔道：「妳會醉。」悠然覺得小新的邏輯很好笑：「如果不是想醉，幹嘛喝酒呢？」龍翔道：「醉了，那些不開心的記憶還是會保存到明天的。沒有用，除非……將這些事情說出來。」悠然搖搖頭：「有些事情，是說不出來的。眞的，說不出來。」龍翔降低要求：

「那麼，想到什麼就說什麼好了。」

悠然忽然神經質地一笑：「想到什麼……我想到的只是，我好倒楣來著。眞的，我好倒楣，爲什麼這世上這麼多人，他們偏偏找上了我？眞的是因爲我看上去很有韌性的關係嗎？總能在最後關頭復活，給他們帶來無盡的樂趣？看來我應該柔弱點，至少表面上看起來柔弱點，這樣的話，也不會受這麼多傷了？我恨他們，我一個一個地恨他們。可是你知道我苦惱的是什麼嗎？他們每個人的背後都有故事，一個個都是悲慘的。是的，他們都應該被可憐，我也應該被可憐，那麼，誰應該被仇恨呢？這個世界，究竟是怎麼了？爲什麼連續兩次，我都會被騙？我都這麼傻傻地投入？想來一定是我的錯，是我自己的錯，遇人不淑，也不可能不淑兩次的。是的，是我的錯，一定是我的錯。我再也不敢了，再也沒有勇氣去相信什麼愛情，那都是騙人的，都是些無聊的人編來打發時間的。是的，我再也不相信了，永遠永遠也不會再相信。」

在快速流轉的沉重燈光下，悠然將腦袋埋在手臂中。他媽的什麼男歡女愛都是浪費時間，有這閒功夫，還不如好好睡覺，至少睡覺，心不會受傷。嘈雜的音樂聲中，龍翔的聲音卻沉靜地傳來：「有句話叫做『事不過三』。」悠然訕笑：「這種事情再遇到第三次，我小命就沒了。」龍翔的聲音，離悠然的耳朵很近：「至少，要試試最後一次。」悠然搖頭，緩緩地，帶著點醉意。龍翔道：「這一次，妳就坐在原地，只要坐在原地，等著人家來愛妳，就好了。」悠然失笑：「等到頭髮白了，會有人來？」「會的。」龍翔的聲音是一種從未有過的溫柔，同一時刻他握住了悠然的手：

「我已經來了。」在燈光的照射下，所有的東西似乎都在晃動。悠然抬頭，看見的就是這樣不穩定的世界，但小新的眼神卻是這搖晃世界中唯一的穩固與堅定。「李悠然，我喜歡妳。」他這麼告訴她。這一刻，悠然忽然想起某人曾告誡過自己不要喝多了酒。

這就是屈雲教給悠然的第十八課——喝酒，是最容易喝出感情的。

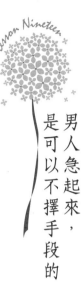

男人急起來，是可以不擇手段的

Lesson Nineteen

昏暗而混亂的燈光下，龍翔對著悠然說道：「李悠然，我喜歡妳。」他的眼神堅定，他的語句堅定，他握住她的手也是堅定的。悠然足足看了他一分鐘，然後……「咚」的一聲倒在桌上，將腦袋埋進了雙臂之間。龍翔的眉毛在額邊青筋的帶動下，呈波浪狀起伏，彷彿有威尼斯水怪出沒。

龍翔一把揪住悠然的衣領，把她當紙片般使勁地搖晃著：「李悠然，妳居然在我告白之後，選擇了最低級的回應——裝睡！」悠然求饒：「唉唷，老尼我骨頭都要散了！」龍翔這才將手放開，但眉毛還是處於生氣狀態。悠然低頭整理自己的衣服，幸好那僅剩不多的春光沒外洩：「誰教你忽然說這種話，我不裝睡還能幹什麼？」龍翔看著桌面，再次道：「我是認眞的。」悠然道：「可是我不能認眞，我不想再認眞了。」龍翔低聲道：「因爲妳受過傷，所以害怕了？我認識的李悠然可沒這麼沒種。」悠然說出實話：「別用激將法，我就是這麼沒種。我不想再戀愛了，畢業之後，年齡到了就去相親，遇見個合適的，就嫁了……就這樣吧。」龍翔問，聲音帶著些許低啞：「難道……我還不如那些陌生男人嗎？」悠然評價著自己：「我是禍害，所以不能害自己人。」龍翔皺眉：「我願意被妳禍害，妳管得著嗎？」悠然也皺眉：「那我不願意禍害你，你管得著嗎？」龍翔拍了一下桌子：「李悠然，妳給我說清楚，我龍翔到底哪裡配不上妳了？」悠然也跟著拍起了桌子：「配得上我的人可多了，難不成每個人我都要和他們交往嗎？」龍翔倏地站起，俯視悠然：「但喜歡妳的，只有我吧！」悠然也站起，但由於身高差異，還是仰望著龍翔：「你說喜歡我，我就要和你交往嗎？再說，誰知道你是不是眞的喜歡我？」龍翔：「那要我怎樣，妳才會相信！」悠然：「你現在把內褲脫下來，我就相信！」龍翔：「……」

悠然不再和龍翔叫囂，重新坐下，又點了一杯酒，仰起頭，開始猛灌。灌完了，才長歎一聲：「小新，喜歡一個人是世界上最最吃力不討好的事情，姐勸你，千萬不要這麼傻……」正苦口婆心勸著，悠然眼角一瞥，卻發現小新不見了。看來，是被自己給氣走了。悠然鬱悶，怎麼不替她付帳啊？太沒有紳士風度了！正埋怨著，忽然有件白色物體「咻」的一聲飄到了悠然面前。悠然努力睁開微醺的眼，看清之後，連忙往後蹦出三公尺遠。那是——一條白色的四角內褲。悠然的眼睛一會兒看看桌上那條白色內褲，一會兒看看一臉認眞的小新，良久，才說了一句話：「原來……你還在穿蠟筆小新圖案的內褲。」龍翔：「……」

那天晚上，悠然唯一的選擇就是繼續喝，直到喝醉。她如願以償，但整晚都夢見內褲上的粗眉毛蠟筆小新在唱著：「大象，大象，你的鼻子爲什麼那麼長？」除此之外，悠然還不停夢見小新在自己昏睡前安排的家庭作業：「明天我會來宿舍找妳，到時候，妳要給我答覆。」答覆？現在的悠然只想切腹。她實在弄不清，自己到底是衰還是幸運。先是兄妹禁忌戀，而後是師生禁忌戀，現在居然還有一個姐弟禁忌戀在等待著自己。老天何必要這麼厚待她呢？根本還來不及想，小新就打電話來了，說是在宿舍門前等她。悠然決定不理會，反正最近爲了迎接教育局五年一度的檢查，學校要整頓校風，新祭出的規矩是，男生不許隨意進出女生宿舍；但女生，卻依舊可以隨意進出男生宿舍。規定一出，立馬遭到眾多男同胞的強烈反對，只是沒什麼效果，因此男生只能對著女生宿舍吞嚥唾沫。悠然就不信小新敢違抗校規，就算他敢，也穿不過宿舍門口那幾個一掌能推翻一女、兩掌能推翻一漢子、三掌能推翻一大象的驃悍阿姨們。因此，她安安心心地待在寢室裡繼續上網偷菜。

沒多久，室友甲回來了，道：「悠然，妳家龍翔弟弟在下面等妳，託我帶個話，說不見不散。」悠然不理，繼續偷菜。再沒多久，室友乙回來了，說的是同一句話：「悠然，妳家龍翔弟弟在下面等妳，託我帶個話，說不見不散。」又沒有多久，室友丙回來了，說的也是一樣：「悠然，妳家龍翔弟弟在下面等妳，託我帶個話，說不見不散。」悠然很樂觀，她想，反正這間寢室只有三個人，小新已經全數使用完畢，就不信他還有什麼法寶。豈料，小新的法寶多得很。接下來，隔壁寢室的，樓上寢室的，樓下寢室的，左右寢室的女生全都陸續而來，她們說的都是同一句話——「龍翔在下面等妳！」到最後，宿舍阿姨還拿著大喇叭在樓下重複重複再重複地吼著：「李悠然同學，四〇二寢室的李悠然同學，有個叫龍翔的男生在這兒等妳，說不見不散。」阿姨豪爽的破嗓門透過大喇叭的擴音功能，成功造就了魔音穿腦的功效，連遠在A區的校長室玻璃都因這個聲音而顫動了。悠然無法再繼續淡定，她只能以最快的速度衝下樓去。只見，小新依然好整以暇地抱著手，站在宿舍門口等她。

「找個地方談。」爲了避人眼目，悠然拉著小新一溜煙來到學校外，在速食店裡隨便叫了份東西，坐下，開始談判。悠然決定開門見山：「我思考好了，答案就是不行。」龍翔不接受：「這個答案不對，繼續想。」悠然很無語，這孩子以爲是在做考題嗎？悠然不想隱瞞：「我一直都把你當成弟弟，不可能對你有男女之間那種感情。」龍翔鍥而不捨：「沒試過，怎麼就知道不能呢？」悠然搖頭：「這種事是試不了的。我不答應你，是因爲我不想做出和他一樣的事情。」他，指的就是屈雲。當初的悠然也如同現在的小新，懷著一腔熱情，完全不顧後果地往前衝。悠然受過傷，她明白和一個不愛自己的人在一起有多痛苦，她不想讓小新陷入這種厄運中。龍翔眉尾微皺了一下，像是在將某種不受歡迎的印象拋走似的：「我們之間的事和屈雲沒有關係。」悠然唇畔含笑，訕笑：「是一樣的，都是一樣的。我現在很後悔當初的義無反顧，滿腔熱情，幾乎是諂媚地面對他的冷眉冷眼，眞是羞恥。」龍翔道：「就算是傻子，但可以對自己喜歡的人付出，也是個幸福的傻子。」悠然看著面前的水杯，眼神略帶迷茫：「可能吧。」小新的聲音有著少見的輕柔，如三月柳絮撲面：「所以，我也想做這樣的傻子。」悠然搖搖頭，沒說什麼，但意思卻很明顯。

見囉嗦了這麼久還是沒有效果，龍翔暴走了：「李悠然，妳到底要怎樣才肯答應！」悠然也吼了回去：「龍小新，我怎樣都不會答應！」溫情時間徹底結束。龍翔怒道：「妳不答應，我就天天站在妳們宿舍樓下等妳！」悠然反擊：「如果你敢來，我直接潑開水！」龍翔怒道：「如果妳敢潑，以後就別想提開水進宿舍，否則我見一次搶一次。」悠然反擊：「如果你敢搶，我就直接到校園廣播站，告訴全校說你穿卡通內褲的事情！」龍翔怒道：「如果妳敢說，我就直接把妳拖到床上推倒！」悠然反擊：「如果你敢推倒，我就直接把你家小小新剪掉，加上香油、味精，放進微波爐烤得內焦外嫩，再夾上雙層麵包逼你吃下去！」龍翔怒道：「如果妳敢這麼做，我一定會在被斷根前把妳重複重複再重複地推倒，大家同歸於盡！」如果不是瞥見速食店裡其他客人僵硬的表情，這種不太純潔的話題本來還有繼續深入下去的空間。由於不想被圍觀，下一秒鐘悠然和小新便很有默契地奪門而逃；後來才聽說，那天，速食店的雙層漢堡銷量直線下降。

經過艱難而漫長的談判爭吵，兩人勉強達成協議，至少，在外人面前承認是情侶。龍翔的理由很充分——第一，他們的緋聞早已漫天飛舞，很多人都把兩人認作一對。第二，悠然占了他女友的位置，可以幫他躲避煩悶的相親。第三，悠然可以提前熱熱身，便於她充分認識當他女友的好處。悠然本來死都不願意，但禁不住小新整日煩自己，只能答應；但有個條件，這場遊戲只能玩到這學期結束，如果到時候悠然仍舊不願意，那麼小新就必須放手。彼此妥協之下，協議達成。李悠然成了龍翔的女友，地球人都知道了！

好不容易有了一個可以曝光的男友，悠然自然不會放著浪費，於是乎，小新每天都像陀螺般忙轉著——幫悠然打開水，幫悠然打飯，幫悠然到圖書館占位置，陪悠然逛街，陪悠然打網遊……簡直就是個二十四孝男友，看得周圍的人驚歎不已，眼紅不已。誰也沒想到，脾氣暴躁得像每天都吃了一斤炸藥的龍翔會幹這些事。悠然也沒想到。她原本以爲小新堅持不了兩三天就會辭職罷工，沒料到，他居然毫無怨言。悠然發現，小新雖然嘴毒脾氣臭，但爲人還是很細心的。他會在說完「本是同根生相煎何太急，爲什麼每頓都不放過豬肉呢」這句話之後，爲她端上熱騰騰、香噴噴的紅燒肉；他會在說完「妳擤鼻涕的聲音很難聽」之後，提醒她明天溫度會下降，要添衣服；他會在說完「仗著皮下脂肪多，不怕被撞是吧」之後，將喜歡走馬路外側的她拉到自己的另一側，保護著。其實，小新確實是不錯的，悠然承認，可是……她已經找不到愛人的那種勇氣了。

龍翔和悠然交往的熱帖在校園網路論壇上掛了三天首頁推薦後，終於沉了下去。全校的人都知道了這件事，包括屈雲。手臂痊癒後，他回校了，關於這點，悠然早有耳聞，但聽過就算了，現在的她，不願想太多。這天，悠然正泡在圖書館裡讀研究所考試的書，龍翔則照舊坐在她身邊拿著筆電玩，充當伴讀。龍翔不時會找些搞笑的發文帖子給悠然看，讓她無法專心。最後，悠然實在忍不住，便拿出紙條寫上了字：「你先出去，不要打擾我。」龍翔回的紙條上寫的是：「休想！」悠然忍耐，打著不再理小新的念頭轉過頭去。誰知，小新忽地將她的腦袋強行轉過來，逼她看電腦螢幕。悠然本來已經將兩指準備好，決定要插小新的雙目洩恨，但看見電腦上那則聚集了明星醜照的帖子，悠然噗哧一聲笑了出來。由於帖子實在有趣得緊，悠然便和小新一塊兒瀏覽了起來，看到精彩處，悠然忍笑忍得難受，最後只能倚著龍翔喘氣。兩人一直不願表現得太過高調，因此總是選擇圖書館最角落的位置坐。但由於是校園網路論壇上的熱門情侶，灰暗的角落還是隱藏不了他們的身影，很多人都在悄悄看向兩人；其中，就有一個熟人。

瀏覽完畢後，悠然抹去眼角笑出的一串淚珠，無意間抬頭，卻發現前面不遠處，屈雲正在看著自己以及小新。屈雲身材修長，姿態挺拔，一雙長腿站在那裡，活像漫畫家篠原千繪筆下的男人，帶著冷然與神祕。長腿長在這男人身上，是該死的性感。悠然這才覺得，屈雲的外形和自己小時候夢想的白馬王子形象挺像。但他倆之間的狗血故事說明了一件事——童話的結局，只能在童話中實現。悠然覺得自己的心很平靜，她實現了小時候的夢想，雖不成功，但至少她曾經和白馬王子交往過，這就夠了。在思緒漸漸落入塵埃、歸於平靜之時，屈雲已經來到他們面前。

悠然看了看屈雲的手臂，似乎已經活動自如，便問了句：「你的手好了？」屈雲安靜地看著她，漫天安靜之中有著無數紛雜碎屑落下，到最後化爲了一句話：「我想和妳單獨談談。」悠然搖搖頭：「沒有什麼好談的，要說的，那天在醫院裡已經說完了。」屈雲用旁人無法聽聞的聲音道：「是有關班上的事情。要不然，就是妳害怕了？」悠然害怕單獨面對他，好不容易平靜下來的心會混亂。還沒來得及開口，便聽見旁邊傳來小新的聲音：「老師，當電燈泡不太好吧。」龍翔的眼睛依舊看著電腦螢幕，他沒有抬頭，語氣中帶著一絲涼意，初春的氣息頓時一掃而空，幾股寒風吹來。好冷好冷，悠然縮縮脖子。

屈雲問：「你的意思是……」龍翔道：「李悠然現在是我女朋友，難道你沒聽說嗎？」屈雲道：「很多傳說離事實通常十萬八千里，所以光是聽說，是沒用的。」龍翔從座位上站起，雙手掌著桌子，直視著屈雲：「那麼現在，就讓我這個當事人正式告訴你。現在，李悠然是我的人，聽明白了嗎，我的女人。」屈雲要求著：「請再說一遍。」龍翔滿足了他的要求：「李悠然，是我的女人。」屈雲評價：「連續兩遍，聲音中還是有著徹底的不自信。」龍翔渾身開始發出銀白色的光，雪花滿天飄。更冷，更冷了，悠然雙手抱臂。

雪花飄了一分鐘，在此其間，小新和屈雲一直對視著，悠然實在擔心他們會忍不住惺惺相惜，「啾」地親一口；然而，親吻是發生了，但受害者是悠然自己——一分鐘後，只見龍翔忽然伸手，將身邊的悠然撈起，抓住她的下巴，當著圖書館裡所有學生以及屈雲的面，重重地吻了一口。由於場地限制，這個吻只是輕啄，但效果已經達到了。龍翔放開悠然，看向屈雲，帶著滿足的笑：「不相信聽說的，總該相信看見的吧。」屈雲眼眸一斂，眼中暗光閃過。頓時，後母降臨，周圍的所有建築物都結上了厚厚一層冰雪。悠然悄悄蹲在地上，龍翔將她提起，皮笑肉不笑：「妳在幹嘛？」悠然打個寒顫：「燒書取暖啊。」原來兩個男人交戰，竟是如此恐怖。不僅是悠然，圖書館裡的其他學生也遭了殃，全都在收縮脖子，師長們不得不重新打開暖氣設備。就在大家即將凍結成冰塊前，冰塊製造機——屈雲離開了，轉身，沒有任何言語地離開了。

龍翔看著屈雲遠去的背影，「哈哈哈」地大笑三聲，隨後轉頭看向悠然，得意地問道：「怎麼樣？」悠然舉起手，重而緩地擦拭著自己的嘴唇，輕輕吐出幾個字：「吻技好差。」龍翔：

「……」如果世界上有後悔藥可以吃，那悠然一定會買它個十盒八盒，再一古腦兒地吞進去；如果能讓時間倒回，那悠然一定會跑回批評小新吻技差那一刻，將自己的舌頭割掉。因爲，自從批評了小新的吻技之後，小新就不停地想將她撲倒強吻，一雪前恥。但悠然怎麼可能被這種毛頭小子占便宜，自是拚命抵抗，因此兩人在校園中展開了追逐與躲避的遊戲。

每天早上，悠然出宿舍大門時都得左右觀望，因爲小新曾經從後面撲來，像隻黃金獵犬般撲向自己；儘管，最後被她一個迴旋踢踹進了草叢中。每天下課時間，悠然都不再敢埋頭睡覺，因爲小新曾經走進他們的教室，當著任課教師的面想偷吻睡夢中的自己；儘管，最後被她以一本厚書敲得頭皮破裂。每天中午，悠然和小新吃飯時都得時刻警惕，因爲小新曾經趁她醉心於吃飯時，猛地湊近過來想吃自己的嘴；儘管，最後被她澆了一盆熱湯在頭頂。每天傍晚，悠然跑步時都得刻刻遠離足球場，因爲喪心病狂的小新曾經拿一顆籃球想將她砸暈，以便達到自己的罪惡目的；儘管，最後反被她用一塊拳頭大的石頭砸暈。就這樣，悠然整日生活在恐懼之中，連續不斷地做著噩夢，夢中只有一張長滿獠牙的血盆大口，嚇得悠然差點尿床。

除了應付小新，悠然還得應付屈雲，就算是她自作多情好了，但悠然總認爲屈雲是不會善罷干休的。因此她儘量少到學院辦公室去，走在路上，遠遠看見模樣像屈雲的人便馬上往回跑，更甚至，她這學期沒有選選修課，因爲害怕任課教師就是屈雲；大不了，大四再來修吧，先把眼前這關過了再說。選修課可以暫時不上，但每學期的三節實驗課是逃不了的，悠然經過深入調查，選擇了生物、心理和天文這三門絕對不是由屈雲上的實驗課。

星期天下午的第二節課，是生物實驗課，悠然照著時間來到生物系的實驗室，這才得知今天上課內容是抽自己的血化驗血型。悠然拿著針，咬咬牙，準備將自己的食指戳破，但總狠不下心，眼看著時間一分一秒過去，悠然著急了。正埋頭苦戳的當下，有個人走到她面前，道：「我幫妳。」悠然的脖子像十年沒運動過的機器般，吱吱咯咯地抬起。她的聽力沒出問題，面前的男人確實是屈雲。屈雲很有默契地說出了悠然心中的疑問：「這門課的老師和我私交甚好，我來幫一下他的忙。」私交甚好，好你個頭。嘀咕還沒罵完，屈雲便一手握住她的手，一手捏住針，用最正經不過的語氣道：「我幫妳破。」話音剛落，悠然的食指隨即傳來一陣強烈的刺痛。「媽媽的，」悠然暗罵，「你個死男人，破了我兩次。」第二次破完悠然後，屈雲還捏著她的手指，滴了五、六滴血在玻璃片上。悠然心疼不已，還眞拿她的血不當血了，滴這麼多，簡直是浪費！做完這一步驟之後就是等待，看看抗A和抗B血清，誰能凝結自己的血。等待，恰恰就是這麼難熬，因爲，屈雲就在自己身旁站著。

悠然沒抬頭，卻感覺頭頂的瀏海都快被他的目光給注視成了鬈髮。畢竟有這麼多同學一起上課，悠然不好發作，只能道：「老師，我這裡已經不需要你的幫助了，請去協助其他同學吧。」屈雲問：「是嗎？」悠然回答得斬釘截鐵：「是的。」屈雲一邊邁開腳步，一邊說：「那好吧。」悠然還沒來得及歡欣雀躍，卻看見桌子被一股不知名的力量猛地一推，接著，她那放在桌沿、滴了血的玻璃片就這樣掉落在地上，碎裂。血和血清都灑落了，實驗必須重做，也就是說，悠然必須重新滴血。看著已經凝固的傷口和針，再看向罪魁禍首屈雲那彷若什麼也沒發生的嘴臉，悠然咬牙道：「老師，小心你那隻踢到桌子的腳骨折。」對於這個詛咒，屈雲微笑，低頭看錶，不鹹不淡地說了一句話：「在我骨折前，妳的手指看來勢必要再破一次。」悠然肯定不能讓他再度如願，這次她轉而向其他同學求助。悠然才剛急急地將血滴在血清上，下課鈴就響了，其他同學都做完了實驗，上繳報告後離開。沒多久，實驗室中就只剩下悠然、屈雲，以及生物系的老師；還好有外人，悠然想。但緊接著，她便看見屈雲走到生物系老師面前，輕聲耳語了兩句，接著那名唯一的珍貴的外人也離開了。悠然著急了：「這位負責的老師，你還沒有檢查我的實驗，你不能走！」誰會願意和屈雲待在一起？可是屈雲悠悠將她一攔：「不是還有我嗎？老師會陪妳的。」事已至此，悠然決定坐下，當他是透明物體，不看不聽。屈雲也在她旁邊的位置坐下，兩人一起觀察玻璃片上的變化。

隔了一會兒，屈雲忽然問道：「妳和龍翔，眞的在一起嗎？」悠然反問：「昨晚你吃飯了嗎？」屈雲道：「有的。」悠然淡定地恍悟：「難怪，原來是吃多了撐著。」屈雲從來不是輕易放棄的人：「妳還沒回答我的問題。」悠然再度反問：「什麼問題？」屈雲道：「妳和龍翔，眞的在一起嗎？」悠然突然道：「知道嗎？我們隔壁寢室的校花，和學校的校草交往了。」屈雲問：「校花和校草交往，與妳和龍翔交往有什麼關係？」悠然覷他一眼：「既然如此，那我和龍翔交往，和你又有什麼關係？」這句話說完，悠然的成就感還挺大的，於是低頭看著玻璃片細細回味。正回味到中途，屈雲的氣息頓時濃厚，瞬間將她包圍，而一個柔軟的東西也觸到了她的唇上。像是遇到野獸襲擊般，悠然下意識反擊，重重地一咬，將那意圖衝破她牙齒、進入自己口中的舌咬傷。屈雲慢悠悠地離開她的唇，瑩白手指輕撫嘴角，輕笑：「果然，牙尖了，嘴也利了。」悠然拿出紙巾，厭惡地擦拭著自己剛才被屈雲碰觸過的唇，警告道：「老師，我是可以告你的。」屈雲的眸子裡滿是深邃的笑意：「我只是情不自禁。」悠然站起身，冷著聲音道：「藉口不錯，請允許我下次剪斷你的罪惡之根後，也拿來使用。」屈雲的聲音帶著一絲旖旎的溫柔：「我很期待那一刻的到來。」不想再和他多說，一等實驗結果出來，悠然馬上以飛快的速度將實驗報告填好，扔在講桌上，接著像逃離瘟疫區似的逃離了實驗室。

一邊快步走，一邊擦拭著嘴，她總感覺屈雲的氣息還停留在上面。誰料，才剛走到實驗室樓下，一個人影忽地竄出，下一秒悠然就被按到牆上，嘴又觸上了唇。這次強吻她的，是小新。吻完之後，龍翔擦擦嘴，意猶未盡：「怎麼樣，這次我的技術有進步吧？」悠然低著頭，額前瀏海遮住了眼睛，上半部的臉龐完全隱沒在陰影之中。龍翔碰碰她：「沒事吧？難道是幸福得暈過去了？」悠然沒有說話，但身體周圍開始有冷霜出現，她緩緩地抬頭，眼中淨是毀天滅地的黑暗。之後……龍翔在醫院裡住了一個星期。從那之後，悠然便開始隨身攜帶防狼噴霧；身邊一條大狼，一條小狼，危機重重，不能不防。

小新住院的那幾天，悠然本以爲自己可以輕鬆點，但事與願違。這天，正在圖書館用功的她被叫進了校長室。悠然忐忑而興奮，如此近距離地接近學校最高長官，這還是第一次。但一進入校長室，悠然興奮的心情立馬煙消雲散了。裡面坐著一名妝容精緻的中年貴婦，悠然認得那是小新他媽，另外還有自家輔導員，屈雲。校長是個胖胖的男人，臉蛋肉鼓鼓的，看上去很是和藹可親：「李悠然同學，請坐。」可是就算校長長得如此無害，悠然的心也安放不下。校長道：「李悠然同學，今天找妳來，是爲了向妳求證一些事情。」悠然深諳不能得罪大人物的道理，趕緊坐直身子：「我一定老實交代，絕不抵抗，絕不隱瞞。」校長道：「其實，這件事是很不好開口的。」悠然握緊拳頭。校長續道：「但是，我是非開口不可的。」悠然屏住呼吸。校長又道：「可是，怎麼開口都是不對的。」悠然屁股開始有些癢。校長問：「妳說，我該怎麼開口呢？」悠然的手開始癢了——您老人家要怎麼開口，我怎麼會知道！校長下了個結論：「所以說，這開不開口，還眞是個問題。」悠然：「……」

在悠然和小新他媽無聲眼神的威逼下，校長終於開始說正事了：「是這樣的，龍翔同學的媽媽，也就是妳旁邊那位女士剛才來找我，說了一些關於妳的事情，我們想知道這些事情究竟是不是眞的。」悠然趕緊打起十二分的精力來傾聽小新他媽對自己的誣衊——「聽說妳晚上在夜總會陪酒？聽說妳曾經多次墮胎？聽說妳引誘了單純未知世事的龍翔同學，並強行和他同居？聽說妳逼迫龍翔同學的父母拿出五萬塊，做爲離開龍翔同學的酬金？」悠然不得不承認，小新父母編故事的能力是很強的，顛倒黑白的功夫也是練到了家。悠然正想否認，小新媽媽堵住了她的話：「妳就不要狡辯了，自己做過什麼事情自己心裡清楚。」悠然怒極反笑：「阿姨，您這可是赤裸裸的誣陷，我可以告妳誹謗罪的。」小新他媽瞪視著悠然：「我誣陷妳？難道說，妳和我兒子沒有在一起？」悠然剛想回答「的確沒有」，眼角卻瞥見了旁邊沙發上那個一言不發、正閒適喝著茶的屈雲。他的身體姿態顯得雲淡風輕，但悠然卻感覺到他的耳朵正豎立著，等待著她即將說出的答案。其實，悠然想讓屈雲誤認為自己和小新是在一起的，她希望他能儘早死心。因此，悠然不便在他面前否認，於是，她沉默。

小新他媽冷笑：「看吧，她自己都承認了。」校長像個和事佬般呵呵笑著：「我們學校並沒有明文禁止學生戀愛，所以，即使李悠然同學和龍翔同學正在交往，那也不是什麼大錯。」悠然頓時感動得鼻涕橫流，校長啊，您老人家是彌勒佛。但沒感動個兩三秒，那和藹善良、臉蛋圓圓如彌勒佛的校長，又笑咪咪地拋出了以下的詭異問題：「李悠然同學，為了讓我能做出更好的判斷，請詳細說明一下妳和龍翔同學之間的關係，比如說你們進展到第幾壘了？妳是不是覺得他比妳的前男友要強很多？如果前男友回來找妳，妳是不是死都不會離開龍翔同學？最重要的一點是，妳對前男友如果有什麼難聽的評價，儘管說出來。」此話一出，小新他媽無語了，悠然疑惑了，而沙發上那個人手中的杯子發出了「叮」的一聲哀號，接著，破碎了。面對在場三人循聲望來的目光，屈雲輕描淡寫地解釋著：「不好意思，手滑了。」說完，將碎片丟在垃圾桶裡，重新拿起一只紫砂小茶杯。

一向冷靜自持、就算有一堆狗大便落在頭頂也能淡定自若不動聲色的屈雲，情緒居然也激動了一把。悠然覺得，很難得，實在難得。

校長繼續笑呵呵地看著悠然：「李悠然同學，可不可以回答我剛剛的問題？」下一秒，居然是小新他娘救了自己：「校長，這些問題和我今天的來意有關嗎？」校長一直在笑，彷彿沒有脾氣的樣子：「還是有關係的。如果李悠然同學的前男友，眞的是一個禽獸無比的人，那李悠然同學毅然離開他，轉而和龍翔同學這種有爲青年交往，那可是相當睿智、相對正確、相當有遠見的。此舉比從融資組織中清醒，比從傳銷陷阱中脫身，比從礦坑中逃生還有意義，還有價值。」悠然將這番話咀嚼了一下，體會出校長老人家的意思是——屈雲比那融資組織、傳銷陷阱、黑煤礦還要邪惡！果然是校長，人家看問題就是有高度。心下還沒讚賞完畢，悠然又聽見屈雲那邊發出「叮」的一聲，第二只紫砂小茶杯也遭了殃。屈雲照舊解釋著：「不好意思，手又滑了。」

小新他娘開始不耐煩了：「校長，我們可以談正事嗎？」校長還是笑嘻嘻的，腮上的肉鼓鼓的，乍看上去像個肉包子：「就是，該談正事了。那麼，就讓李悠然同學談談，妳的前男友究竟是怎樣卑鄙無恥、內心空虛、性格古怪彆扭、讓人忍不住想將他重新塞回他娘肚子裡的人呢？」不出所料，「叮」的一聲之後，第三只紫砂小茶杯又離開了人世。校長的一張包子臉笑得香噴噴、熱騰騰的：「屈老師，這次又是手滑嗎？」屈雲輕笑，輕答：「不是，是茶杯太易碎了……就和中年人的骨頭一樣脆弱。」聞言，校長的包子臉冷卻了一點點。小新他娘忍不住道：「校長，我今天可是百忙之中特別抽時間來的，你可得給我個答覆。」校長道：「您放心，我保證會儘早調查，如果屬實，絕對秉公處理。」得到校長的保證，小新他娘滿意了，帶著矜持的貴氣站起，低看了悠然一眼，離開。

面對校長有著微微褶皺的包子臉，悠然趕緊舉手發誓：「我絕對沒有陪酒，沒有墮胎，沒有……做違背校規的壞事。」除了……偷偷和輔導員交往過，但是，校規裡並沒有任何一條禁止此一行爲。校長道：「雖說學校沒有明令禁止男女同學交往，但聽龍翔同學母親的意思，你們好像還做了不該做的事情，這個……就有點難辦了。」悠然猶豫了，爲了自己的清白，還是將自己和小新至今清白的眞相說出來吧，但……屈雲就在旁邊。校長鬆了口：「除非……」悠然大喜，忙問：「除非什麼？」校長重新展開迎春花般的笑容：「除非，除非妳保證徹底忘記前男友，並打從心裡認爲妳的前男友，連龍翔同學那染了腳氣病的腳趾頭都比不上。更重要的是，妳得發誓，畢業之後會馬上和龍翔同學結婚，再也不看妳前男友一眼，讓他爲自己的臭屁付出慘重代價。」說這些話時，校長的情緒十足激昂而亢奮，彷彿看見一幅美妙新世界願景似的。「叮」的一聲，屈雲又報廢了一只紫砂茶杯。

紫砂茶杯的犧牲是有價値的，終於換來了悠然的頓悟——怪不得校長一直糾結於她的前男友，怪不得校長逼她說屈雲的壞話，怪不得校長會要屈雲來這裡坐著喝茶，原來……悠然忽然站起，用顫巍巍的手指向校長，又回頭看看屈雲，吞口唾沫，道：「原來，校長你……想包養他？」「叮」

的一聲，這次輪到校長手中的茶杯碎了，而悠然將此看作一種有聲的默認。是的，校長看中了屈雲，並想讓他死心塌地跟著他。第一步，他將屈雲控制在自己的羽翼之下，也就是，成爲屈雲的老闆。第二步，他斷了屈雲對悠然的念想，千方百計要悠然說出已經忘記了屈雲。第三步，就是將屈雲推倒推倒再推倒……想像著那畫面，悠然不寒而慄之中帶著點興奮。屈雲不想讓悠然想歪，便道出了事實：「妳面前的這個胖老頭，是我爸。」豈料，悠然眼含精光：「父子，年上！」屈雲：「……」悠然想得更歪了。卻見校長笑得更加燦爛：「這小姑娘很有意思啊，我喜歡。所以啊，妳千萬要珍惜生命，遠離屈雲，千萬不能讓他給騙了。」話音剛落，堂堂校長就被親生兒子屈雲提著衣領，丟出了校長辦公室。

悠然目瞪口呆地看著這場反轉劇，直到屈雲將門關上，才猛地意識到自己的處境危險。才剛想移動腳步，屈雲便看出了她的意圖：「我只想和妳談兩句。」悠然問：「校長眞的是你爸？」屈雲點頭：「是的。」悠然問，她明明記得校長不姓屈：「可是，你姓屈啊！」屈雲解釋：「我家是我媽作主，所以我跟我媽姓。」門被人用鑰匙從外面打開，校長的包子臉從門縫中伸出，笑著向悠然解釋道：「小姑娘，糾正一下，因爲這二十多年來發生的都是小事，所以我才讓給他媽媽作主的。」話音剛落，校長老人家又被親生兒子狠心地丟到更遠的地方。關門，鎖門之後，屈雲重新站在悠然面前。悠然還是不敢相信：「你，眞的是他兒子？可是，你們長得一點也不像啊。」這個問題屈雲回答得很熟練，看來是從小被問到大：「我長得像我媽，或者說，長得更像外公。」震驚之後，悠然也漸漸平靜下來，反正她和屈雲已經沒有半點關係了，還管他家的事情做什麼。

悠然不想浪費時間，直接問道：「有什麼事就快說吧，我還要回去看書呢。」屈雲道：「妳根本不喜歡龍翔。」悠然不客氣地回道：「第一，你不是我，你根本不清楚我內心所想。第二，我是不是喜歡他，和你沒有關係。」屈雲看著悠然，眼尾桃花散淡了，呈現的是澄淨，他說：「悠然，我只是不希望妳重蹈我的過錯。我一直很後悔，當初想過利用跟妳交往來報復古承遠的念頭。做爲懲罰，我失去了妳，但妳……不想失去龍翔這個朋友吧。」悠然受不了屈雲用略帶教訓的口吻對自己說話：「我的事情，你以後不要再管了。」她轉動椅子，面朝窗戶。可是屈雲卻握住椅子的一側，將悠然轉了回來。他雙手撐著椅子扶手，彎下腰，平視悠然。這樣的姿勢，讓他們兩人靠得很近，悠然甚至感覺到空氣的碰撞。

屈雲輕輕說道：「悠然，當一個妳在意的人因妳而受傷時，那種心情是妳無法承受的。」不想看他，於是低下了頭，可是她有眼睛，眼睛卻被屈雲的手所吸引。那雙秀致雍潔的手此刻用力握住了轉椅的扶手，而那藍色的筋隨著他的話鼓動著。「悠然，相信我，眞正到了那時候……妳會恨不得殺了自己。」他的聲音是淡靜的，就像他一貫表現的那般從容閒適，就像悠然所恨的那個他。但他的手，那雙瑩白的手卻在忍耐著一種複雜的情緒。他的手，和他的聲音，和他的表情，和他整個人，全然不一致。他的聲音像潺潺流動的溪水：「但最痛苦的卻是，在妳心中，有個很清楚的念頭——即使妳死去，他也不會原諒妳的。」屈雲的手上，十根骨節彷彿要破皮而出，悠然不能再看，於是她閉上了眼。可是關閉了視覺，嗅覺更加敏銳，屈雲特有的氣息像一雙大手擁抱著她，壓制著她。

悠然想儘快從這個困境中掙脫出來：「我自有分寸，你先讓開。」悠然想起身，但屈雲不讓。他不讓。他反而靠得更近，那雙無形的大手開始擠壓著悠然的心肺。悠然側著臉，閉著眼，然而屈雲的呼吸吹拂起她耳畔的髮絲，那看似柔弱卻有韌性的髮絲正摩娑著悠然的臉頰。屈雲的語氣像是一種催眠：「答應我，去告訴龍翔，儘早跟他說清楚。」因為屈雲的靠近，悠然的身體似乎自動減慢了呼吸：「我說了，我自有分寸。」屈雲像一朵曼陀羅，在蠱惑著：「答應我，馬上就去說。」悠然有些惱怒：「你沒有資格命令我做任何事情。」屈雲緩聲道：「不是命令，只是請求。只是請求。」說話的時候，他的唇也靠近了，他的動作在空中留下的是流暢的痕跡，像在完成一件再熟悉不過的事情——當悠然還沒反應過來之時，屈雲再次吻了她；然而，當屈雲還沒反應過來之時，一股電流通過了他的慾望所在，不是快感，是眞正的電流。因而，當校長撬開自家辦公室的門時，他看見一個屈雲倒下，一個悠然站起。剛站起身的悠然，手上還拿著「吱吱吱」冒著電光的防狼電擊棒。那一刻，校長徹底改變了主意——他決定，怎麼也要把李悠然抓來當媳婦。就這樣，屈雲也被悠然搞進醫院裡住了幾天，悠然覺得還挺有成就感的。

大概是認識到了悠然的厲害，當這色狼二人組出院後，都沒有再對她的嘴唇產生什麼不該有的想法，悠然很是欣慰。但小新並沒有因為無法忍受暴力對待而想放棄她，悠然總覺得他看自己的眼神，就像一個登山愛好者看著珠穆朗瑪峰。悠然實在擔心，哪一天，小新這孩子會真的把國旗連杆子插在自己頭頂。

校園生活很無聊，悠然在複習課業之餘，還是會找些樂子。比如說，星期二晚上，她就參加了殺手遊戲。這是由不知名人士在校園網路論壇發起的活動，定於晚上八時於一七〇七教室舉行，所有有興趣的同學都可以參加。悠然本來是想一個人前往，還騙小新說自己複習得太累，晚上就不去自習了，準備在寢室補眠。可是，當悠然踮著腳偷偷摸摸從宿舍大門溜出去之際，一隻眉毛很濃、守候多時的貓，恰好逮住了她這隻耗子。貓問：「爲什麼要騙我！」耗子好鬱悶：「爲什麼你會知道我在騙你！」貓的邏輯很強大：「因爲今天吃晚餐時，妳居然好心地夾了一塊手指大的紅燒肉在我碗裡，此舉只能說明一件事——妳做了、或者是即將要做出對不起我的事情。」耗子快癲狂了：「我靠，你讓我清靜一晚不行啊？」原來貓是一片好心：「我還不是擔心，天黑了，妳晚上回宿舍會遇見劫匪。」耗子拍拍貓的肩：「就算遇見了，我只要把臉一露，劫匪馬上嚇得沒命，所以不用擔心我。」貓語重心長地說：「可是，我擔心的就是那個——即將被妳在路燈下露出的臉嚇得尿失禁的劫匪……出來混，不容易，妳就放過人家吧。」耗子：「……」都被逮住了，還有什麼好說的，悠然只能帶著小新一同前往。

到了一七〇七教室後悠然才發現，還有一隻貓也在這兒。屈雲坐在座位上，淺笑淡然。悠然不禁又「靠」了一聲，她不想硬碰硬，決定帶著小新離開。可是小新不想呑這口氣，決定拉著悠然坐下。耗子道：「跟他沒什麼好玩的。」小貓不放手：「我覺得好玩。」耗子怒了：「那你們兩個脫了褲子慢慢玩ＢＬ吧！」大貓不知何時在他們後面出現，插話：「如果這是妳的命令，我會遵守的。」小貓後退三步，敵意地看著眼前這位同類。大貓眼眸微閉：「如果不玩ＢＬ，就玩其他的吧。五局爲定，誰輸得多，誰就放棄悠然。」小貓一激就著：「先生，如果我贏了，以後你就要徹底放棄李阿婆。」大貓淡笑：「更重要的是，如果我贏了，以後你不准再假裝成她男友。」被當成籌碼的耗子怒了：「你們居然用這麼幼稚的比賽來侮辱我？」大貓小貓決定尊重耗子一回：「那妳說，要換什麼比賽。」耗子正襟危坐：「要有深度，有內涵，要關係民生，要體現和諧社會，更重要的是，要投我所好。」大貓小貓不恥下問：「妳的意思是？」耗子故作冷然：「比賽吃紅燒肉，誰吃得多，誰就贏。」大貓小貓決定以後死都不再尊重耗子了——沒有理會悠然，比賽開始了。

戰況是慘烈的……當然，是對龍翔而言。屈雲像有第三隻眼似的，無論龍翔是殺手、平民或警察，他都知曉；反之，無論屈雲是殺手、平民或警察，龍翔一概都不知曉，並且，還被屈雲殺了兩次。實在看不過去，悠然還特別在牌上動了手腳，將殺手的身分給了屈雲，並告知龍翔，想讓他贏一局。當龍翔自信滿滿地說出屈雲是殺手後，答案揭曉時，人家卻是警察。正當悠然目瞪口呆、無比驚詫之時，屈雲在她耳邊告知了眞相：「不好意思，剛才和旁邊的人悄悄換了張牌。」這個晚上，一共玩了二十多局，屈雲輕而易舉贏了五局的倍數之多。臨走之際，屈雲笑得不著痕跡，那表情漂亮得讓人憋屈。

大概是慘敗的緣故，送悠然回宿舍的路上，龍翔一直沉默不語地走在前頭，雙手插在褲袋中，路燈將他的身影拖得老長，悠然沒事就踩著他的影子玩。正踩在興頭上，影子停住了，龍翔低聲問道：「難道妳就沒有話想說嗎？」悠然抬起腳，放過他的影子，仔細想了想，最終說出了肺腑之言：「我就說，要比就比吃紅燒肉嘛，你就是不信，現在輸了吧。」龍翔：「……」畢竟和悠然在一起久了，龍翔的抗雷能力已經顯著提高了不少，很快便緩過氣來：「剛才，妳是希望我輸還是贏？」龍翔雖然沒有回頭，但他的聲音中明顯帶著一絲緊張。他從來不是一個善於掩飾自己的人，像玻璃做的一般，內裡有怎樣的情緒外人一看便知。從不隱藏，從沒有祕密，和他在一起可以放心做任何事情。悠然喜歡他，因此不願再傷害他：「我希望，你們兩人都輸。」龍翔詮釋了一下悠然的話：「妳的意思是，我們兩個，妳誰都不會選，是嗎？」悠然語重心長，說出了心裡的話：「我想和屈雲重新回到單純的師生關係，我想和你重新回到單純的朋友關係，我想讓我的校園生活變得平靜一些。」

龍翔轉過身來看著她，他的眉宇第一次染上了些許的無力：「我和屈雲相差得太遠，所以，永遠也不可能讓妳接受，是嗎？」悠然否認：「不是這個原因。」月色幽幽，墜落在龍翔的眸中：「不，就是這個原因。經歷過了大海，妳是怎麼也看不上小河的。」悠然搖頭：「龍翔，我從來沒有認爲你不如他，事實上，你也沒有哪一點不如他。」悠然在認眞的時刻，還是會叫他名字的。龍翔的語氣染著一絲涼意：「眞正的事實是，我哪一點也不上他。在屈雲面前，我就像一個任性長不大的小孩，完全不值得信賴。」悠然極力否認：「不是的！」龍翔微慍：「那爲什麼，妳從來不把我當成一個男人看待！」悠然無辜：「你冤枉我，我明明就有！」龍翔反問：「什麼時候？」悠然理直氣壯：「每次吃完飯，你主動結帳的時候！」龍翔：「……」那雷啊，劈著劈著也就會習慣的，因此悠然根本不擔心小新會否內出血，逕直踩著他僵硬的影子向前走。

但忽然間一陣疾風掠過，悠然頓覺眼前景物快速移動，緊接著，她的背脊重重撞上了硬物。回過神來，才發現小新將她一把拖進了旁邊的樹叢中。每棵樹都枝繁葉茂地聚在一起，在悠然看來似乎遮住了天空。小新沒有給悠然任何思考時間，直接湊上去，第N次強吻了她。對付小新，悠然有足夠的自信，所以一開始她並不著慌。然而這樣的平靜並沒有持續多久，因爲悠然感覺到此刻的小新和往常不同。他全身不自覺地散發出一股強勢的氣息，彷彿任何人、任何事都無法阻止他的進攻。那氣息擠壓著悠然的五臟六腑，讓她無端生出一種恐懼。悠然想趕緊掙脫開來，但無論怎麼用力，怎麼掙扎都撼動不了小新半分。

悠然無效的掙脫反而激發了小新壓抑的雄風，他單手將悠然的兩隻手腕禁錮在她的頭頂，餘下的那隻手則從悠然毛衣下襬進入，直接握住了她的渾圓。他的手勁很大，像隻咬穿了獵物脆弱喉結的獵豹，準備吮吸那甜美新鮮的血液。這一刻，悠然全然沒有一點反抗能力，甚至於，她開始顫抖。但這並不是小新要的，僅僅如此他是不會滿足的。他掀起了悠然長及膝的裙子，不由分說地抬起她的一條大腿，而手則略帶粗暴地滑過她嬌嫩的肌膚，扯住最後的防範布料，往下一拉。下體遽然傳來的冰涼讓悠然睜大了眼，她直視著小新，然而她在他眼中看不見一點熟悉的影子。這一刻，悠然覺得面前這個男人對自己而言，完完全全的陌生。悠然的心落到了塵埃中，幾個滾之後，散成了灰。她覺得，這一次，自己是完了。

就在小新即將鑄成錯誤之時，耳邊忽然響起了急促的腳步聲。樹林中有很多枯葉，那雙鞋子就踩在枯葉的殘敗骨骸之上，聲音帶著冷涼的怒氣，緊接著，一道悶響在悠然的耳前爆裂開來。在此同時，悠然聽見了小新發出的悶哼，再下一秒，她身上所有的桎梏都消失了。悠然毫無氣力，就這麼順著樹幹滑落在地，蹲坐在枯葉之上，用雙臂環住自己，這是她唯一能做的薄弱防範。「乖，起來，地上很涼。」屈雲的聲音緩緩流入了她的耳畔，如清淨溪水洗滌去那些不堪。一雙手將悠然拉起，一件帶著體溫的外套輕輕覆蓋在她身上，接著，悠然被抱起，懸空。一步步地，他抱著她走出了樹林。

悠然輕輕抬頭，冷幽的月光如一縷縷輕架在屈雲臉上拂過，拂過他略帶淡薄豔麗的眼，拂過他高挺秀氣的鼻，拂過他……緊抿的唇。當遭遇到驚嚇後，悠然的記憶有著瞬間喪失，她忘了自己是怎麼到屈雲家來的，但眼前的熟悉景物不斷告訴她這個事實——柔軟的沙發，躺過很多次的地毯，茶几上她買的一對彩繪瓷杯，無不在一古腦兒地襲擊著她的眼睛。悠然印象最深的一個場景，竟是自己蹲在地毯上細數著在沙發上睡著的屈雲的睫毛；左邊的上眼瞼有一百三十六根，右邊的上眼瞼有一百四十一根。她數得腰瘦背痛，眼睛花亂，但一點也不覺得無聊，反而有種不知名的樂趣，彷彿又更瞭解屈雲一些；想來，當時的自己，有多麼地愛他。

思緒正在浮動，一件羊毛披肩輕搭在自己肩上，帶來一陣溫暖。隨後，熱咖啡杯觸在她的臉頰上。屈雲道：「妳最喜歡的香草口味。」悠然接過，大口大口地喝了起來，暖熱液體一下肚，心便安穩了許多。喝完之後，咖啡杯仍保留著暖香的餘溫，悠然將它放在手心中，翻看。上面印的是卡通圖案，一個小男孩和一個小女孩並肩坐在桃樹下，而天空的太陽是桃心狀。這只與屋子沉穩內斂風格完全不搭襯的杯子是悠然硬要買的，當時屈雲曾經威脅過很多次，說要將它丟出去。但沒想到，最後出去的，是悠然。

正感慨著，毛衣忽然被屈雲從背後掀了起來，悠然驚得剛要跳起，屈雲將她按住：「背上有傷，不處理，會感染。」這時悠然才憶起，剛才滑到地上時，後背確實讓粗糙的樹皮劃傷了。劃傷的部位在腰際上方處，離敏感部位還很遠，並且如果不讓他弄，屈雲是不會干休的，於是悠然便任由著他。屈雲以手指輕綿地塗抹著藥膏，悠然的傷口處蕩起了一陣癢意，隨著皮下血管向四面八方擴散。看著手中的杯子，悠然問道：「我以爲你不喜歡這個杯子。」在自己背後的屈雲答：「並沒有。」悠然好奇：「那爲什麼你總是威脅著要將它丟出去？」屈雲的聲音和他的動作一樣細綿：「……只是想逗妳，看妳緊張的樣子，很有趣。」

悠然繼續看著杯子，良久，將之放下。瓷杯碰觸了玻璃茶几，發出輕而碎的聲響。她輕輕開口：「小新……應該不是有意的。」染藥的指尖在她傷口處停留了一下，再移動時，屈雲的力氣大了些許：「妳想說的，就是這句嗎？」悠然的長睫低垂：「還有就是……你的話是對的。我太不懂事，傷害了他，更或許……我已經失去他了。」屈雲道：「我想，更多的，是我的錯。」悠然不解：「爲什麼這麼說？」悠然的腰不自覺地挺立，似乎全神貫注地等待著屈雲的回答。然而，在這等待之時，腰上敏感的肌膚忽然遭受了舌的舔舐，是屈雲的舌。他舔舐了她的腰際，舌，帶點潮濕，帶點粗糙，還帶著些許悸動。悠然全身一僵，下一個動作便是跳起，但屈雲環住了她的纖腰，將她固定在沙發上。他帶著一絲鬆懶的迷離，說：「別動，藥才剛敷好。」悠然想掰開自己腰上的手：「你幹什麼？」但三下兩下的，她的雙手也陷入了泥沼，被屈雲一併握在腰間。

屈雲的氣息在悠然的右耳邊蕩漾：「是爲了讓我看見嗎？」悠然努力地偏開頭：「什麼？」屈雲語氣靜幽：「之所以答應和龍翔演戲，是爲了給我看嗎？」聞言，悠然停止了掙扎，她想笑，又覺得氣：「屈雲，你沒有這麼重要。」屈雲道：「仔細地問問自己，悠然，妳是想讓我知道你們在一起，對吧？」悠然不自覺放大了聲音：「你根本就不知道我和龍翔之間的事情，你從來就不在我們的考慮之中。」屈雲像在耐心地開導一個彆扭的孩子：「也許連妳自己也不知道，之所以假裝和他交往就是爲了告訴我，妳已經走出來了。」悠然斷然道：「我本來就已經走出來了。」屈雲的語速很慢，卻有種逼問的氣勢：「如果是這樣，那又何必要證明呢？」悠然繼續否認：「我沒有。」屈雲低柔地說著：「妳的心裡還是有我的影子，妳洗不掉的。」那聲音像神祕西域的魔咒，鑽入了悠然的耳中。悠然還是否認：「我沒有！」聲音卻不知不覺中低了三分。屈雲用回憶的針一下下剝開悠然的心：「妳還是在乎的，否則，妳不會在看見唐雍子來找我之後，失態得藉酒消愁。」然而針太利，戳中了悠然的皮肉，她冷聲道：「原來，這也是你計畫好的？」唐雍子也不過是個誘餌嗎？原來，屈雲是故意讓自己看見這一切的。想到那些失落失態，那些在乎，全都落入了當時他的眼睛，悠然覺得自己遭受了欺騙，她想憤怒，但已找不到力氣。

過了好一會兒，悠然才輕笑一聲：「果然呢，就算我再多長幾個腦袋，也是鬥不過你的……幸好，我已經出來了。」幸好，已經遠離了他的身邊。聞言，屈雲制住她腰間的手瞬間緊了，那一瞬差點讓她窒息。一秒一秒地，他才將手緩緩放開。他將下顎放在悠然的肩上：「悠然，原諒我……不，不管妳是不是願意原諒我，不管妳抱著什麼樣的態度，想折磨我也好，想報復我也好，我只要妳回來。我已經不一樣了，我已經知道自己想要的是什麼，我不會再做任何一件傷害妳的事情，我……」悠然堅決地搖頭，打斷了他的話：「我不想回去。這世上總會有一個男人將我當成掌心肉，心頭寶。在世俗的眼光中，那個人很可能大不如你，但至少他不會傷害我一分一毫。所以，我要找到他。所以，我不能再回去了。」當悠然說出了這段話，背後的屈雲沒有答話，只是……將自己的口鼻放在悠然的肩窩處，久久地，熱氣凝聚出一片若有若無的濕潤……

自從發生了小樹林裡的事，悠然決定起碼一個月不理會小新，她要讓他清楚自己究竟錯在哪裡。可是事實卻是——小新不理會她了。自從那晚之後，悠然再沒有在校園中看見小新。開始的一個星期，悠然暗暗詛咒他那晚受凍傷風至半死不活。後來的一個星期，悠然開始懷疑小新是否被車撞成失憶而流落街頭。到了第三個星期，悠然的氣已經全部消了，轉而來的，是擔心。她悄悄跑去問小新班上的同學，得到的回答是，他請了長時間的病假。悠然按捺不住，只能主動跑去小新租的公寓外守候，但連守了兩天，連小新的汗毛都沒見到一根。好不容易，從戲劇社社員那邊得知，小新最近似乎在西城那邊的夜總會出沒，悠然也沒多想，就去了。

去的時候是晚上，剛好是最熱鬧的時段，悠然貓著腰到處尋找，最後終於發現，三樓的桌球廳裡出現了小新的身影。他和一群看起來不善的人在一起，似乎是在以桌球賭錢。菸味縈繞之中，悠然看見旁邊的人正吸食著可疑藥品。墮落了，這小子徹底墮落了。悠然非常想衝過去將桌球踢翻，將那群紈袴小子踢得鼻青臉腫。但御姊不是人人都能當的，看看自己的兩隻小短腿，悠然忍下這口氣，悄悄跑到旁邊的男用洗手間等待小新。

因爲躲在隔間裡，視線受阻，悠然無法判斷進來的是誰，因此每次門一響動，她就用盡方法查看。第一個進來的，在悠然隔壁間坐下，悠然只能站在馬桶蓋上，趴在隔板上，踮著腳打量來人。豈知，才剛趴上，「劈里啪啦」一陣巨響，簡直就像廬山昇龍霸，廁所大爆炸。隨即一股渾濁惡臭直接衝向悠然的口鼻眼耳，將她薰得眼淚直流，差點沒摔在地上。經過第一次教訓，悠然再也不敢翻牆看杏花了，她改爲蹲姿，打量來人的鞋子。又一個人進來了，穿的是鋥亮鋥亮的名牌皮鞋，嗯，太成熟，不是小新的風格；又一個人進來了，穿的是時尚休閒鞋，嗯，太炫，不是小新的風格……兩雙鞋漸漸靠近，然後兩條褲子落在地上──「嗯嗯嗯嗯嗯嗯……」「啊啊啊啊啊啊……」

「噢噢噢噢噢噢……」「耶耶耶耶耶耶……」菊花的故事，正式揭開帷幕。悠然聽得熱血沸騰，四肢分開，像隻被拍扁的蜘蛛般黏在隔板上，恨不得耳朵能生得更大些。畢竟是公共場合，兩位同志很快就停止了歡愉，整理好衣服，帶著悠然的心，出去了。

看來男廁果然是個好地方，要不是另一間的異味太撲鼻，悠然眞想待在這裡直到海枯石爛。這時，廁所門第四次打開，有個人走了進來，接著，熟悉的音樂響起，是小新的手機鈴聲。接著，又是小新略帶不耐的聲音：「我的事情不用你們管！」悠然將心一定，是了，這次是他沒錯。深吸幾口惡濁的空氣，悠然閉眼，用力，使勁將門推開。「龍小新，你個……」悠然正準備破口大罵，卻赫然發現眼前無人。難道是自己的幻覺？正在思考幻覺究竟是被隔壁惡臭薰昏而產生的，還是因爲思念小新過度而產生時，只見，小新跌跌撞撞地從地上爬了起來。悠然終於明白，原來，小新是被自己猛然推開的門給撞倒在地。

重逢的一瞬，兩人都有點不知所措，當即愣住。但廁所的氣氛以及氣味實在不適合上演唯美劇情，因此龍翔很快便回過神來，照舊將雙手插在褲袋中，揉揉鼻子，將眼睛移開，故作不在意地問道：「妳在這裡幹什麼？」誰知話音剛落，一個不明物體就朝他腦袋砸來，龍翔躲閃不及，只聽得耳邊「咚」的一聲，接著，腦袋就開始嗡嗡直響。蜜蜂飛走後，龍翔小宇宙爆發，怒吼道：「幹嘛拿包包砸我！還有，裡面裝了什麼，爲什麼這麼重？」「這是我路過學校外面建築工地時，撿來的鐵塊。」悠然從包包裡掏出一坨五斤重的白閃閃鐵塊，舉在手中，一臉凶神惡煞：「至於我打你的原因，還用得著說嗎？」說完，悠然再度舉起鐵塊朝龍翔砸去，龍翔趕緊握住她的手，努力讓那凶器不砸在自己的腦袋上。

兩人的動作就這樣僵持著——龍翔道：「妳憑什麼打我！」悠然道：「你不道歉，還玩失蹤，現在還來這種烏煙瘴氣的地方，和這些烏七八糟的人混在一起，你自己說你該不該被打？」龍翔道：「妳又不是我媽，管我這麼多！」悠然道：「我不是你媽勝過你媽！」龍翔道：「李阿婆，去死，不准占我便宜！」悠然道：「這就叫占便宜。那你說，那天晚上你自己做的事情是不是該千刀萬剮？快道歉！」龍翔道：「我不道！」悠然道：「道歉！」龍翔道：「休想！」悠然道：「道歉！」龍翔道：「我，死，都，不，道……啊！」很不幸地，雖然小新制住了悠然的手，卻忘記提防她的腳，於是悠然華麗麗的腿，華麗麗地提在小新的重要部位上。小新應聲，慢悠悠地蹲在地上，冷汗直冒。悠然拍拍自己尖尖的鞋尖，很御姊口吻地說道：「今天，我不過用了五分力氣，要是照我平時的脾性，不一腳把你踹成殘廢我不姓李！道歉就饒你一命。」龍翔抬起頭來，應該是痛得很厲害，兩顆眼珠紅紅的，可是他硬咬著牙，道：「我說過，我死都不道歉。」悠然忍不住又舉起手中殺傷力無比的五斤重鐵塊，非常想將他那固執的腦袋拍出腦漿來，但鐵塊飛在中途時，又生生停下，人家殺手遊戲甚且還有遺言時間呢！她決定讓自己心平氣和一點：「爲什麼不道歉？」「不知道。」然而，小新的回話卻讓悠然剛才平息怒火的努力成了白功。悠然用手狠狠掃了一下小新的頭髮，成功破壞了他的髮型：「給我說清楚，什麼叫做不知道？」據說世界上有種人的人生格言是「頭可斷，血可流，髮型不能亂」，而小新大概就屬於這類人，因爲當悠然這麼做了之後，他竟一躍而起，眼中冒著斯卑修姆光線，那情狀活像要把悠然給燒焦了。悠然吞口唾沫：「我……包包裡有梳子，不然我幫你梳一梳？」

龍翔要的顯然不是梳子，在發射了強大的斯卑修姆光線後，他忽然笑了，笑得有些淒涼：「爲什麼？因爲我知道，如果時間重回到那一晚，我還是會對妳做一樣的事情。所以，即使我道歉，那也不是眞誠的。」悠然仔細地看著小新，再回想起他在路燈下對自己的描述，最終得出結論——這血性方剛的孩子，肯定是餓很久了。龍翔不願直接提及屈雲的名字：「原來我再怎麼做，還是變不成大海，尤其是在他的映襯下，更像一個長不大的小孩。」悠然道：「只是輸了一場無聊的比賽而已，沒人當眞的。」龍翔直接問進悠然的心中：「是啊，我也看出來了，我輸了，妳一點也不失望。因爲打從一開始，妳心裡就認定我是贏不了他的。其實，在妳看來，我和他從來都不在同一個位置，是嗎？」悠然啞口無言，小新說的，不無道理。如果一個人的心是衣櫃，那麼屈雲是在戀人的那個抽屜中，而小新則是在好友的那個抽屜中，從來沒有移動過。龍翔道：「那天晚上，我想證明的只有一件事——我是男人，和他一樣，都是男人。」悠然道：「可是那麼做的下場，卻更突顯了他的成熟，你的幼稚。」龍翔挫敗地將手插入瀏海中：「可是李悠然，妳根本就不給我任何機會！妳對我不公平，明白嗎？妳從一開始，就將我逐出了比賽場地。」悠然道出實話：「那是因爲，我不想失去你這個朋友。龍翔，我很喜歡你，和你在一起我很開心。所以，我一直自私地強迫自己將我們的關係固定在朋友上，因爲戀人是來來去去，而朋友則是一生一世的。」

龍翔的眉宇第一次顯出平靜的清澈：「但妳知道嗎，李悠然，從我意識到自己愛上妳，而妳可能永遠也不會愛上我的那一刻起，我們就注定失去了。」這是悠然第一次聽不懂他的話：「我不懂！」龍翔緩聲道：「我不是林徽音身邊那金岳霖一般的男人，能忍受自己愛的女人和其他男人在一起的場景。所以，當妳確確實實無法和我在一起，我會離開。」不知爲何，悠然鼻子有些酸：「不能成爲朋友？」「不能！」小新說出的這句話，彷彿已在心中存放了幾萬萬年。這確實是他的眞心話，他的世界是如此分明，不能有曖昧，不能有模糊。「在這樣的前提下，妳的選擇只有兩個，一是從今晚之後我們再不相見。二……」龍翔停頓了一下，但僅僅只是片刻，「二就是妳和我眞眞正正地談一場戀愛……不要當我是妳的小新，把我當成一個男人，給我這樣的資格，我需要的，只是這個。」但他話還沒說完，悠然便開始搖頭：「我不想傷害你，我沒有辦法這麼快愛上一個人。」帶點血樣的橘紅燈光投射在龍翔臉上，他睫毛的影子無限地延長著，他這麼要求道：「難道妳還不明白，妳對我最大的傷害，是妳剝奪了我愛妳的權利。沒有眞正試過，妳並不知道自己能否接受我，沒有眞正試過，我一輩子……都不會甘心。給我一個機會，李悠然。」他的意思，已經很明白了。

當他倆喝酒喝到感情變質時，兩人便不可能再裝作若無其事，擺在眼前的路只有兩條。悠然低頭看著自己的手掌，以指尖輕輕描繪著掌心的紋路。她現在才發現，自己竟是如此自私。和屈雲分手後，她很寂寞，幸好遇見了小新，她將本來應該用來爲自己逝去感情落淚傷心的大把時間，用在和小新的打鬧鬥法上。是他幫著她走了出來。從那時起，她就開始依賴他。儘管她時常笑他幼稚，但內心深處確確實實依賴他的陪伴。因此，當他向自己表明心意後，她採用的是逃避方式，她深知自己不會這麼快就投入新的感情，她深知他不是自己的那盤大頭菜，因此她便一直逃避著，一直以朋友姐弟酒友來定義他們之間的關係。能拖多久，就拖多久，這是她內心眞實的想法。她雖果斷地拒絕了他，事實上卻仍停留在他身邊，沒有移動任何一下腳步，這彷彿是在告訴他——你是有機會的，只要耐心地等待著。可是這樣不清不楚不明不白的相處，對他而言卻是莫大的傷害。如海妖的歌聲，蠱惑著他向死亡靠近。

那晚的導火線，雖是屈雲各方面條件優秀令小新感到自卑，也是屈雲在殺手遊戲中有意挑釁，但追根究柢卻源自於她平時的態度。她總是不捨地拉著小新，但每當他想靠近一點時，又用弟弟的標籤定住他的腳步。因此，一向黑白分明的他忍受不了了，他宣布了自己的底線——要麼便是離開，要麼便是給予他競爭的資格。輸了，同樣是離開，但至少，那對他公平。或許，也是給自己的一個機會。有人說過，誰會傻到和自己最愛的人結婚？戀愛，也是如此嗎？她已經傻過了一次，傷得肝膽俱毀，而這一次換她被愛，是不是會不一樣呢？在橘色的燈光下，面前小新的眉目不甚清晰，但他眼裡的忐忑與決然卻是顯而易見的。那麼，管她娘的，先愛一次再說。悠然映在地上略顯模糊沉重的影子，點了一下頭：「好！」

就這樣，悠然和龍翔開始交往了。龍翔回到了學校，和往常一樣，每天早上在宿舍門外等悠然一起吃早飯，下課後在教室門口接她一起吃午飯，沒課的時候就去圖書館，去自習教室。是的，和往常一樣，但細心的旁人能看得出，他們之間的氣氛不一樣了——很少大鬧，而對話也變少了。龍翔似乎離小新越來越遠。最明顯的例子，便是悠然看書時，他不再玩電腦，不再看漫畫，而是拿起教科書開始攻讀；只是，大概半小時也讀不完一頁。對於這些異常，悠然安慰自己，習慣了就好，畢竟剛吃完屈雲那盤悶酸大頭菜，再吃這麻辣大頭菜，得有個適應過程。但沒等她適應兩天，屈雲就知曉了。悠然被叫到學院辦公室，說是輔導員有找。悠然依言前往，和預料中的一樣，辦公室只有屈雲一個人。悠然到的時候，屈雲正在製作開會用的簡報資料，最近爲了迎接教育局的檢查，各學院時常召集全體學生集合開會。他的平光眼鏡微映著螢幕上幽藍的字，而十根瑩白手指則在鍵盤上飛速地跳躍著。屈雲的辦公桌物品從來都是端正地擺放在同一處地方，連一寸也不肯騰挪。旁人不得不承認，這樣的擺放才是最合適、最高雅整潔的；只是，永久的一絲不苟，卻無形中給人一種疏離感。

悠然開門見山問道：「你想知道什麼？」屈雲問著，同時並未停下手中的工作：「爲什麼還在和他玩這種遊戲，那晚的教訓不夠嗎？」悠然頓了頓，道：「這次，我和龍翔，是眞的。」鍵盤的敲擊聲停止了，屈雲抬起眼睛，從薄薄的平光鏡片後方看向悠然。悠然決定一次對他說清楚：「這次，我和龍翔是認眞地在交往了。」屈雲問：「是他威脅了妳？」悠然將一手背在背後，拇指輕掐食指：「不，沒人能勉強得了我。之所以答應，是因爲……因爲我覺得自己應該走出來了，山的那邊究竟是什麼，也要自己看了才知道。」說完，悠然斂下眸子，額前的瀏海順勢搭了下來。她看不見屈雲的表情，也……不想看見。過了好一會兒，鍵盤敲擊聲重新響起，屈雲略顯清冷的聲音傳來：「我知道了，先出去吧。」似乎很平靜，這樣也好，悠然沒有再多待一秒，轉身走出了門。看看時間，三點四十五分，悠然記得四點鐘整個學院要集合開會，因此也懶得跑回宿舍，直接先來到階梯教室看書。

效率還挺好的，英語書一頁頁地翻著。學院的其他學生陸陸續續地來了，悠然也不大理會，自顧自地坐在最後一排角落冒充好學生。雖然專心溫習著，但還是感覺得到周圍的變化。當前排女生隱隱發出「哇」的讚歎聲時，悠然明白，是屈輔導員來了。反正集合開會也不過是強調教育部的大爺們要來巡查了，姑娘少爺們要好好表現，不要丟了自家學校的面子，否則一頓板子少不了你們之類的話。悠然覺得忒沒意思，便戴上耳機，聽著音樂，埋頭於自己的研究所考試大業中。終於，在黑眼豆豆的歌聲中，悠然將H這一欄的單字背完了。耳朵有些疼，悠然將耳機取下，卻發現了一絲，不，是很多很多絲異樣。周圍的同學們都在竊竊私語。雖說屈雲在講臺上時，底下一定要有竊竊私語才是正常，然而這次女同學們的私語內容卻並不是「屈老師長得眞好看」「屈老師的腿好長」「屈老師的屁股好翹」之類的誇讚。此刻，私語的內容是——「屈老師中邪了！」

悠然抬頭，發現講臺上的屈雲一直看著自己的電腦，連投影布幕也忘記要放下。終於，第一排某個不怕死的人小聲提醒道：「屈老師，那個……你已經站在上面十分鐘了。」屈雲仍舊像沒聽見似的，依舊看著自己的電腦，一動也不動，那雙眸子並不專注，思緒彷若墮入了宇宙，無著無落。隔了好一會兒，他才眉宇微動：「抱歉，開會用的簡報資料還沒完成，改成明天開會吧。」語速，比平日快了半分。接著，也不顧滿滿一教室的人，逕直走了出去。移動身子時，他的衣角將幾頁文件從桌上扇動下來，飄飄揚揚地落在講臺之下。悠然低下眼，重新戴上耳機，不再聽周圍同學的討論。不關她的事，悠然這麼告訴自己。

「悠然，妳家龍翔又替妳買油條豆漿站在樓下了。」這天，大清早，室友甲扯著大嗓門，將一番話喊得整棟樓都聽見了。悠然趕緊從被窩中鑽出，穿上拖鞋，啪嗒啪嗒地直衝下樓，奔到小新身邊，將他拉到一旁：「你怎麼來了？不是告訴過你，我今天不去自習嗎？」龍翔將熱騰騰的豆漿和炸得金黃焦脆的油條遞給悠然：「昨天妳不是說想吃豆漿油條，我今天起得早，就買了。」悠然受寵若驚：「啊，謝謝啊！」實在沒料到，昨天信口說的一句話，居然被小新這麼記掛著。龍翔將手插入褲袋中：「回去睡覺吧。」悠然點點頭，轉身時忽然起了個念頭，手隨心動，朝小新的頭髮伸去想揉一揉，就像過去那樣。但還沒觸到，龍翔便將她的手握住，強調：「我不是小孩了。」就這樣一阻，悠然有些訕訕的，只得將手收回。龍翔似乎也意識到自己此舉反應過度，隨即笑著解圍道：「等我燙了刺蝟頭時，妳再來摸吧，保證滿手出血，刺激無比。」悠然也想回兩句，但張開嘴卻一時不知該回什麼。於是，只能向現任男友揮揮手，回寢室了。

東西拿回寢室，自然是要被平分的。悠然只搶到半根油條，吮吮手指，再次回到床上躺著。俗話說，吃人家的嘴軟，嘴裡還咬著油條的室友們，開始不吝惜口水地滴讚揚起龍翔——「看人家對妳多好，居然還送早飯上門，妳眞是上輩子修來的。」「每天圍著妳轉，充當保鏢，陪讀，苦力，現在哪裡找這種二十四孝男友？」「最讓人感動的是，那個人居然是遇神殺神、遇佛滅佛的活火山龍翔啊，居然被妳調教得像小綿羊似的。快說，妳是怎麼把他給搞定的？」悠然坐起身子，倚靠著床欄，非常文藝地捂住自己的臉，陶醉般地說道：「人長得美，就是沒辦法。」「啪啪啪」三個枕頭齊刷刷砸中了悠然的臉。

雞飛狗跳地忙亂了幾個月，教育局的大爺們終於來視察了，爲期一週。全校上下嚴陣以待，學校長官們的規定是變態般的嚴格——無論有沒有課，每天早上七點半必須在規定的教室裡早自習，如若遲到，全校通報。那段時間，自習教室裡懨懨欲睡的熊貓國寶們可是一群群的，乍見還以爲進了動物園。此外，頭髮要黑，要直，男生的頭髮必須短至耳垂，違反這兩條通通要被綁到長官那兒強制理髮。據說，美術系那位剛將頭髮染成五顏六色、個性十足的才子，就因爲這件事鬧著要自殺，可惜站在樓頂上撒了撒花瓣沒敢跳，還是被一把逮住，強制剃了個平頭。鴛鴦們則需要暫時克制，親吻、摟抱那可是絕對不准，就連牽手被看見也是一個警告。那段時間，學校裡那些李莫愁型的高齡未婚女教師們個個活像打了雞血般興奮，天天潛伏在樹林裡，只要有情況，立即跳出來逮住不安分的小情侶們，毫不留情地給予處分。並且，除了午休和晚上睡覺的那幾個小時，其餘時間都不准待在寢室，宿舍阿姨們會挨個檢查，悠然躲在床底也曾被拖出來過；那段時間，圖書館的最角落總是放滿了睡袋，睡著一坨一坨無家可歸的學生。

然而更變態的是，爲了製造全校勤奮讀書的假象，長官們規定每班每天必須派出五個人在學校的林蔭道上大聲朗讀英語，時間是清晨六點鐘。這項規定對於悠然這種不睡到上課鈴響就不起床的懶蟲而言，簡直就是地獄般的折磨。輪到她去表演的那天，悠然在三名室友的連番推搡，以及小新的奪命連環電話攻擊下，終於睜開了半絲眼睛。就憑這半絲眼睛，她夢遊般地起床，洗漱，下樓和小新會合，一同來到林蔭道。天色還帶著點朦朧的白，周圍的其他表演者也同樣睡眼朦朧，將英文念得像佛經。悠然一邊吃著小新帶給自己的包子，一邊看著英文書，可是兩個眼球不斷地晃動，英文單字像活了一般在紙上不斷跳躍。龍翔相信再這樣下去，十有八九她會倒地昏睡，便說：「靠在我背上吧！」悠然依言照做，於是睡眼惺忪的悠然，口中含著小籠包，頭靠在小新堅實的背脊上，晨曦微現，景色很美好。但沒有美好多久，悠然忽然感覺到小新的脊梁骨似乎挺立了起來。只聽說清晨時分男人的下半身喜歡搭帳篷，怎麼小新反其道而行，上半身搭起來了呢？方欲問個究竟，抬頭，卻看見一雙熟悉的眸子。眼尾上挑，依舊深邃迷人，只是瞳仁是無盡的黑，凍得眼周的桃花盡數凋謝。他站在五公尺開外處，看著他們，不知已經多久。但就在悠然與他對視的下一刻，屈雲便毫無痕跡地將眼神移開，彷彿剛才對他們兩人的注視不過是無意間的一掃，沒有任何意義。

可是，有人讓屈雲破了功。「李悠然同學，屈輔導員剛才一直在看著妳和龍翔同學，眼神非常不快。」身邊忽然冒出的聲音，冷不防讓悠然和小新嚇了一跳，轉頭一看，是包子臉校長。校長拍拍兩人的肩膀，笑得像那皮薄光潔的湯包，異常和藹：「繼續努力，我看好你們哦。」悠然和小新還來不及做出什麼反應，校長就帶著他那張包子臉，背著手，呵呵呵地笑著踏上石子路，身形一拐……進入了那邊的公用廁所。這廂，屈雲也朝悠然走來。悠然站直身子，決定兵來將擋水來土掩。及至到了跟前，屈雲向她遞出的，卻是簽到冊。悠然鬆了口氣，一手拿著冊子，一手接過屈雲同時遞來的簽字筆。她抓住了筆的前端，然而……屈雲卻不放手。筆在兩人之間僵持著，雖然只有半秒鐘時間，但對悠然來說卻是長久的尷尬。屈雲看著悠然，眼眸低垂，神色帶著專注迷離，平日裡總略微上翹的嘴角，此刻卻緊抿著。「老師的筆不太好用，還是用我的吧。」另一枝筆隨著龍翔的聲音，被放在了悠然的手上。悠然沒多想，趕緊接過，拿開筆套，簽好名字，快速地將簽到冊還給屈雲。沒有再多一秒的延遲，便跟隨小新去到旁邊的亭子中。背後的屈雲，或停或走，她都看不見了。

早讀演出完成後，悠然又去上了兩節課，中午時照舊和小新約在餐廳吃飯。學校餐廳的招牌菜是糖醋里肌，但每天只有幾小盤，供不應求，因此這道菜的窗口總是擠滿了人。悠然曾經不怕死地去搶過，結果相當慘烈，不僅臉被擠扁，腳被踩腫，就連飯盒裡的紅燒肉還被人趁機偷走三大塊。但自從有了小新，悠然每天都有糖醋里肌可吃。他老人家只要往那兒一站，眉毛一挑，身體周圍立即起了一層白色小宇宙，冷得如同進入冰河時代。生命是美好的，犯不著爲了一塊糖醋里肌喪命，自然而然地，大家便趕緊讓出一條通道，讓他先打菜。每次看見小新端著鬆脆酥香、嬌嫩鮮美的糖醋里肌朝自己走來，悠然總會興起「跟著你，有肉吃」的幸福念頭。悠然接過，吃得正歡，龍翔忽然道：「眞不懂，爲什麼妳喜歡在學校餐廳吃飯。」悠然開始爲他普及知識：「餐廳是吃飯的地方，宿舍是睡覺的地方，廁所是拉粑粑的地方。」龍翔勸道：「可是這裡太嘈雜了，我說啊，乾脆以後去外面吃，既方便，用餐環境也好。」悠然暗自搖頭歎息：「龍翔同學，你是在和一個出身普通家庭的窮女大學生交往，請搞清楚我的承受能力。」有錢的孩子，果然一點也不知道人間疾苦。龍翔理所當然地說著：「當然，是我請客了。」悠然放下叉子，捂住衣襟，將頭側向一旁，眉宇扭曲而糾結，用演話劇的臺詞語氣，道：「不，翔，我不能接受你的包養！」龍翔很無語：「有人肯包養，妳應該偷笑吧。」反正被打擊習慣了，悠然不管，繼續啃里肌。

啃完一塊，再夾另一塊，含在嘴裡啃完，正要吐出骨頭，小新的一句話卻讓她差點將骨頭呑進肚子裡：「以前……妳和屈雲交往時，也不會用他的錢嗎？」不知出於什麼原因，悠然的臉「咻」一聲燙了起來，活像剛湊近瓦斯爐，火苗「嘩」一聲燃起像燒著了她的臉似的，不僅燙，還有些痛。想了許久，她終於道：「你確定要知道，自己現任女友和前男友之間的事情。」龍翔以叉子戳了幾下飯，輕聲道：「這麼說來，答案應該是有囉？」悠然也用叉子戳著飯盒裡的白飯。可憐的飯。悠然挨不住沉默，只能坦白：「一般說來，是叫外賣，我和他都不會做飯，偶爾，也到外面吃去。」龍翔一直糾結於這個問題：「那麼，誰付錢呢？」至此，悠然的話裡不自覺帶上了一絲硬：

「……是他。」像是在和誰暗暗生氣似的。龍翔幽幽回道：「我和他，有什麼是不一樣的嗎？」小新的叉子又一次戳在飯中，卻沒有再拔出來。悠然覺得好笑：「這種事情也適用一視同仁的原則嗎？」眼看著氣氛要陷入僵硬之時，悠然的三個室友走了過來，和他倆一起坐。悠然不好再說什麼，便打起精神和室友說笑，並應付她們對自己與小新的調侃。就這樣，這件事被岔開了，但既然風過，葉子還是落了幾片。

更讓悠然哭笑不得的是，當天下午她被叫到學院辦公室，校長的祕書奉命將一枝時常用來當獎品的鋼筆遞給她，並傳達了校長的聖旨：「妳這孩子，有前途，我喜歡。」待校長祕書離開，學院長官擠著笑臉滿懷關切地問道：「李悠然同學，校長爲什麼要送妳鋼筆呢？」悠然左手掌著桌子，右手捂住衣襟，偏轉過頭，吊了學院長官足足一分鐘的胃口，才又是惱又是羞地說道：「我猜……校長是想包養我。」那一刻，學院長官非常想拿起旁邊的碳素墨水往這個學生的腦袋砸去。

每天吃了睡，睡了坐著看書，出門時連書包都是小新幫忙揹，熱量消耗太少，漸漸地，悠然開始發胖了。當穿不下去年的鉛筆褲時，悠然猛地驚覺，自己不能再這麼墮落下去。於是，她辦了張游泳證，下午沒課時就去游泳減肥。一般來說，都是小新陪著的，但這天下午小新參加籃球比賽，悠然便自己去了。戴上泳鏡，塞上耳塞，悠然開始游泳，她有個惡趣味，那就是，在水底盡情欣賞別人的下半身。這天下午天氣不錯，暖黃的陽光射入池底，粼粼波光在水中的世界遊盪，無聲的世界，無數的……人腿。有粗壯的像電線桿的腿，有毛茸茸的像穿了毛褲的腿，有纖細的像麻稈一樣的腿，還有黑得像裹了層巧克力的腿。出水，透口氣，換個方向繼續潛。方向一換，前方兩公尺處就有一雙好腿，那是男人的腿，纖長筆直，並不瘦削，充滿著適當的力量，而那泳褲包裹下的翹臀，更是讓人生出忍不住摸一把的邪念……可是，越看越眼熟。正在端詳之際，那雙腿逕直朝這邊走來，移動之間，陽光在腿彎處閃過，悠然看見了一個米粒大小的黑痣。電光石火間，悠然終於想起，這雙華麗麗的腿正是屈雲的。「媽媽的，」悠然低聲道，「他穿上褲子，自己就不認識了。」此刻的悠然活像發現魚雷的潛水艇，開始「嗶嗶嗶嗶」地發出報警聲。她掉頭，趕緊跑。但屈雲長腿一躍，三兩步就擋在前方。好嘛，此處不通，她走別處，可是屈雲卻次次都能擋在她前面，四五次之後，悠然的氧氣用罄，最終在窒息前破出水面。

將泳鏡取下，悠然看著面前的屈雲。水珠順著她的額頭滴落在眼睛中，悠然睜眼睜得十分困難。屈雲也是濕潤的，水珠順著他黑潤的髮絲、鮮明的輪廓緩慢滴下，然而眉梢眼角卻是乾的，彷彿被複雜的情感所蒸發。深呼吸一口氣，悠然再度猛鑽下水面，準備潛逃。沒時間戴泳鏡，悠然閉著眼胡亂往前奔，一不小心，腦袋就撞上了說軟不軟、說硬不硬的一件物體。憑著她不純潔的腦袋，悠然明白，自己的頭撞上了別人家的烏龜頭。再度出水，發現一個好消息——被撞的人，是屈雲；還發現一個壞消息——被撞的人，是屈雲。悠然抹了一把臉，張開嗓子，半晌，才問道：「痛嗎？」屈雲眉目舒展了些許，他搖搖頭。悠然轉身欲走：「那我就用不著賠錢了，失陪。」屈雲再度游在她前面擋著去路，並推翻了剛才的話：「現在，很疼了。」悠然急道：「那你就趕緊去醫院治治，或許還能挽回幾成功能，失陪了。」悠然再度轉身，再度欲走，可是屈雲又再再再再再度擋在她的前面。

屈雲問：「和我一起說說話，就這麼讓妳無法忍受嗎？」他的聲音彷彿也染上了映陽的碧波影子。悠然道：「龍翔看見了，會不高興的。」屈雲臉上的水珠流得更加緩慢，像被無形的冰霜凍住：「什麼時候，妳變得這麼在乎他的感受了？」悠然緩聲道：「從我正式成爲他的女友開始。我有義務顧及他的感受。」屈雲閉上眼，水珠從他的眉毛中蜿蜒而下，滑過淡薄的上眼瞼，陽光照射下，上面細小神祕的血管隱隱若現。他的聲音隨著水面飄盪而來，帶著一絲記憶的香涼：「是的，當妳愛上一個人，便會對他很好……就像當初對我一樣。念著的，想著的，夢著的，都是那個人。」悠然不想陪他回憶過去：「失陪了。」抓住欄杆，準備起身。可是屈雲握住了她的手，濕潤的手握住了同樣濕潤的手臂，水珠在兩人手臂相連處緩緩滴落。

「放手！」「放手！」第一個是悠然的聲音，第二個則是龍翔的聲音。悠然抬頭，看見了背光站在岸邊、拿著浴巾的小新。還沒來得及說什麼，小新動作俐落地伸手她然拽上岸。濕潤的兩隻手，分開了。龍翔扶著悠然背對自己站好，將寬大的浴巾裹住她的身子，隨後用親昵的姿勢環住她的腰，將她緊摟在自己懷中。接著，他親吻了悠然的臉頰，而眼睛則看著屈雲，以占有的意味。當年輕的嘴唇離開悠然染水的臉頰時，屈雲聽見了一句話：「現在，能吻她的，只有我。」然後，龍翔環抱著悠然離開。

換好衣服，悠然從更衣室出來，走向等待著自己的小新。他什麼也沒說，只接過她手中的袋子，單手插入褲子口袋，便往前走，悠然趕緊跟著。一路上，沉默難耐。悠然思考許久，終於解釋道：「我也不知道他怎麼會在那裡。當時，我也想走的。」沒有回應，悠然的話像跌入了無底洞，一點生息也無。那種鬱悶，簡直是筆墨難以形容。又走了大概十步，龍翔回話了：「我知道。」悠然答：「嗯？」龍翔沒有回頭，腳步也沒有停：「我知道他為什麼在那裡。他一直在跟著妳……他對妳，從來沒有死心。」聞言，悠然停在原地，而龍翔似乎也感受到這點，同樣停下了腳步。看著地上金黃得略微渾濁的光暈，悠然道：「你想多了，而且，他要怎麼樣，和我們有什麼關係呢？」夏初，陽光暖暖的，時間的流逝在微燙的空氣中變得緩慢。像是過了很久，悠然才聽見小新的回話：「……和我們有什麼關係，是嗎？」不著頭腦的一句話，沉甸甸壓著悠然一夜的心。

戀愛這方面進行得磕磕絆絆的，而學校這方面也應付得驚險無比。教育局的大爺們不只是來逛逛學校、視察一下餐廳、宿舍；據老師說，他們還會逮住看得順眼或是看不順眼的學生，詢問他們一些問題，例如校訓是什麼，學校各級長官的名字，對學校的看法，對未來的暢想，還有考驗專業知識以及英語對話。因此，全校學生都決定，只要看見像教育局大爺的人，一定有多遠，就跑多遠。悠然也做了同樣的打算，天天穿著運動鞋和運動服，走在校園中總是左右觀望，只要看見可疑人物立馬撒蹄狂奔。因此那幾天，校園裡到處都是「呼」一聲消失，又「咻」一聲出現在樹後的忍者。可是人一倒楣嘛，連做夢都能夢見和表演相聲的趙本山趙大叔嘿咻。這天，悠然在圖書館借了幾本書，接著來到第二教學樓等待小新下課，正站在走廊上戴耳機背誦著，忽有一雙手拍了拍她的肩。悠然轉頭，差點嚇得從五樓跳下去……因爲，好像，似乎，可能，遇上了教育局的檢查員。悠然回想起班主任的話——

「檢查員一般都是幾個人同時出現。」沒錯，眼前就是六個人。

「一般都穿著正式的西裝。」沒錯，還挺紳士的。

「一般都戴著眼鏡。」沒錯，十二隻眼睛齊刷刷地看著她呢。

「一般都看似和藹，實則奸詐。」沒錯，眼鏡上的光和屈雲的有得拚啊。

悠然悔得連膽汁都要吐出來了，這可怎麼辦？「同學，妳叫什麼名字？是哪個系的？」爲首的那位努力表現出和藹的樣子，卻力不從心，笑得頗像抗戰時期的陰險特務。悠然從來不是當烈士的料，她立馬用圍巾遮住自己的臉，「咻」的一聲穿過他們，逃走。正在爲自己的機智喝彩，背後卻傳來一個散發著包子味的聲音：「李悠然同學，心理系的李悠然同學，請等一下。」悠然頓時成爲一隻暴露在草原上的肥羊，無路可逃。短腿肥羊轉頭，瞪向那張笑得紅豔豔的包子臉——屈家的人，沒一個是好的。被逮住後，悠然被校長死拉著參加了校方爲教育局視察團召開的盛大歡迎會。在高級飯店的包廂中，滿大桌子的珍肴美饌，五十年份茅臺瓶瓶地開，那叫一個腐敗，那叫一個和諧。這一頓酒菜錢可以讓多少失學兒童重返校園啊，眞是朱門酒肉臭，路有凍死骨！悠然一邊當著小憤青，一邊縮在校長身邊大吃特嚼。

吃得正歡樂，包廂門開了，只聽服務生小妞以甜得發膩的聲音道：「先生，這邊請。」小妞的聲音包含著驚豔的興奮，令悠然覺得很熟悉——學校裡，那些慕名來上屈雲課的女生都是這個調調。抬頭一見，果然是屈雲。他今天的臉色有些蒼白，嘴角緊抿，像在忍耐著什麼。校長的包子臉則笑得眼睛都不見了，招招手，將屈雲安置到自己的右邊，而悠然則在校長的左邊；兩人的距離說近不近，說遠不遠。教育局的人似乎都知道屈雲是校長的兒子，毫不吝嗇地說著讚揚的話，中心主旨就是——虎父無犬子。悠然覺得這句話很有問題，屈雲再怎麼樣，也沒長出個小包子臉啊。管他的，吃完就走人，悠然這麼想。

這種場合，酒是一定要喝的，做爲唯一一名女性，並且先前還做出掩面飛逃這種脫險事蹟的悠然，自然成了大家的共同打擊目標。這些人都是在酒桌上混慣了的，幾席話便讓悠然覺得自己如果不喝，就是對不起國家對不起人民對不起父母對不起子女對不起每天不辭辛勞叫自己起床的公雞對不起宿舍牆上供自己意淫的吳彥祖海報。但悠然從來都是喝啤酒，哪裡受得了這種高級貨呢？正在騎虎難下之時，屈雲接過她面前的酒，仰脖一口乾下；理由是，學生酒量淺，還是由他這位老師代替。這頭一開，便一發不可收拾，所有人都集結成統一戰線來敬他的酒。屈雲擋在悠然面前，一杯杯地喝著。按理說，幾杯下肚，臉應該是紅潤的，但屈雲的臉色似乎更加蒼白了；而且，悠然還看見他趁著別人不注意的間隙，偷偷按著胃。兩個多小時後，酒宴終於結束，散場時，悠然卻發現屈雲不見了。

校長用專車送悠然回校，一路上，悠然心裡存著疑問，卻清楚自己沒有開口的立場。最後是包子校長主動說道：「不用猜了，現在我那兒子，在醫院裡。」面對悠然訝異的目光，校長繼續道：「這幾天他胃不舒服，今天早上去醫院診斷出是胃潰瘍，剛才又喝了這麼多酒，胃出血了，現在在醫院躺著呢。」悠然難以理解：「你知道他胃潰瘍，還眼看著他喝酒？」校長道：「如果不是想讓他喝酒，今天帶妳出來有什麼意義？」悠然隱隱覺得有些不對：「什麼意思？」校長道：「他本來是不可能出來的，但我告訴他，妳在這兒，並且會被灌酒。他掛上電話，沒幾分鐘就趕來了。」此刻的悠然，非常想把校長那張漲滿純潔和藹笑容的包子臉給戳破。紅燈亮起，車停下。這一刻，校長第一次沒有了笑容，正正經經地說道：「悠然啊，我兒子真的挺喜歡妳的，我可從沒見過他對誰這麼在乎過。」悠然輕掐著自己的手指，不發一言。校長再次綻開包子臉，用最無害的笑容道：「不過呢，他一定是做了很多讓妳傷心的事情，所以，那麼加上我的分，趁現在狠狠地折磨他吧。」悠然：「……」

下車之後，悠然漫步走回了宿舍，一路上，恍恍惚惚的。掌中的手機，似乎是燙的，像在提醒她打電話給一個人。正猶豫間，手機響起，細看，卻是小新，他約她在商場外面見。幫她選了一雙運動鞋後，小新又帶著她在女裝部四處試穿；基本上，悠然每試一件，小新便會叫專櫃人員結帳。商場裡的衣服對學生來說價位偏高，悠然阻止了幾次，但小新硬是要搶著付帳，並且還一直拉著她繼續逛，悠然只得藉著上廁所的機會休息一下。在洗手間裡，悠然看著鏡中的自己，總覺得眼中有些沉甸甸的，心裡像是有什麼事情，是關於屈雲的。再怎麼說，他是爲了幫自己擋酒才會住院的，那麼是否該打個電話確定一下他的安危呢？手隨心動，悠然拿出口袋裡的紙條，撥打了上面的號碼。那是剛才臨下車前，校長遞給她的，他似乎知道悠然鐵定不會存著前男友的手機號碼；所以，包子校長也是個危險人物。按下通話鍵，還沒等待一秒鐘，悠然就像被貓抓了似的趕緊掛斷電話，她也不知道自己爲什麼要這麼做。用清水洗了洗臉，悠然深深呼吸一口，走出了洗手間。

龍翔的興致似乎很高：「三樓有很多新裝上市，走，上去逛逛吧。」悠然找了個藉口：「不了，我累了。」龍翔不太相信她的話：「平時妳和朋友出去時，穿高跟鞋逛一整天也不會叫累的。」悠然不說話了。龍翔靜靜地看了她許久，終於道：「妳是不是很怕花我的錢？」這句話恰好說中了悠然的心事，但她還是掩飾著：「不是怕，只是覺得沒有必要買這麼多。」曾做過悠然兄弟的小新，對她的過去可謂瞭若指掌：「妳不也曾經幹過，將一個月的生活費拿來買一條牛仔褲的事嗎？」悠然被問得啞口無言。龍翔的聲音更大了些：「妳認爲花我的錢，不舒服，是嗎？」四周人來人往，悠然不喜歡被圍觀的感覺，便將小新拉到商場角落解釋道：「我只是覺得，學生用不著買這種價位的，畢竟我們還是米蟲……」龍翔冷靜地截斷了她的話：「所以妳拒絕的最終原因是，我爲妳花的，並不是靠我自己賺來的錢，是嗎？」悠然急急否認：「我不是這個意思。」龍翔問：「屈雲的錢，是他自己賺的，所以妳用得心安理得，是嗎？」悠然忽然有些煩躁：「我們之間的事和他沒有半點關係，爲什麼每次吵架都要扯出他來？」龍翔問入悠然心中：「妳真的相信，他不在我們之間嗎？」悠然問：「你不覺得這樣很累嗎？什麼事情都要扯上他，而且，你還有意無意地想要和他比，想成爲他那樣的人，有意義嗎？」龍翔的眸子黑得清澈，清澈得充滿了沉甸甸的物質：「因爲，我想讓妳喜歡上我。因爲妳那麼喜歡他，所以我想，如果我像他一點，妳是不是也會愛上我一點。」悠然搖搖頭：「以前我愛他，是因爲我蠢。」龍翔靜靜地道：「那麼，妳一直沒有聰明回來。」聲音像廟宇裡的檀香，一絲白線，裊裊上升。悠然停頓了許久，終於道：「我不想和你在情緒失控的時候談事情……我們先回去吧。」說完，悠然轉身就要走，但龍翔拉住了她的手臂，也不說話。

兩人僵持著，在此其間，悠然的手機響起。宇多田光的〈Prisoner of Love〉在口袋裡一遍遍地迴響著，斷了，又再次響起。悠然一開始沒有察覺，但當意識到自己在洗手間裡撥打的那通電話時，身體忽然緊繃了起來。龍翔自然也察覺到她的異樣，他將手伸入悠然的衣襟，一把搶過手機，翻開蓋子，什麼也不說，只是傾聽。那邊只說了兩句話工夫，龍翔便掛斷手機。他的表情儘量做到不至異樣，但細微的肌肉牽動還是將波動的情緒展露無遺：「屈雲問……妳五分鐘前打電話給他，有什麼事？」悠然沒料到事情會這樣發展，頓時愣在當場。龍翔故作冷靜地說：「也就是說，當我在洗手間外面等妳時，妳卻在裡面打電話給他……妳認爲這樣的行爲，還可以讓人相信他不在我們之間嗎？」龍翔的聲音比平時要低啞許多，就像暴風雨前那種能壓碎人脊梁的厚雲。悠然快速尋找著最不容易引起小新猜測與怒火的詞句：「我找他是爲了別的事情。」龍翔沉默著，他從來不曾這麼沉默，彷彿連呼吸也沒有了氣息。悠然問：「能靜下心來聽聽我的解釋嗎？」龍翔低低地吐出兩個字：「可以。」就在悠然心中稍鬆一些之時，小新裹著濃陰冰霜的下句話，便隨著手機砸地的聲響一起進入她的耳中：「但不是今天。」悠然渾身像被冰凍過似的，呆愣地看著地上的手機碎片，以及……小新遠去的背影。

不是今天，也不是明天，不是後天。整整五天，小新都沒有在自己面前出現。他不想見她，悠然好幾次去找他，都是無功而返。感情觸礁，做什麼都沒心思，五天下來，才背了不到十個英語單字。悠然整日整日地坐在床上，雙手抱住小腿，下巴擱在膝蓋上，有著朝雕像發展的傾向。腦子裡，開始一遍遍回想著自己那些混亂的感情——之所以會和小新交往，是爲了那一點點讓他留下的可能性。可是現在的情況，卻比他的離開更加讓人難以接受，就像所有美好的記憶都變味了。這段時間，小新是不快樂的，他放棄了很多自己眞心喜愛的事物，強迫自己做一些不情願的事。他放棄了打網遊，看漫畫，逛動漫展，和人比賽籃球……一切屬於他這個年齡會做的事情，都不做了。爲的，是要讓他自己的形象更加靠近屈雲。但他忘了自己是龍翔，這種身分的扭曲，讓兩人之間的快樂隱形了。悠然得時時刻刻注意自己的行爲是否會讓他多心，這是個很累的過程。他們以前的打鬧與嬉戲都消失了，取而代之的是猜忌，是如履薄冰，是無法信任。悠然明白，這樣下去永遠也到不了自己希望的那一步。正當她本來已經不太尖的下巴即將被膝蓋壓成盆地時，小新打電話來了：「我們談談吧。」嗯，是該談談了。電話打來的時候，悠然正在學院的階梯教室做著布置會場的工作，因爲接近尾聲，便讓其他同學先走，自己留下，一邊收拾，一邊等待著他。

沒多久，小新到了。悠然停下手中的工作，看著他，良久，從口中迸出一句話：「賠我手機。」龍翔：「……」緩過氣後，他將眼睛放在腳上那努力糾纏著的彩帶上，輕聲道：「我們，接下來該怎麼辦。」聲音是心平氣和的，似乎已經經過了深思熟慮。悠然蹲下身子：「你問我嗎？」一邊說，一邊將小新腳上那條糾纏不休的彩帶扯了下來。龍翔的眼神像冷然的瀝青，滯澀。他道：「事情爲什麼會變成這樣呢？」也不知是問自己，還是在問悠然。悠然搖頭，關於這點，她也很想弄清楚。龍翔輕聲道：「我原本以爲，我們之間唯一的問題在於，妳並沒有將我當成有資格追求妳的人；我原本以爲，只要過了這一關，一切都可以解決。可是當我們到達這一步時，我才發現，我們之間最大的問題，是屈雲。」悠然問：「你認爲我和他之間，還是有牽扯，是嗎？」龍翔認爲一切都是屈雲的錯：「妳在乎他，我也在乎他，這是兩種不同的在乎，所以他一直都橫隔在我們之間，一直都阻礙著我們之間關係的發展。」悠然用腳勾起一縷彩帶：「你眞的這麼認爲嗎？」至少這麼一來，可以讓身體的一個部位有事可做。龍翔看著她，眼底深處帶著純黑：「不是我是不是這麼認爲，而是事實確實如此。」悠然聲音小小的，帶著一絲疲憊：「我要怎麼做？你告訴我，我要怎麼做？」龍翔給出了答案：「做出選擇。」悠然問：「題目和選項呢？」龍翔拿出一張機票，遞給悠然。悠然並沒有接過，只是用需要解答的眼神看向他。

龍翔上前一步，將機票塞在她手中：「悠然，雖然過程不是想像中那麼順利，但至少，我們也算是眞眞正正交往過一次，我不再有什麼不甘。這段時間，我們自欺欺人地維持著快樂和平的假象，而原因，很大程度是出於我的不自信……這樣下去，我們兩個人都會毀了。」是的，悠然點頭，這樣下去，是不行的。龍翔緩聲道：「我想我最需要的，是妳的肯定。我想確定，在妳心中，我是重要的。所以，悠然，我需要妳做出選擇。」他的頭髮在燈光下顯得漆黑潤澤，流轉著清澄的光，「離放假還有二十天，這段時間我不會打擾妳，我只希望妳能好好想想，究竟……願不願意和我在一起。如果妳願意，放假的那天就來機場，和我一起去海南。如果妳沒來，我不再強求，再也不會……糾纏妳。」說完，兩人之間蔓延著壓抑的沉默。像是無話可說一般，龍翔覺得是時候離開了：「那麼，我就等妳的決定。」說完，他轉身，離開。

悠然低頭看著手中的機票，眼睛忽地有些刺辣。然而剛踏出兩三步，龍翔忽然停下，下一秒他快速返回，伸手將悠然擁入懷中。悠然的頭緊緊靠著他的胸膛，彷彿每根髮絲都感受得到他劇烈的心跳。他說：「不論妳做出什麼樣的決定……我都會接受它。」悠然覺得嘴邊有點苦澀：「如果我沒去，你會永遠地離開我嗎？」悠然耳邊的心跳漸漸平靜了下來，就像洶湧的湖海逐漸變爲碧靜的潭水。他說：「這個答案，我們早就知道的。」是的，早就知道了。「悠然……」龍翔看著悠然，張口，卻不知該說什麼。就這樣停頓了很久，他低下頭，將唇埋在悠然的腮邊，輕觸著，像是一個吻。唇離開皮膚時，發出的聲響在悠然耳邊綿延著，不斷拉長：「悠然，我喜歡妳……很喜歡很喜歡的那種。」這是小新放開她之前，說的最後一句話。悠然看著洞開的教室門，怔怔的，似是失去了魂魄般。

不知過了多久，鐵門開鎖聲輕輕響起。階梯教室有前後門，後門位於教室最後排的儲藏室中，是道鐵門。悠然抬眼望去，一道身影在鐵門處晃動了一下，轉眼消失。難道，剛才有人躲在儲藏室？那麼，剛才的對話都被聽去了嗎？悠然想追去看看究竟是誰，但才剛邁動一步卻沒有了繼續的力氣。誰聽了去，又有什麼關係，事至如今，她已經沒有了追究的力氣。

二十天，四百八十個小時，兩萬八千八百分，一百七十二萬八千秒。每一秒鐘，悠然都在做著抉擇——放假的那天，究竟該不該去機場。那張機票一直壓在枕頭下，不敢碰觸。悠然回想著自己和小新相處的分分秒秒，從一開始的打鬥到後來的釋然，再到後來的戀愛。歡喜冤家，指的就是他們吧，只是，結局究竟是好的還是悲的，全在她的抉擇之中，悠然覺得迷茫，她記得那天在屈雲面前，曾經擲地有聲地說自己要的，是一個將她當成掌心肉心頭寶的男人；而現在，小新就是這麼對她的，可是爲什麼，她會猶豫？他對她的好是有目共睹的，是發自內心的，是讓她深深感動的，可是爲什麼，她會止步不前？追根究柢，還是因爲天眞與執著。她內心深處要找的，是一個將她當成掌心肉心頭寶、而自己也深愛著他的男人。可是，找到這個人的機率，比不仰賴任何設備、直接登月成功的機率還要小。有了小新這樣舒適的港灣，她卻不停歇，還要繼續乘風破浪，尋找那縹緲如海市蜃樓的夢想。如果她這麼做了，自己也要罵自己一聲賤骨頭。難道當初對屈雲的付出，還沒有吃夠苦頭嗎？還要在另一個人身上重新品嘗一遍嗎？愛還是被愛，似乎是每個人都會面臨的問題。

兩全其美，在這個問題上很難實現，總有你愛的人不愛你，總有愛你的人你不愛他。究竟什麼才是自己要的，每個人都很難弄清，一旦選錯，便是後悔終身。

時間大神用手快速撥動著時針，二十天很快過去，複習，考試，吃飯，睡覺，日升，日落，如按了快轉鍵的電影般很快就到了尾聲，而悠然的答案還是沒有眉目。她的左邊口袋是回家的火車票，右邊口袋則是小新給的機票。除了校門，左走是機場，右走是火車站。向左，還是向右，悠然坐在校門口的花壇邊，將行李放在腳邊，雙眼惘然。飛機是上午十一點起飛，而現在才快九點，如果要去，時間很充裕。只是……悠然辨不清自己應該前進的方向，腦子因著思考而變為一鍋煮沸的粥，燙痛了神經。悠然揉著太陽穴，將腦袋埋在臂彎中，讓疼痛稍緩。就在這時，喇叭聲在她耳邊響起。門口便是熱鬧市區，車水馬龍喇叭聲不休，悠然本不以為然，但那喇叭聲卻不急不緩地響著，似乎是對著自己。悠然抬頭，清亮的天色下，她看見面前車裡坐著的，是屈雲。已經是六月底，純金的陽光下，屈雲那彷若有一公分長的睫毛投射在臉上，金色的陰影遮住了他大半張臉。悠然腦子裡第一個念頭是——見鬼了。自從那件事之後，屈雲不是再也不開車了？看來，凡事皆有可能，但……不關她的事了，陽光太大，刺人眼目，悠然低下頭，重新將腦袋埋在臂彎中。

屈雲問：「妳要回家嗎？」悠然點點頭，動作很輕，也不管他是否能看見。屈雲道：「反正行李不太多，那麼，就把妳的那些漫畫拿走吧。」當時住屈雲家時，悠然將自己珍藏的漫畫都放在那裡。並不是沒有地方放，只是為了占據屈雲家的一角，彷彿這麼做就能順帶在他心中占據一角似的。當時多傻。分手之後，一直沒有取回的機會，就任由它們流落在那兒。悠然道：「改大吧。改天我再去拿，今天我……沒時間。」聞言，屈雲的眸子在越來越炙熱的陽光下轉變了些許顏色：「我已經拿來了，就在車裡，妳搬走吧。」也是，分手了，東西還留在前男友家，想起來確實不太好。於是悠然走到後車門邊，打開車門，準備搬書，但當眼睛適應了車內的黑暗，卻發現座位上根本沒有漫畫書的影子。還沒來得及開門，便感到一股大力將自己拽上了車，接著便聽到車門「咚」地關上的聲響，以及引擎發動的咆哮聲。突然遭到這樣的情況，悠然先是呆愣，而後回過神來，立即大喊道：「停車！」屈雲彷彿沒有聽覺般繼續踩著油門，瘋狂地向前駛去，最後一個拐彎，停在一個幽靜社區的小巷中。悠然低咒一聲：「瘋了！」伸手開門，準備下車。可是屈雲按住了她的肩膀，放倒前排的車椅，翻身而上，將悠然牢牢壓住。悠然震驚，並大肆掙扎：「你幹什麼！」屈雲低聲道：「別去機場，我不能讓妳去。」

爲什麼他會知道？悠然瞬間憶起當時階梯教室後門的那道身影……原來是他？屈雲聽見了自己和小新的全部對話，爲了阻止她去機場，他才會在這個時刻將她騙上車。可是要怎麼選擇，是她的自由，他無權干涉。悠然道：「屈雲，放開我。去還是不去，和你無關。」屈雲沒有放開，而是將她壓得更緊，用自己全部的骨骼與肌肉擠壓著她。悠然低聲警告：「屈雲，我最後說一遍，放開我！」屈雲沒有動靜，像一塊毫無生命力的沉重大石，緊緊壓在她身上。悠然張口，咬住了他的肩膀。夏日，屈雲只穿著單薄的襯衫，悠然張口一咬，輕易咬破了他的皮肉。血絲慢慢地滲出，在悠然潔白的牙齒上向四面八方蔓延，像雪地中曼珠莎華，張揚的花瓣，凌厲淒豔。屈雲渾身一顫，然而僅僅只是一顫，之後再沒有任何動靜，只剩下呼吸，在悠然的耳邊張合。

她一直咬著，而他一直承受著，沒有讓開。從九點，一直到十一點，整整兩個小時，他都任由她咬著。只要她，不去機場；只要她，不去見龍翔；只要她，不離開。

這就是屈雲教給悠然的第十九課——男人急起來，是可以不擇手段的。

Lesson Twenty

到底，他是，可以被打敗的

悠然沒能去機場，是因爲屈雲的阻止，更因爲，是她自己的決定。

當屈雲鬆開自己的剎那，當時針指到十一點的剎那，當明白即使趕去也上不了飛機的剎那，悠然心底的一個小角落竟發出了輕促的鬆氣聲。如一顆小石子落地，聲響擴散到所有溝壑。原來，這才是她最終的決定，只是，她一直不願承認。一次誤機不算什麼，追上去，即使是天涯海角，也能追上去。但悠然想，她是沒有資格的，她不能再騙小新，再欺騙自己。她不愛小新，不能像他要求的那般愛他，她能做的就是防守，放他離開。此去，以往的時光再不會回來，和小新之間的快樂只能是回憶，但這是唯一的解決方法。很多事情，雖然結果痛不欲生，但還是得去做。

屈雲肩上的傷口，血跡已經凝固，他放了她，悠然得以坐直身子。但屈雲還是握著悠然的手，緊緊的，毫不放鬆。這一次，悠然沒有反抗，她只是靜靜地說道：「屈雲，你一直都是對的，我不應該一而再再而三地和小新喝酒，我不應該將他牽扯進我們之間，我不應該答應和他在一起。」臨近午間，陽光更加穠麗，車內的冷氣很足，外面世界的炎熱彷彿畫報一般虛假。屈雲緩聲道：「最不應該的，是我讓妳離開了。」悠然喃喃道：「是，好多好多的不應該。我們都是罪人，沒有一個是清白的。」屈雲的目光淡似清水卻炙似烈陽：「可是不管是對是錯、是罪是罰，我只清楚一件事……悠然，對妳，我是不會放手的。」悠然迎著他的眸子，良久，忽然扯動了一下嘴角：「以前看別人的故事，總是責怪那些女人放不下，總以爲臨到自己時，同樣的事情會有不一樣的作法。一直以爲，自己是最乾脆俐落的一個人，能愛就愛，不愛就放。可是我卻忘記了……感情，本來就是拖泥帶水、至齷齪至不堪的一件事。不論嘴上說得多麼灑脫，心中卻一樣牽絆。到現在，我已經看不清自己的心了。」屈雲張口：「悠然，給我個機會……」悠然截斷：「不，屈雲。這次，是你要給予我，給予我時間。」悠然轉過頭，看向窗外，然而窗玻璃上還是有屈雲的影子，模糊，卻是不可忽視的存在：「我很笨，我得花很多的時間來想一個問題。小新說我的心裡還有你，可是我不敢相信。如果有的話，爲什麼我們要彼此折磨這麼久？我需要時間，好好地、好好地想一想。屈雲，你會答應我的，你一定要答應我的。」屈雲伸出手指，輕柔地觸在悠然的鼻尖上，涼涼的：「我，我答應妳。」

就這樣，悠然回到了自己家裡，那個舒適的避風港。曾經有很多次，悠然想給小新打電話，可是到最後，都放棄了，她已經沒有任何立場去找他。最後，是小新主動發來了一條簡訊：「悠然，祝我們最後都能找到自己想要的。」這是最後一次聯繫，悠然明白，就像小新那次說過的一樣，從此，他們不再有任何干係。都不是灑脫的人，亦不做「分手即是朋友」那麼灑脫的事。悠然永遠也不知道小新當時在機場等待的情景，永遠也不會知道。是她的錯，她甘願受罰，只是對小新而言，再如何也無濟於事。每次遇見挫折，悠然的消極對抗方法就是睡大覺。炎熱的夏季，躺在冷氣房裡，睡得百毒不侵五穀豐登八仙過海壽比南山……睡著睡著，有人用手指輕撫著她的額頭。悠然將眼睛睜開一小條縫隙，看清側身坐在床邊的是自己的母親。重新將眼睛閉上，用濃濃的睡音呢喃著：「媽，我背癢。」話音落後，一雙纖柔的手撫上了她的背脊，爲她搔著癢，很舒服。

悠然恍恍惚惚地一邊回答母親的問話，一邊朝夢鄉靠近。白苓問：「最近過得怎麼樣？」悠然答：「不錯。」白苓問：「考試考得好嗎？」悠然答：「一般啦。」白苓問：「研究所考試準備得怎麼樣了？」悠然答：「馬馬虎虎。」停了片刻，白苓忽然道：「悠然，對不起。」這句話，立馬將悠然的瞌睡弄醒了：「媽，妳在說什麼呀？」白苓低聲道：「我居然完全沒留意到承遠對妳的傷害，我太大意了。」悠然坐起身子：「這件事已經過去了。媽，不要再想，我現在很好。」白苓語氣中帶著深深的自責：「不管對妳，還是對承遠，我都不是個合格的母親。」悠然勸慰道：「媽，妳已經做得夠好了，父母不可能爲子女擋去所有危險的。」白苓嘴角有著青色的陰影：「其實，承遠恨我，是應該的。我確確實實虧欠了他許多。」悠然勸著：「媽，別這麼想。」

白苓的聲音有些滯澀：「我嫁給妳爸之後，古志打他打得更厲害。有一次，他渾身是傷地從家裡逃出來，哭著抱著我的腿，要我收留他。緊接著，古志就來了，他硬是要拖他回去。當時我懷著妳，不敢用力，所以放開了承遠的手，親眼看著古志將他帶走……那次回去，承遠的肋骨和小腿被打到骨折了。我永遠忘不了去醫院看他時，承遠看我的那種眼神，就像是……什麼東西徹底熄滅了，無盡的失望。是啊，原本以爲世界上唯一能夠保護他的人，在最後關頭居然毫不猶豫地放開了他的手。我一直在說自己對他視若己出，可是午夜夢迴之時，我自問，倘若當時要被帶走的那個人是妳，我一定、一定會奮不顧身地擋在妳面前，而不是放開那雙無助的、顫抖的、緊緊握住我的小手。」悠然說：「可是，媽，妳本來……」悠然沒有說下去，但白苓明白她的意思：「本來就不是他的母親，是嗎？但是承遠從出生的第一天開始，就和我在一起了，他一直都以爲我是他的親生母親，一直都依賴我，維護我，將我當成世界上最親的人。我也曾經無數次當著他的面發誓，說不會離開他，但是到最後，我還是放棄了他……」悠然無話可說，唯一能做的就是抱住母親的肩。

白苓幽幽地說著：「他過得很慘，常常被打得遍體鱗傷，我無法想像，那小小的身體怎麼承受得了那些拳打腳踢。他遭受了很多創傷，那次，古志因爲他考試沒得第一，居然將他的頭按在水池裡長達一分鐘。承遠以前很喜歡游泳，但從那之後，他只要碰到水就會失聲尖叫……就像他說的，每個月接他來我們家一次，那不是補償，那是一種折磨。看著那些不屬於他的快樂安詳，他的心裡一定如蟲噬般疼痛，可是我卻一點也沒有察覺。他恨我，所以選擇藉著傷害妳來報復我，可是我卻沒有立場責備他，也根本沒有安慰妳的資格。」悠然的手心柔柔吸收了白苓肩膀傳來的陣陣顫抖。

悠然道：「媽，不要想了。該還的，我已經還給了他，從此，我們就當生命中根本沒有這個人好了。」白苓微歎口氣，抬眼看向窗外的枝葉。良久，終於強打起精神，幽長的音調中有著複雜的情緒：「我去給妳煮蓮子湯。」但悠然記得古承遠說過的話，她知道，他是不會放手的。

果然正如自己預料那般，他找來了。那是在一個星期之後，悠然去書店買參考書，回家路上看見了一輛熟悉的車，還有車邊的古承遠。他的眉目依舊俊朗，他的身姿依舊挺拔，他的氣度依舊雍容。他總是習慣略偏著頭，頸脖的肌膚如冰冷光滑的玉石。當時，悠然穿著波希米亞風格的長裙，彷彿就要拖曳在地，腳下是人字拖，走起路來啪嗒啪嗒響著，手中抱著一大落參考書，額頭的薄汗黏住了幾絡髮絲。看見他，悠然停下腳步。因爲她很清楚，逃避，是沒有用的。

「妳回來了。」承遠以這句話做爲開場白。悠然問：「有什麼事嗎？」陽光炙熱，刺得她皺眉，像是不耐煩的樣子。古承遠意味深長地緩緩說道：「我們之間，一直都有事。」書太重，悠然覺得肩膀很痠：「天氣很熱，麻煩不要耽誤我的時間。」古承遠問：「妳和屈雲，怎麼樣了？」悠然不太客氣：「和你無關的事情就不要問了。」古承遠淡淡道：「和龍翔那小子，應該扯清楚了吧？」聞言，悠然沒有絲毫訝異，古承遠暗中調查自己，她一點也不奇怪。古承遠道：「玩夠了，就回來吧。」悠然抬起肩膀，用圓潤的肩頭擦拭了一下額角的汗：「古承遠，我不是你家放出去散步的狗，請不要用那種語氣和我說話。」古承遠走到她面前站定，他個子很高，將刺目的陽光全都替悠然擋下：「我的話，沒有變過——我可以放棄仇恨，放過你們家，只要妳願意待在我身邊。」

話音剛落，悠然便感覺陽光呼啦地一瀉，世界晃動，才幾秒工夫，她就靠在車門上，而手中的書

「嘩啦啦」散落在地。悠然的背脊緊緊貼著車門，鋼板吸收了一日的陽光，灼人異常。古承遠按著悠然的肩膀，聲音低緩，每個字都染著涼靜，滑過悠然的皮膚：「我們並沒有血緣關係，我們在一起，任何人都沒有資格阻止。」悠然道：「你說的沒錯。我們沒有血緣關係，也就是說，我曾以爲我們之間唯一有的聯繫已經沒有了。從我知道這個眞相的那一刻起，古承遠，我和你，就已經是徹徹底底的陌生人。」古承遠忽然將手上的力氣加大：「不要逼我傷害妳。」悠然的背脊更加貼近車門，皮膚像要燃燒起來一般：「古承遠，你會孤獨終身，沒有人愛你，沒有人會陪伴你。」或許是刺目的陽光，或許是背後灼人的溫度，悠然如此詛咒著。

古承遠的眼睛，在那一刻變爲幽深的無底黑洞，無論投入什麼都不能激起一點聲響，安靜得令人心悸。隨後，他放開了她。悠然撿拾起地上的書，沒再看他一眼，跑走了。回家之後，憶起古承遠那些威脅的話，悠然心中還是頗爲忐忑，生怕他會對自己父母做出什麼事情來。但接連幾天沒什麼異樣，悠然漸漸放下了心。然而意外總是在猝不及防的時候發生，這天，父母一起去參加同學會，悠然拿出習題正準備努力一整天，一通派出所打來的電話卻讓她的心涼到谷底。父母最近分期付款買了輛家用小轎車，今天開出門沒多久，卻被人從後蓄意撞上，兩人受了程度不等的傷。悠然連睡衣也來不及換，快速地下樓，往醫院趕去。出了電梯，在社區的石子路上，悠然看見有個人正朝自己走來，是古承遠。電光石火間，悠然明白了一切——他，並沒有放過她的父母。炙熱陽光下，悠然的眼神卻是另一個世界的寒冷。他說：「妳爸媽住院，我載妳去吧。」悠然什麼也沒說，只是越過他，走向社區中央的游泳池。中午時分驕陽毒辣，游泳池裡沒有一個人，只餘碧波微靜蕩漾。古承遠問：「聽見我說的話了嗎？」悠然在池邊停了下來，背對著古承遠。古承遠問：「怎麼，難道妳不想去看看他們？」悠然的話語和池中的水一樣平靜：「我現在最想做的，就是將你永遠趕出我們的生活。」說完，忽然一個轉身，用盡全部力氣將古承遠推了下去。

這段記憶對悠然來說是模糊的，她只記得暖黃灼熱的陽光，只記得激起無數浪花的水面，只記得古承遠那慢慢沉下去的身體。他沒有掙扎，甚至沒有發出一點聲響，只是任由池水浸過自己的頭頂，就像個毫無生命的物體。水面很快又恢復了平靜，彷彿什麼也沒發生過，陽光的碎金依舊在上面跳躍。就這樣過了不知多久，悠然從震怒中回過神來，看著池中古承遠飄散的髮絲，猛地意識過來自己幹了些什麼。她一邊呼救著，一邊跳下水，拚命將古承遠往岸上拽。古承遠的臉安靜，如紙般蒼白。是旁人幫忙將古承遠救了上來，並送到醫院。救古承遠上岸時，悠然透過他身上浸水的布料，隱約看見了傷痕。一些陳舊的、卻猙獰得讓人心寒的傷疤，一道道在背脊上交錯著。她開始後悔自己的衝動。但彷彿是爲了增加她的悔恨，這時警察打電話來告訴悠然，那個蓄意撞傷她父母的人，是她父親公司的一名年輕職員，因爲貪污公款被李明宇告發，於是懷恨在心做出了這樣的事情。原來，這件事和古承遠無關。

悠然看著病床上仍處於昏迷的古承遠，心中五味雜陳，什麼都說不清。白苓和李明宇受的都是皮外傷，在醫院休養幾天便出院了。悠然一直沒敢告訴他們古承遠的事，只是每天找藉口出門，悄悄到醫院探望他。醫生說，經過詳細檢查，古承遠的身體並沒有大礙，這樣的昏迷可能源自幼時的心理恐懼。是的，他害怕水，這點悠然是清楚的，所以她才會刻意引他到游泳池邊，才會將他……推下去。那一刻，她是想讓他死吧，回想起當時自己的那個念頭，悠然不寒而慄。

悠然最害怕的，就是護士每天爲他擦拭身體的那一刻，他背脊上的傷疤如潮水般湧入她的眼睛。古承遠的主治醫生歎息：「這些都是小時候受的傷。骨頭起碼斷了四根，過了這麼久，傷痕還是這麼嚇人，當時不知道該是怎麼怵目驚心，他究竟遭遇過什麼？」古承遠究竟遭遇過什麼？悠然搖頭，她也不知道。除了古承遠，沒人知道吧。唯一可以肯定的是，那一定是些很可怕的事情。看著那張一向硬朗英俊、此刻卻略顯蒼白的臉龐，悠然的心裡偶爾有些酸澀。當自己在充滿糖果玩具與父母關愛的環境下生長時，古承遠則在陰暗的角落中靜靜承受著鞭笞；是啊，他一定是感到不公的。在醫院守著的那幾天，悠然看清了古承遠的孤獨。來看他的人很多，但都是生意上的朋友，他們送來了昂貴的補品與精緻的禮物，但悠然感受得出那些東西都是冷漠的，他們並不關心古承遠。至於親人……古承遠的親人，一個也沒有來。除此之外，還有一個特殊的人，唐雍子。她的臉龐還是一樣明豔，只是，增加了幾分失落。

唐雍子道：「我實在想不到，古承遠居然也會有躺在病床上的一天。」並沒有諷刺與落井下石的味道。悠然很好奇：「妳究竟喜歡誰？屈雲，還是他？」唐雍子道：「我喜歡誰，和妳有什麼關係？」好，算她自取其辱，悠然不再說話，繼續啃著唐雍子帶來的鮮紅欲滴蘋果。隔了很久，唐雍子走到窗前，本來就纖長的雙腿在高跟鞋的支撐下，更加性感誘人。悠然看看自己的小短腿，榮辱不驚，繼續啃蘋果。唐雍子忽然問：「依妳看，我究竟喜歡誰？」回答她的，只有「喀嚓喀嚓」啃蘋果的聲響。唐雍子道：「問妳話呢！」悠然拿剛才的話噎她：「妳喜歡誰，和我有什麼關係。」唐雍子評價：「小嘴挺利的。」回答她的，還是「喀嚓喀嚓」啃蘋果的聲音。唐雍子走來，將悠然手中的蘋果奪下，扔在垃圾桶裡：「吃個東西都這麼響，沒禮貌。」悠然問：「尤林呢？他不是整天都黏著妳嗎？」聞言，唐雍子眸裡的失落更加明顯。待她醞釀情緒的當下，悠然又拿起一顆蘋果，削皮後開始繼續啃。唐雍子道：「他走了。」悠然問：「去哪裡？」唐雍子故作輕鬆：「不知道。我也不想知道。」悠然擺出一副過來人的樣子：「他走了，不習慣吧。」唐雍子不說話了。

悠然問：「我說，妳到底喜歡誰？屈雲，古承遠，還是尤林。」唐雍子拿起一顆蘋果，握緊，指甲慢慢地嵌入果肉中。唐雍子緩緩說著：「我和屈雲相逢時，兩個都是學校裡比較出眾的人，周圍的人看見了，都說我們很般配什麼的，因此沒什麼曲折，就這麼在一起了。可是，屈雲的性格很冷，他喜歡待在家裡做自己的事情，我從來都感覺不到他在乎我，他從不陪我逛街，看電影，去酒吧。後來，我慢慢察覺到屈雲是個驕傲的人，他用的東西都是最好的；也就是說，他並沒有那麼愛我，只因爲我在他認識的女人當中算是佼佼者，所以就選擇了我，僅此而已。從小到大，不論我走到哪裡，都是眾星捧月的對象，哪裡受到過這樣的待遇，所以我越來越恨屈雲。

「恰好在這時，我遇見了古承遠，他是屈雲的同學。認識沒多久，他開始暗中追求我。不得不承認，他的手段是高明的，能令任何女人的心動搖。或許是為了報復，或許是禁不住誘惑，總之，我上了古承遠的床，就在屈雲生日那天。屈雲看見了這一切，他冷漠的外表終於劃破了些許。第二天，他當眾毆打了古承遠。聽見這個消息我很開心，我以為這至少證明了屈雲是在乎我的。但我錯了，屈雲當時之所以失常，最大原因是在於古承遠的欺騙與背叛……不是因為我，從來不是。

「那次之後，屈雲自動退學，離開了軍校，而我則和古承遠繼續交往下去。可是真正交往之後，我才發覺古承遠也不是我想要的那個人。屈雲，至少是真實的，愛或者不愛，他不會隱藏，而是明白地讓妳感受到。可是古承遠，他會熱情地抱住妳，讓妳產生他很愛妳的幻覺，可是真正剖開他的心，那裡面，是冰天雪地。後來，我又回去找屈雲兩、三次，可是他拒絕了我，很堅決地拒絕了。後來，我發現他和妳在一起，我很憤怒，因為，被妳打敗，對我來說是不可以接受的。所以我千方百計查找真相，我要讓所有人知道，屈雲和妳在一起是有目的的，妳並沒有贏我。」原來是這樣，看來，每個人都不想服輸。

悠然問：「尤林呢，他是真正地愛妳吧。」唐雍子慢慢地回憶著：「尤林……他從來都待在我身邊，在我醉酒時扶著我，在我失戀時陪著我，在我不開心時逗我。我知道他對我的感情，可是我總覺得他配不上我，所以總是和他保持著朋友關係。我以為他會一直這樣陪在我身邊，但是……忽然有一天，他就這樣消失了，一個字也沒有留下，就這樣消失了。」悠然道：「如果用心去找，要找到他並不是件困難的事。關鍵是，妳想和他在一起嗎？」唐雍子緩緩搖頭：「我……不曉得。」

悠然內心陰暗地笑，終於又有人成爲愛情的傻子了，她故意戲謔地說：「一定要快點想清楚，像尤林這種潛力股男人在市面上很受歡迎，說不定隔幾天就發來請帖，要妳去喝他兒子的滿月酒了。再不然，就是被某位男同志給掰彎，出櫃了，到時就算妳脫光衣服站在他面前，人家也完全沒有反應。」大概是被悠然的步步揣測所震懾，唐雍子站起身，抿住紅唇，精緻的眉目從猶豫逐漸變爲堅毅。悠然明白御姊復活了，此刻，唐雍子的潛臺詞就是——「老娘的男人，管你是什麼牛鬼蛇神，玉帝王母，誰也碰不得。」

唐雍子提起皮包，居高臨下地對悠然道：「好心提醒一句，屈雲也不是什麼好人。前一段時間，他故意約我在你們學校見面，就是爲了刺激妳，順便測試一下妳對他是否還有感覺。」悠然握拳，再度證明這廝不安好心。唐雍子許下諾言：「居然讓我成爲炮灰，我是不會輕易放過他的。」悠然點頭如搗蒜，小宇宙爆發吧，往死裡整他們，別給她面子。提起小皮包，移動九吋高跟鞋，唐雍子很有氣質地朝病房外走去。她沒有回頭，像在自言自語，但聲音卻足夠令悠然聽清：「被這樣兩個人喜歡上，前一段時間我嫉妒妳，而現在……我同情妳。」好嘛，總算是被嫉妒了，悠然努力把這句話當作是恭維。

唐雍子肯定不是盞省油的燈，她所謂的報復不禁讓悠然浮想聯翩。還沒想出個一二三四五，上山打老虎，屈雲主動打了電話來。看見他的來電時，悠然皺了眉頭，因爲根據他們的約定，在悠然主動聯繫之前他是不可以來打擾的。接起電話，悠然主動開口：「有什麼急事？」屈雲反問：「什麼才算急事？」悠然揉揉額角：「屈雲，我現在沒時間和你繞圈子。」那邊沉默片刻，接著屈雲突兀地說了一句話：「我以爲，妳已經答應重新考慮我們之間的關係了。」悠然道：「我確實在這麼做。」屈雲的聲音有些異樣的低沉：「妳是指，在古承遠身邊考慮我們的關係？」悠然終於明白，這大概就是唐雍子口中所謂的報復。悠然道：「我以下說的都是事實。他現在處於昏迷中，關於這件事我要負全責，所以，我照顧他那也是天經地義，並沒有什麼不妥。」屈雲提出建議：「那麼，我來幫妳。」悠然斷然拒絕：「不可以！」如果現在見到屈雲，鐵定會混淆她關於兩人未來關係的思考。悠然現在最需要的不是幫助，而是安靜。屈雲問：「爲什麼？」悠然正想回答，卻看見護士和醫生急匆匆地往古承遠的病房趕去。難道說，出了什麼意外？

悠然心中一窒，慌亂地對著手機道：「屈雲，我現在要過去病房看他，有時間再告訴你詳情。但是答應我，你絕對不可以過來，明白嗎！」說完，也來不及聽屈雲的話，直接掛斷，衝入病房，一顆心像要跳出喉嚨似的。如果古承遠有什麼三長兩短，那麼她終其一生也不會心安的。打開病房門的刹那，悠然呆住了，原來，古承遠不是出事了，而是醒了。他半坐在床上，正接受著醫生的檢查。悠然身體裡那些從出事以來便緊繃著的神經總算鬆弛了下來，她像連續爬了幾天幾夜的登山客，「咚」的一聲坐在病床對面的沙發上，閉上眼，恢復著流逝的精力。古承遠一直在看著她，悠然知道，但她暫時沒有力氣移動身子來逃避他的視線。經過一連串詳細的檢查，醫生確定古承遠已無大礙，但還需要住院觀察幾天。主治醫生離開前，笑道：「總算沒事了，你看你女朋友爲了照顧你，累慘了。」悠然掩面咬牙，內心嘀咕著：「現在的醫生，不好好救死扶傷，卻學起八卦來了。」果然，當醫生、護士集體走光光之後，古承遠微笑著看向悠然，意味深長地說道：「女朋友？」悠然解釋：「那是他們沒事腦補的。」古承遠淡淡道：「或許是，當局者迷，旁觀者清？」悠然不語，這話說得確實有水準，她差點就沒反應過來。

悠然誠心道歉：「這次的事情確實是我對不起你。因爲在你來找我之前，爸媽剛好被人蓄意撞傷，我以爲是你幹的，衝動之下，才會做出那種事情。」古承遠的頭髮好幾天沒理，長了些，半遮住眼睛：「悠然，知道嗎？當我在水中時，我才明白原來妳這麼恨我。」悠然垂下頭，不知該如何回答，內臟像被擰著，並不是痛，而是難受。古承遠幽幽地說：「那時我在想，如果我死了，妳是不是就會開心；如果我死了，妳是不是就會原諒我對妳做過的那些錯事；如果我死了，是不是就能夠在妳心中永遠保留一點位置。」那有著完美輪廓的嘴唇勾勒著微笑的弧度，將古承遠臉龐的下半部映得顏色鮮明，但上半部卻是陰暗的灰色，「於是，我就任由自己這樣沉下去。」悠然握緊拳頭：「我並沒有要你死！」古承遠的頭微微往後仰：「是應該死的，早就該死的。」一張俊逸硬朗的臉高抬，「我根本就是不受歡迎的生命。我的生母是爲了錢生下我，我的父親也只是爲了傳宗接代目的才接納我，唯一喜歡我、從小疼愛我的養母，卻在我最需要的時刻離開了。很多次，我都在想，根本沒有人歡迎我，那我爲什麼要來到這個世界上？很多次被我父親打得奄奄一息時，我都在想就這樣死了吧，這樣，對所有人來說都是一場解脫。但奇怪的是每次總能剩下最後一口氣，苟延殘喘，繼續腐爛。」

悠然安慰道：「別這麼想，你應該珍惜現在擁有的，好好地活下去才是。」古承遠看向悠然，略顯蒼白的唇慢慢開啓：「現在我最想擁有的，只有一個人。可是，她卻恨透了我，恨不得我消失在這個世界上。」悠然移開眼神：「哥，如果你願意，我，還有爸媽都很樂意接受你，你可以把我們當成眞正的家人。」古承遠緩聲道：「悠然，妳明白我要的是什麼。我要妳做我的女人，做我的妻子，而不僅僅是妹妹。」悠然搖頭，只是搖頭。古承遠問：「妳還在恨我，是嗎？」悠然繼續搖著頭：「不，不是這個原因。我對你，已經沒有了那種感覺。」古承遠的聲音越來越近：「因爲，妳心中已經有了屈雲，是嗎？」悠然覺得腦袋都快被自己搖昏了：「我不曉得。」古承遠的聲音在悠然耳後響起：「悠然，只有妳才能救我。」悠然一陣驚嚇，正準備逃離，古承遠卻從後抱住了她，那麼緊，彷彿溺水的人在大海中抓住了一根浮木。她是他唯一的拯救，放開，便是死。悠然掙扎著：「古……哥，你別這樣。」古承遠的聲音，姿態放得很低，彷彿低到了塵埃中：「悠然，妳要我怎麼做才肯留在我身邊，只要妳說出口，不論什麼事我都會去做。」他的髮絲癱軟在悠然的肩上，彷彿沉陷。一向凶猛的獸在血肉模糊、奄奄一息之際，也是令人心憐的。於是悠然失神了，直到略顯冰涼淡薄的唇觸在她赤裸的頸脖間，她才回過神來，猛地起身，遠離了古承遠。

悠然坦誠地告訴他：「哥，我和你，今後只能是兄妹關係。以前的那些時光回不去了，我們就把這一切忘了吧。」悠然沒有回頭，卻感受得到背脊的凝重感。古承遠的聲音是蕭瑟的：「或許那些時光對妳來說是無足輕重的，但對我卻是唯一的快樂……所以，我不能忘記，我做不到。」是自己太無情嗎，悠然想。在和古承遠以及屈雲交往時，她都付出了全副的身心，但最終得到的卻是一連串的打擊。沒關係，誰沒摔過跤，悠然可以自己爬起來。但爲什麼當她要開展新生活時，他們兩人又爭先恐後跑來情深意切地表示對自己的愛？那麼，之前的傷害又是爲了什麼？痛，雖然已經過去，卻是有記憶的，悠然無法輕易釋懷。

接下來幾天，古承遠依然持續住院觀察，悠然有時間便去看他。似乎要等到看見她時，古承遠那灰暗的眸子才會重新染滿色彩。悠然決定，只要古承遠一出院，她就儘量少和他見面，這樣對兩人都好。然而，意料之外的事情也是常常發生的。這天，悠然推開古承遠的病房門，卻看見裡面坐著一名西裝革履的中年男子。看見悠然，中年男子停住了先前的話題，起身道：「承遠，這件事，你好好考慮一下吧。不論你做出什麼決定，我們都會理解，畢竟，他這個父親並不是太稱職。」說完，中年男子對悠然微微頷首，打個招呼，便離開了。悠然發現，今天的古承遠並沒有平日看見自己時那麼振奮，眼底彷彿有道濃重凝滯的色彩。從中年男子臨走前說的那句話聽來，悠然明白古承遠的異樣肯定和他父親古志有關。但悠然沒問，只是將帶來的花插入花瓶中。他一直看著窗外，良久才道：「可以陪我去花園走走嗎？」盛夏，陽光穠麗，兩人坐在葡萄架下，一絲絲陽光穿過藤蔓灑在身上，有種溫暖的癢意。

古承遠緩緩地說：「因爲長年酗酒，他得了肝硬化，必須儘快進行肝移植手術，可是他這種O

型RH陰性血的肝源太稀少，即使願意出高價也買不到。我大伯的意思是，希望我能割肝救他。」悠然這才知道，剛才那中年男子原來是古志的哥哥。古承遠問：「妳說，我應該答應嗎？」悠然覺得，這個問題是自己這輩子所遇到最難回答的，她甚至連張口的勇氣也沒有。古承遠背脊上的傷痕太過鮮明猙獰，皮肉的傷如此，心中的傷又怎能是言語所能表達！古志對他而言，是個十足的惡魔，但偏偏是這個惡魔給予了他生命，如果古承遠拒絕，那麼古志唯一剩下的，便是一條死路。悠然想將自己放在古承遠的角度設想，可是當她這麼做時，卻起了顫慄的衝動，她無法承受古承遠經歷過的一切。

古承遠仰起頭：「想想，我已經很多年沒有看見他了。從能夠自立開始，我就搬了出來，再也沒有回去過，再也沒有看過他一眼。」藤蔓的影子在他那有著鮮明輪廓的臉上晃動，像是記憶在牽扯，「我恨他，以前的每個晚上我都會詛咒他快快死去，並且是以一種最慘烈的死法。現在，他就要死去，我是應該高興的，對，我是應該高興的……」可是他的聲音靜靜的，完全不是那回事。雖說理解古承遠的任何決定，但那位大伯還是每天都會來電話，向他報告古志的病情一日重似一日。古承遠一句話也沒說，但悠然看得出他失神的時間變多了。每次進門，總會看見他坐在窗口，看著外面不知名的某處，要過很久才會察覺她的到來。終於有一天，在接到那通熟悉的電話後，古承遠的沉默更甚於往常——古志，已經到了最危險的時刻。悠然問：「你能陪我去看看他嗎？」她看得出古承遠眼中的猶豫，便替他問出了這句話。古承遠領了她的情，兩人一同前往古志所在的醫院。

這是悠然第一次看見古志，從五官輪廓來看他和古承遠很像，年輕時也應該是俊朗的。可是因為多年的酗酒與此刻的重病，他躺在床上瘦得只剩下骨頭，臉色灰暗黝黑，全身上下插滿管子，要很用力才能看出他生命的跡象。無論他做過什麼，此刻的他只是一個連呼吸都困難的病人。像有某種感應似的，已經昏迷了一整夜的古志忽然輕輕掀動眼瞼，他的眼珠已經變得渾濁，可是在看見古承遠的剎那卻爆射出光亮。古志伸出插著點滴管的嶙峋手背，伸向古承遠，嘴中喃喃念著他的名字：「承遠……兒子……」悠然聽見了骨頭「咯吱」作響的聲音，那是從古承遠身上發出的——他的拳頭是緊握的，他的脊背是繃直的，他的身體是微顫的。那微顫，讓他全身的骨骼摩擦作響。像看見了不能承受的東西，古承遠轉身，跌跌撞撞衝了出去。悠然想去追他，但古志忽然出現呼吸困難的症狀，她只能暫時放下古承遠，轉而叫來醫生。經過一番緊急搶救，古志暫時無大礙。醫生告訴悠然，古志的情況已經非常危險，如果再找不到肝源進行肝移植手術，他肯定挺不過去。悠然打從心底對古志有種畏懼與排斥，不想和他待在同一個房間，正當要出去尋古承遠時，古志卻叫住了她：「妳，就是那個小孩吧，白苓和李明宇的女兒。」

古志的聲音很虛弱，悠然只能走近，靠在病床邊。古志微張著眼睛，打量著她，半晌才道：「妳的眉眼，很像白苓。」悠然不知該如何作答，只能選擇傾聽。古志渾濁的眼珠染滿了回憶：「我很愛妳媽媽，可惜她的心從來不在我這裡。我第一次看見她時，她穿著連身裙，皮膚像雪一樣白，很文靜，當時我就想，我一定要娶這個女人。我如願了，但嫁給我之後她似乎並不開心，很少笑，很多時候她甚至很怕我。結婚幾年，我們一直沒有孩子，白苓去醫院檢查後拿出了自己無法生育的證明，我父母當即要求我們離婚，可是我不肯，我想，孩子誰都可以幫我生，但白苓只有一個。我花重金找了個女人生下承遠，而白苓也對他視若己出，我認爲一切都解決了。可是後來，白苓遇見了妳爸爸，她下定決心，千方百計和我離婚。我無法承受這樣的背叛，我不肯承認她是因爲不愛我才離開我。所以，我將一切的錯都推在承遠身上。我認爲，是因爲他，白苓才會記起我對她的不忠，才會想離開我。本來，我對承遠就很嚴厲，而當白苓離開之後更是變本加厲，做出了很多傷害承遠的事情……那些，都不是一個父親、甚至不是身爲一個人該做出的。」回憶至此，古志的表情是痛苦的，他的眼角墜下了一滴清淚，「我對不起承遠。現在我得了這種病，是上天給我的懲罰，我心甘情願接受。我不要求承遠救我，我沒有這樣的資格，也不配。我唯一的願望，就是他能夠在我死前再來看我一次……我只是想看看他，看看我唯一的兒子。」古志的身體已經非常虛弱，一次說了這麼多話，對他而言已經超過負荷，沒多久，他又沉沉睡去。

悠然出了病房，到處詢問之下，終於找到了人在天臺上的古承遠。他正抽著菸，白色的煙霧環繞著他的臉。悠然來到他背後，也不知該怎麼開口，只能靜靜地陪著他。過了很久，古承遠才問道：「他怎麼樣了？」悠然這才將古志在病房中的話全都對他說了。聽聞之後，古承遠不做聲，繼續抽著菸。一陣風吹來，煙灌入了悠然的口鼻，她禁不住咳嗽起來。睹此情狀，古承遠立即將菸熄滅，轉過身，拍撫著悠然的背脊。然後拍著拍著，他的手忽然一動，瞬間將悠然擁入懷中。悠然下意識想要掙扎，但古承遠的一句話卻讓她放棄了這個念頭：「悠然，我很累，讓我靠靠，行嗎？」他的聲音帶著一種無力的請求味道，低沉的磁性透過皮膚傳遞到骨髓深處，任何人都無法拒絕。悠然任由他將頭靠在自己身上。蘊著陽光味道的暖風，將古承遠的話吹入悠然耳中：「知道我爲什麼那麼恨屈雲嗎？因爲當年我和他住同一個寢室時，曾經親眼目睹他父母對他的噓寒問暖，可是他對他們的關心卻表現得很冷漠。父母的關愛，這種我永生永世都不可能得到的東西，對他而言卻是不屑一顧，於是我嫉妒他，嫉妒到恨的地步。所以，我假意和他成爲朋友。所以，我故意讓他看見我和唐雍子對他的背叛。」天很藍，是純淨的顏色，沒有任何雜質，一架飛機從他們上空掠過，發出隆隆聲響，將雲團攪得支離破碎。

悠然突地說道：「你對我，也懷著一樣的心情吧。當你痛苦的時候，我卻毫無知覺，甚至還無數次在你面前展示自己的幸福。」哥，看爸媽買給我的衣服和鞋子，好看嗎？哥，下個星期天爸媽要帶我去遊樂園。哥，你的爸爸爲什麼從來不帶你出去玩……悠然自己也記不清，她到底在古承遠的傷口上撒過多少次鹽？「是的，」古承遠將口鼻深深埋在悠然的髮端，嗅著她特有的清新氣息，「我嫉妒妳，嫉妒妳的每一點幸福。我認爲，如果不是因爲妳，媽是不會拋下我的；我認爲，妳是奪走我幸福的元凶。從和妳相見的第一天開始，我就計畫著該如何讓妳感受到最深的痛苦。多年之後我終於做到了，但是看著妳的眼淚，我卻發覺這個結果並沒有帶給我想像中的快感。當我傷害了妳之後，我才知道自己眞正想從妳身上得到的是什麼——我想要的，是妳拖著我的手臂，故意皺著眉頭撒嬌；我想要的，是妳靠在我肩上，一張臉笑得像染滿了陽光；我想要的，是妳毫無戒心地睡在我身上，即使在睡夢中也牢牢抓住我的衣服，彷彿擁有我就擁有全世界的樣子。可是，那樣的悠然再也不會回來了。妳被我狠狠刺了一刀，從此看我的眼神，都是戒備與逃避。所以，我開始糾纏妳，威脅妳，逼迫妳，這一切都是爲了再度擁有妳。我自大地認爲，妳會原諒我對妳曾經的傷害，認爲妳終究還是會回來的。可是今天，當我看見他的模樣時，當我想起以往他對我的傷害時，我才明白妳的感受，才理解妳對我的拒絕——原諒，並不是一件容易的事。」

古承遠對悠然的依靠越來越重，彷彿他已承受不了任何東西：「悠然，告訴我，我到底該怎麼辦？」被撕裂的雲，經過時間的修補，又聚合在一起。在純淨藍天的映襯下，如涅盤般越發美麗。悠然輕輕地道：「哥，救他吧，他已經知道錯了，給你們父子一個機會解開你的心結，重新開始生活。」古承遠同意了。經過一連串檢查，醫院在最短時間內爲他們安排了手術。手術那天，悠然一直陪著古承遠。被推入手術室前，古承遠握住了悠然的手，輕輕在她手背上一吻，他說：「或許，我會重新擁有一個父親。」悠然重重地點頭，像是一個承諾。手術時間很長，悠然一直坐在外頭等著，直到白苓到來。

白苓道：「妳應該通知我的。」悠然解釋，接著呼出一口氣：「我不想讓妳擔心。我想，這一次，他們應該會和好。」接著，她將和古志以及古承遠之間的對話，全都告訴了母親。聞言，白苓並沒有欣喜，眉宇間反而有著擔憂。良久，她抹平眉間的褶皺，談論起另一件事：「承遠一向都是孝順的。以前每次回家，他都會搶著爲我拿拖鞋；看見我累了，他會馬上奔過來爲我捶背；我生病時，他也總是緊張得跟什麼似的……承遠，是個好孩子，卻不公平地承受了我們大人帶給他的傷害。」悠然將頭靠在牆上，嗅著醫院裡特有的消毒水味道，慢慢地想像著小時候的古承遠是什麼樣子。他，和所有的小孩一樣都有著明亮清澄的眸子，都有一顆不染塵埃的心。可是那些不堪回首的傷害，卻一次次將他眼眸內的光亮抹去，將他的心鞭笞得布滿醜陋傷痕。正想著，白苓卻忽然問道：「悠然，妳對承遠，究竟是什麼樣的感情？」悠然聽出了母親話中的意思，腮上頓時出現暗紅：「媽，妳……怎麼想到問這個？」白苓垂下眸子：「我知道這麼說很奇怪，其實，在你們小時候，我和妳爸就在商量是否要把你們沒有血緣關係的事情說破。知道嗎？妳爸的意思是，希望妳和承遠能像青梅竹馬般兩小無猜地長大，希望你們結婚，希望承遠能永遠照顧妳。可是我卻堅持隱瞞下來，因爲……我不太希望再和他們古家有什麼牽扯。」悠然低下頭，看著自己的帆布鞋，上面沾染了些灰塵。白苓盡量斟酌著言詞：「但我沒料到，你們還是……其實，這樣也好。悠然，我看得出，承遠是很喜歡妳的。如果妳也願意，我和妳爸是很樂見你們在一起的。」悠然咬著唇，搖著頭：「媽……」白苓看向手術室，那盞紅燈依舊亮著：「當然，這都要看妳的意思。可是，悠然，承遠如果和妳在一起，他會很快樂的。」悠然沒有回答，只是看著自己的鞋子，一顆心就和那糾纏的鞋帶同樣雜亂。

由於手術時間較長，白苓便先回家做飯，留下悠然一人獨自坐在手術室外的椅子上。其實，經過這些天發生的一連串事情，悠然內心深處已經不再那麼恨古承遠了，因爲他受過的傷害，讓她原諒了他。可是，原諒是一回事，和他在一起又是另一回事。就像悠然自己說的，那些過去的時光已經回不來了。她已經經歷過屈雲，經歷過小新，她已經離開原地很遠了。現在的她，應該思考的是自己和屈雲之間的關係。想到這兒，悠然低頭翻看著自己的手機通訊紀錄，那一串號碼沒有名字，只是數字，是屈雲的號碼；彷彿很陌生，但悠然卻清楚記在了腦海中，並非刻意，只是每天都會看上好幾次，久而久之也就刻下了。就像它的主人，悠然想要忘記，卻發現很多東西是深埋於心的，連最鋒利的刀也劃不去。曾經多少次，她一字一字地告訴屈雲，說自己不再愛他，說自己要重新開展新生活，說自己不會再回頭。但那些話，在他的攻勢下慢慢動搖了。在聽了當年三位當事人的話之後，悠然總算清楚了事情經過，原本以爲屈雲是爲了唐雍子才選擇報復，但現在看來並非如此。自己雖然受到了傷害，但有些動機理解起來總會讓人好接受一些。

而屈雲在這段時間裡也做了很多的挽回，很多事，是悠然曾經認爲他一輩子都不可能做出的事——他爲她受傷，他向她單膝跪下，他不顧胃潰瘍替她擋酒。屈雲是個冷漠的、感情從不外露的人，要他做出這些事情，悠然認爲自己在他心中至少還是重要的。前幾天，悠然曾經將這些事全都告訴了小密。當時，小密感動得一塌糊塗，糊塗一塌，一直罵悠然固執、死腦筋，勸她趕緊和屈雲和好。或許在旁人看來，屈雲雖然傷害了她，但已經知錯，悔過，竭盡全力地挽回，因此她不應該再糾結，要珍惜眼前人，重新和他在一起。只是，當事人的心卻不一樣，悠然過不了自己心中那一關。還是無法那麼灑脫，那麼釋然，畢竟，愛得那麼深，傷得那麼深。還是繼續思考吧，和屈雲之間，下一步究竟該怎麼走？悠然歎口氣，將手機放入了口袋。

手術是成功的，沒出現什麼意外，只是古承遠瘦了一圈，元氣大傷。白苓每天都會燉熬養傷的湯品，悠然則負責送到古承遠面前，親自餵他喝下。幸好平時身體底子好，過沒幾天，古承遠便能下床緩慢行走。很多時候，古承遠看著悠然，欲言又止。悠然清楚，他是想詢問古志的情況。古志年紀大，恢復得比他慢，但前天已經能夠坐起身子，開口如常地說話。只是悠然得知，古志甦醒後，從來沒提過古承遠的名字，從來沒有。悠然不忍再讓古承遠這麼等待下去，因此她主動去到古志的病房。

去的時候，古志正悠閒地躺在床上看電視。悠然對他的毫不在意感到憤怒：「你就不關心一下他的情況？」古志拿起遙控器轉了另一個頻道，看也沒看悠然一眼，只用世間最淡薄的語氣道：「他死了嗎？」悠然皺眉：「怎麼可能！」古志回道：「既然沒死，有什麼好問的？」只見古志面無表情，和那天在悠然面前真誠懺悔的完全是不同的兩個人。悠然忽然憶起母親當時聽聞此事，眼底浮起的擔憂：「是他救了你！難道你連去看他一眼都不願意嗎？」她瞬間覺得事情似乎不是自己想像中那麼簡單。古志的聲音不再像病重時那麼低沉，而是一種金屬般的堅硬與無情：「是我給了他生命，現在，是他該還給我的。」悠然激動地前進一步：「可是，那天你明明當著我的面懺悔，你……」古志的話讓悠然渾身泛冷：「如果我不這麼說，怎麼能騙得了他割肝給我？」悠然怒道：

「你怎麼能這麼做！」悠然忽然感到昏眩，彷彿一直以來平和的世界被外來的黑色猛烈衝擊似的。古志冷然道：「人在想活命的時候，是可以做出任何事的。說一些違心的話，服一下軟，又有什麼大不了的？」這天天氣很好，天空萬里無雲，陽光肆無忌憚地投入病房中，但再多的光也暖化不了古志臉龐的堅硬線條。他瘦削的臉如冰冷的刀，即使看一眼也會刮傷人的心。悠然痛斥：「你不是人！你怎麼可以這麼傷害他！」古志的喉嚨像冰做的，吐出的每個字都染著寒雪：「如果這是傷害他，那麼妳也是幫凶……不是妳勸他救我的嗎？」這句話如寒冬的一盆冰水，從悠然的頭澆至腳，冷得她牙齒打顫。

是的，她是幫凶，是她腦殘地勸古承遠原諒，勸古承遠割肝，勸古承遠再一次承受傷害。悠然聽見了自己牙齒的響聲，除此，還有門口傳來的聲音——門把被人握得很緊，很久，緊得像要將其捏碎一般。悠然轉頭，看見了站在門邊的古承遠。並沒有激動或是其他情緒，他的臉是平靜的，就像宮牆深底豔陽照不進的古井裡的水，完全沒有波瀾。但他的面色卻是蒼白的，彷彿渾身血液都從腳底流走了似的。悠然愣在原地，完全失去了思考能力，她不知該怎麼做才能減少對古承遠的傷害，或者，無論怎麼做都是徒勞。悠然的無力並沒有持續多久，只見古承遠轉身，用他特有的平靜，離開了。悠然趕緊邁步，追隨著他。但她不敢靠近，因爲此刻不知該做或說些什麼，於是只能一步步地跟著他。走廊上，兩人一前一後，旁人看起來並無任何異樣，但悠然的心卻如油煎火熬般痛苦著。回到自己的病房後，古承遠逕直進了洗手間將門反鎖，隨即，裡面傳來的放水聲將一切遮蓋。悠然緊貼著洗手間的門，不知所措。她覺得自己應該讓古承遠安靜一下，因此竭力壓抑住破門而入的衝動，只忐忑著一顆心惶惶等待。時間一點點過去，每一秒都像尖銳的針刺著悠然膨脹的心臟。裡面，除了放水聲，沒有一點動靜，令人不安的死寂。在經歷了最難熬的半個小時後，悠然再也無法忍耐，她的一顆心已經鼓脹得壓迫氣管，臨近窒息。因此，她準備敲門。但幾乎就在她舉手的同時，洗手間的門開了，古承遠重新出現在她視線裡。

悠然剛喚了一聲「哥……」，古承遠便伸出手將她緊緊抱住，此刻，他的力氣很大，充滿著絕望。這一次，悠然沒有理由，沒有立場，也沒有勇氣推開他。悠然伸手回抱了古承遠，在整個世界都遺棄了他的這一刻，悠然不能再放手，絕對不能。就在這個念頭產生的同一時刻，悠然眼角瞥見了一抹熟悉的光，一道從冰冷平光鏡片上滑來的涼涼的光。悠然一邊保持著擁抱的姿勢，一邊轉過頭。果然，屈雲站在門口，一雙眸子明暗不定。「我靠！」悠然低咒一聲，「難道最近都流行在關鍵時刻出現，是在搶戲嗎！」她只覺此刻的自己身陷地獄之中。前方緊抱著她的，是自己該受的孽；後方緊盯著她的，是自己造的孽。後面的眼光是冰，正不斷刺穿著她的背脊；前面的擁抱是火，正融化著她胸前本就貧瘠的脂肪。實在是——冰火兩重天。在接受這種煎熬整整一分鐘後，悠然總算忍受不住，決定至少先解決一個再說。於是，她再次轉過頭，對屈雲使了眼色，示意他出去等自己。屈雲清幽地瞄她一眼，給了悠然足夠的寒氣，最後還是依了她。待他一出門，悠然便儘量不著痕跡地推開古承遠，道：「哥，我先出去一下。」就在轉身之際，古承遠卻拉住了她的手。

他的目光中有種泛著青苔的幽涼：「在妳心中，還是他比較重要，是嗎？」古承遠問出了這麼一句話——他看見了屈雲了！怕屈雲在外面久等不耐又會生出什麼事端，悠然只能道：「我等會兒就回來。」語氣，連她自己也覺得敷衍。接著，便放開他的手，出了病房。

在走廊上，悠然看見了屈雲，猶豫一下，便硬著頭皮走上去，問道：「你怎麼來了？」屈雲沒有回答，而是反問了一個讓悠然猝不及防的問題：「我聽見一個消息——妳和古承遠，並沒有血緣關係，是嗎？」悠然料不到他開口問的會是這個問題，只能微張著唇，不知該如何作答。屈雲逼問：「是嗎？」悠然努力裝出自然的樣子，答道：「是的。」屈雲繼續問道：「那麼，剛才的擁抱又是怎麼一回事？」悠然道：「就是，四隻手抱在一起的意思。」屈雲鏡片上的光，更冷了些：「我知道。」悠然：「知道幹嘛還問？」屈雲：「……」屈雲道：「如果我沒記錯，以前你們曾經在一起過。」悠然想模糊焦點：「那是很久以前的事了。」屈雲說出重點：「但這件事確實是存在的。」悠然問：「你想說什麼？」屈雲道：「妳和他，應該避嫌，不是嗎？」悠然皺眉：「你是在教育我嗎？還有，爲什麼不聲不響地跑來，我也記得，你曾經答應要給我時間、空間仔細思考的。」屈雲的語氣並不愉快：「如果，妳所謂需要單獨思考的時間、空間包括古承遠在內，那麼，我收回這個承諾。」悠然努力讓自己表現得更加理直氣壯：「他動了手術，我奉我媽的命來照顧他，這有什麼不對嗎？」屈雲的一句回話說出了很多含意：「唐雍子告訴了我一些事情。」原來，這才是唐雍子的報復，悠然也搞不清她到底是在報復屈雲，還是自己。唐雍子從尤林那裡，鐵定得知了不少關於自己和古承遠之間的情況，悠然摸不清屈雲究竟知曉了多少。唯一的辦法，還是轉移話題爲上。

悠然瞟他一眼：「唐雍子，原來你們還在聯繫。」很強大、偶爾還很黃的屈雲，一眼就看出了她的打算：「妳認爲這招行得通嗎？」「如果你不相信我，大可以離開，去找更好的。」當說出這句話之後，悠然忽然覺得很解氣。兩人隔得很近，悠然透過那乾淨的平光鏡片看見了屈雲的眸子。那裡面，一點恨慢慢地浮動上來，但在接近眸子表面的剎那，還是逐漸化爲一種無奈：「如果可以控制的話，我早就這麼做了。」這樣的回答，讓悠然無法接招。但她確定，現在不是和屈雲繼續糾纏下去的時候——一來，古承遠情緒不定，正需要人陪伴。二來面對這樣的屈雲，悠然的心有些模糊了……像初秋落雨時節，車內的空氣，模糊的玻璃，看不清外面的風景。於是，她揮揮手：「現在我沒有時間和你說這些，還是按照我們當時約定的，你先回去吧……如果你還願意等的話。」悠然正要離開，屈雲的話飄來：「我不會讓妳單獨和古承遠在一起。」接著，他轉身擋在悠然面前，那雙深邃清雅的眼眸牢牢將她鎖定：「我和他，妳選誰？」悠然冷道：「一個都不選。」她討厭屈雲的強硬態度，邁動腳步，準備從旁突圍。可是屈雲握住了她的肩膀，繼續逼問：「至少，給我一句話。妳當他，是親人還是男人？」

眼見時間飛轉，自己出來病房已經太久，古承遠的情況讓悠然擔心不已。此刻的她，沒有什麼美國時間和屈雲對話，可是要從旁逃脫，確實有些困難。情急之下，悠然只能一咬牙，雙腿一用力，身子一沉，想直接從屈雲的雙腿間穿過去。這，並非異想天開——首先，屈雲的雙腳是分開的，給了她足夠的活動空間。其次，屈雲握住她肩膀的雙手是用力的，給了她一定的支撐力。因此，悠然便這樣做了。但她計畫了開頭，卻沒有料到結局。屈雲怎麼也想不到悠然會用這招，因此當她的身子猛地一墜時，只能下意識彎腰護住她的身體，這麼一來，雙腿間的空隙更大，悠然得以更順利地通過。本來，如果悠然的屁股能緊貼地面，那她的頭便能從屈雲的褲襠邊緣險險擦過。可惜屈雲的力氣實在夠大，便將她的身子穩穩抬著，離地面還有二十公分；也就是說，悠然的頭足足比原定計畫高了二十公分。因此，她的臉，撞到了屈雲的小弟弟，那一團硬物，撞痛了悠然的鼻子。一邊承受著痛苦，悠然一邊安慰自己：「算了、算了，當吃了他一次豆腐。」力道是相互的，悠然的臉也將屈雲撞痛，他當即放鬆了對悠然的鉗制。趁此機會，悠然趕緊低下身子，從屈雲的兩條長腿之間鑽了過去，立馬往古承遠的病房跑。

正煩惱該如何安慰古承遠，一進入病房，卻發現沒有必要煩惱這個問題，因爲沒人會聽她的安慰——古承遠已經不見蹤跡！悠然的身子冷了半截，帶著那些打擊失蹤，天知道古承遠會發生什麼事。悠然當即通知了醫院，眾人到處尋找，找遍了各個角落，還是沒看見古承遠一絲影子。最後，是屈雲提出查看監視器，這才發現在悠然出病房和屈雲交談後沒兩分鐘，古承遠便穿上外套離開病房，從走廊另一側樓梯下去，出了醫院。悠然趕緊通知父母，向他們大致說明了一下情況，三人商議分頭去找。古承遠的幾個住處，他的朋友家，他生意夥伴的家，只要是悠然知道的她都去找了，但卻一無所獲。悠然知道屈雲一直在自己背後跟著，可是她不想理會他。從最後一處認爲古承遠可能在的地方失望走出，悠然的腳不慎踩上石子，拐了一下。屈雲立即上前將她扶住，但悠然卻猛地推開他的手。她發了很大的火，不單是對屈雲，更是對自己，自己爲什麼在那種時候離開古承遠，眞是瘋了！悠然認爲，自己蠢笨得應該被人道毀滅。聖母般地勸古承遠放棄仇恨，割肝救父，她以爲這是在排演灑狗血的連續劇嗎？而在古承遠那麼虛弱的時刻，又不顧輕重地離開病房，完全不顧他的感受。是的，她蠢笨得連自己都厭惡自己。悠然推開了屈雲：「不要跟，看見你，我更不好過。」接著，她攔了一輛計程車，飛速跳了上去，關上門，隨便說了一個地方，便命令司機開車。直到駛出足夠的距離，悠然才敢回頭。她看見屈雲站在原地，彷若石雕，一動不動。悠然縮緊身子，她眞的把一切都弄亂了。

下車後，悠然站在路邊，迷惘而焦急。任何地方都找遍了，還是沒有古承遠的蹤跡，下一步該如何是好。恰在此時，手機響起，響了四五聲後，悠然才如夢初醒般，趕緊接聽。那端，竟傳來了古承遠的聲音。他的聲音甚是微弱：「悠然！」背景嘈雜聲像是要將他淹沒。悠然大叫，完全不顧周圍行人側目：「哥，你在哪裡？」古承遠沒有回答，只是低低地說道：「悠然，我現在很冷。」悠然在街上左右觀望著，任額前瀏海無措地飄散：「哥，求你告訴我，你在哪裡，我馬上趕到！」古承遠生硬的語氣裡帶著一絲縹緲：「很冷，就像當初妳離開我時一樣冷。」看來，古承遠不肯告訴她，自己的所在位置。悠然內心著急，卻強迫自己靜下來，努力聆聽話筒那邊的背景聲……似乎有很多笑聲，聽上去以小孩的聲音居多，還有音樂聲。悠揚歡快的音樂隱隱約約傳來，觸動了悠然記憶深處的一根琴弦——那是遊樂園裡旋轉木馬的音樂聲。悠然記得，十八歲的那個生日，古承遠帶她去到這座城市最北邊的遊樂場。當天，悠然坐了一遍又一遍的旋轉木馬，而古承遠一直陪伴著她。那音樂，正和此刻從話筒傳來的一模一樣，也許，古承遠就在那裡。

悠然用最快的速度搭車趕到遊樂場，買了票，直接奔赴旋轉木馬處。在鋼製圍欄旁的座椅上，悠然看見了古承遠。她衝上去，卻在離他一步之遙站住。古承遠的眼睛正看著坐在旋轉木馬上的孩童，並未移動，但他知道悠然就在自己身邊：「記得嗎？那天下午妳一直都在坐這個。讓我想想，妳坐的是那匹白色的馬，是嗎？」悠然勸道：「哥，你的傷還沒有好，我們先回醫院吧。」古承遠輕聲回憶著：「那天，我在圍欄旁邊一直看著妳，妳的臉上像聚集了全部的陽光。我對著妳微笑，但一顆心卻被猶豫啃噬。我在想，如果我幹了接下來的事情，就再也看不見妳的笑臉了。但妳當時說了一句話，妳說，妳爸媽在妳小時候每個星期都會帶妳來玩旋轉木馬。知道嗎？以前，媽也常帶我來玩旋轉木馬，就我和她兩個人，那是我最快樂的時光……但，那是在妳出生之前。那一刻，我忽然生出了許多對妳的恨意，所以，我拉著妳一直走下深淵。妳是唯一一個愛我的人，我卻親手將妳推開。就像妳所說的，我會一輩子孤單下去。」不知是因爲虛弱還是其他，古承遠的聲音慢慢地低了下去。悠然忙解釋：「哥，那是我口不擇言，你不要當眞。」古承遠落寞地說：「那是事實。媽放開了我的手，而妳也放開了我的手，沒有人會握緊，是我自作自受。」他的笑容單薄，像透明的冰花，很快就要在陽光下融化。

悠然握住古承遠的肩膀，想將他扶起，但古承遠的手卻覆蓋上了她的：「悠然，妳要和屈雲走了嗎？」悠然沒有閒暇回答這個問題，因爲她感覺到古承遠的掌心有著黏稠與濕潤。她猛地抽出手，赫然看見自己的手背滿是鮮血。快速來到古承遠面前，悠然看見他腹部傷口處正緩慢地流出鮮血。悠然大驚失色，掏出手機準備叫救護車，但古承遠卻緊握住她的手。悠然焦急萬分：「放手，你不要命了嗎！」古承遠嘴邊那朵花越來越薄：「悠然，妳不明白，這麼寂寞地活著，是沒什麼意思的。」悠然急道：「我，還有爸媽，都在你身邊啊！」悠然被制住，若是太猛烈掙扎，會讓古承遠的傷口更加撕扯開來。古承遠忽然從口袋裡掏出一枚鑽戒，帶血的手指染紅了那璀璨的鑽石：「那些感情溫暖不了我，我要的只是、只是做爲妻子的妳。悠然，同情我也好，可憐我也好，不要再離開，不要再放開我的手。」看著地面的血滴，悠然內心如焚：「現在不是談論這些的時候！」古承遠的嘴唇越來越蒼白：「答應我，現在，我只有妳了。」流出身體的血越來越多，古承遠的眸色越來越淡，握住她的手越來越冷。悠然別無他法，只能咬牙奪過那枚戒指，狠狠地往無名指上一塞；冰涼的觸感，像是枷鎖。

終於，古承遠放開了她，悠然趕緊叫了救護車，並請遊樂場的工作人員幫忙將古承遠送上車去。即使處於昏迷之中，他也一直緊握悠然的手。將古承遠送入手術室後，悠然看見了得知消息後急急趕來的父母，以及……屈雲。父母拉著悠然，仔細地詢問事情經過。悠然心中一片雜亂，連自己究竟說了什麼都記不得。但她看見屈雲一直站在不遠處，那雙眸子緊盯著她的手。悠然下意識一握，手掌中是鑽石的堅硬與冰涼，和屈雲的眼神有得拚。白苓和李明宇詢問完畢後，便被護士找去繳納費用，手術室外只剩下悠然獨自面對屈雲。悠然用另一隻手遮住鑽戒，卻沒料到，如此一來更加欲蓋彌彰。屈雲緩步走到她面前，看向她的手，輕聲道：「看來，妳已經給了我答案。」悠然問：「什麼？」屈雲緩緩地說著：「在我和他之間，妳選擇了他。妳當他，是男人。」悠然努力在心中組織著詞句，想向他說明剛才發生的事情。但屈雲沒再給她開口的機會。他伸出手撫上悠然的左臉，帶著一種放下重壓後的釋然：「悠然，我承認，我失敗了，我放丟了妳，我沒有能力贏回來。我努力了，但結果是徒勞的。放心，從今以後我不會再纏著妳，不會再阻礙妳的腳步……那麼，再見了。」他說完，轉身，離開了。

這就是屈雲教給悠然的第二十課——到底，他是可以被打敗的。

Lesson Twenty One

結果，他才是最後的那個人

就這樣，屈雲走了。

這樣也好，悠然想，大學生活最寶貴的一年，都在和他的糾纏之中度過，是時候讓這段感情成爲回憶了。他主動放棄，免除了她做抉擇，而那答案究竟是什麼，就連悠然自己也不清楚。不過，也沒什麼重要的了。和屈雲這章徹底翻了頁，從此便是新的天地，從此他可以不再委屈自己，而她也可以不再糾結。這樣的結果，對他們，都好。悠然明白，她都明白，只是心裡……

那次，古承遠從醫院出走導致傷口縫針處撕裂，幸好及時送到醫院，才沒出什麼事故。悠然還是負責照顧他，經過這次事件後，古承遠變成一個極度缺乏安全感的孩子，悠然簡直無法離開他半步。不過，在忙碌中，悠然少了空閒去懷念一些事，懷念一些人。而關於那枚戒指的事情，悠然不知該怎麼說，便選擇沉默。幾週之後，古承遠總算出了院，在悠然的悉心照顧和白苓的超營養湯料滋補下，他似乎還胖了些許，不過，配上他的身高，恰好合適。

悠然和他的關係是一種全新的、混合著親情與自小長大的默契，但時而會有一點偶然參雜的曖昧，而主動添加的往往是古承遠那方。他們經常談起小時候的光景——他騎自行車，她坐在後座，由他載著她去取牛奶；三月時節，他爲她做風箏，兩人一塊兒拿到附近山坡上去放；夏日，他帶她去河邊，一起捕捉魚蝦。那些快樂，在講述中彷彿重溫了一遍。只是，每當古承遠想說出他們交往那兩年的事情時，悠然便會岔開話題。除此之外，她避而不談那枚戒指。她不提，並不代表古承遠會放棄。他一共向她求了兩次婚。第一次是他出院那天，看著正在爲自己收拾衣服的悠然，他輕聲道：「悠然，我們結婚吧。」悠然只是笑笑，沒做出什麼反應。

第二次是在出院一週後，古承遠載著悠然出去吃午飯，飯後順便逛到旁邊一個新開發的高級別墅社區。逛到其中一幢時，古承遠忽然問：「這屋子，做結婚時的新房怎麼樣？」悠然自然明白他的意思，便道：「這裡的冬天也沒怎麼下過雪，客廳裡居然有壁爐，太裝模作樣了些。」就這樣，兩次都把話題岔開。其實，古承遠也不失爲一個好對象，如果他們在一起了，古承遠不會再寂寞，父母會開心，似乎是皆大歡喜的結局。但悠然就是覺得，自己不能這麼做，至於原因，她不知道。或許，最看不清自己心思的，就是自己。悠然記得曾在屈雲面前發誓，說要找一個愛自己如掌心肉心頭寶的男人。她體會到了愛人的苦，於是接受了小新，想要被愛一次，但結果還是不太好。而古承遠，悠然確定，經過這些事情之後他會對自己好，而且是很好很好的那種。可是到這時，悠然才隱約覺得自己要的，似乎是更多的東西。她太貪心了，她想要一個愛自己、也被自己所愛的男人。

悠然想，自己一定會孤苦終身的。

古承遠的第三次求婚，是在悠然的房間進行。當時，白苓和李明宇在廚房做飯，留他們兩人單獨談話。悠然又想起小時候的一些趣事，很愉快地談論著——有一次，悠然一邊吃毛豆一邊看電視，結果咬掉了舌上的一塊肉，鮮血直流，當時大人都出去了，古承遠一把將她塞上自行車，直接往醫院衝。「我記得當時自己一直撲在你懷裡哭，你的襯衫都被我的嘴染成血色，媽趕來醫院時，還以爲你腹部受傷，嚇壞了。」悠然輕輕地笑。當時的她很害怕，以爲自己快死了，幸好有古承遠在旁柔聲安慰。記憶中，他的襯衫永遠是乾淨的，帶著一種涼涼的氣息。喜歡他，是否就是從那時開始的呢？古承遠輕輕說道：「我記得，以前妳和我在一起是很快樂的。」輪廓分明的唇勾起，像在回憶著那些美好，但慢慢地睫毛垂下，成了寂寥的姿態，「可惜，都被我毀滅了。」悠然再度岔開話題：「別說那些了，現在不是很好嗎？肚子餓了，我去偷點東西來吃。」說完準備起身，但古承遠拉住她。他仰頭看著她，過了很久，才問道：「悠然，救我。」悠然眼眸微動：「你……」古承遠把手放在悠然的臂彎處，拇指按壓著她的那根筋：「聽說屈雲已經和一個相親認識的女人開始交往，對方的父母是他媽媽的好友。他已經開始了新的生活。」悠然這麼回答：「是嗎？」聲音很平靜。古承遠線條硬朗的輪廓在此刻似乎軟化了：「我之所以羨慕他，不是他曾經擁有妳，而是他拿得起放得下。我做不到。我要的，一開始是什麼，便永遠是什麼，得不到，便是永世的沉淪。所以……悠然，我求妳救我。悠然，戴上戒指，永遠留在我身邊。」她不知該如何作答，用了一貫的方法，拖延。

她請他給自己一天的時間，她會好好地思考，好好地得出答案。而那個答案則是最後的答案，一旦說出，便再也不會改變。給出答案的時間，就在第二天中午。當天夜裡，悠然睡不著，獨自來到濱江路閒逛。黑幽幽的江面偶爾駛過貨船，將江水激盪起波濤重重。半趴在欄杆上，悠然想，屈雲的這個新女友是像自己，還是像唐雍子呢？也許，這個女的就是他的眞命天女，或許他們會很快結婚，或許和自己的糾纏苦戀只是在遇見那女人之前的一場練習。仔細想起來，能和屈雲這樣一個一天到晚出現在全校女生春夢及白日夢中的人，轟轟烈烈狗血遍灑天雷猛劈互相控訴你殘酷我無情你無理取鬧地戀一次，也算是不枉此生了。她拿出口袋裡的那枚鑽戒在路燈下端詳著，不錯不錯，大小合適，夠優雅端莊。也許現在，就是她前進的時刻了吧，畢竟，屈雲也前進了。或許，經歷了如此多的分分合合，古承遠才是自己命中注定的那個？只是……悠然試了幾次，終究還是無法將戒指套上。手指和鑽戒，就像磁鐵的同一極，相互排斥著。眼看天色越見發黑，悠然覺得有點危險，眼力不好的壞人極可能把自己看成美女給○○××了。

悠然準備離開，她謹記小學老師的教導，過馬路從來都是走斑馬線；因爲，倘若不幸被撞，還可以訛一筆錢。小密則從來不喜歡走斑馬線這種尋常路子，而是從距離斑馬線外五公尺的位置過馬路；如果被撞，也很方便用染血的雙手爬到斑馬線上躺著訛錢。而此刻，就有一個人做了和小密同樣的事情，在距離悠然五公尺開外的地方向前走去。高挺的背脊，筆直的長腿，白淨的肌膚，那背影，正是屈雲。悠然沒有時間去想他爲什麼會在這裡，因爲她看見有輛車正飛速從那邊駛來。而屈雲似乎正拿著手機與誰通話，根本就沒注意到致命的危險。那一刻，悠然沒有多想，一個念頭、一個字都沒有多想，直接衝到屈雲身邊將他往馬路邊推去。車子險險地擦著悠然衣襟而過，滑出幾公尺之後猛地停車。一個頭髮燙成刺蝟樣、染成一圈圈五光十色冒充西天佛祖的小青年，從車窗中探出頭來，罵道：「找死啊！」接著揚長而去。他罵的，是悠然，剛才的動作是她護著屈雲，將危險轉嫁到自己身上；這一切，都是下意識的。

「小姐，妳沒事吧？」一個陌生的聲音喚醒了悠然的神智。悠然轉頭，發現自己救的人並不是屈雲。他的身材和屈雲很像，臉蛋也是好看的，和屈雲不相上下。就是那種平日在街上遇見會悄悄盯個不停、而夜晚睡覺時還會意淫個不休的那種帥哥。帥哥明顯對悠然的救命之恩感激不盡，連聲道謝，並堅持要帶悠然去醫院檢查。可是悠然覺得自己生命力頑強，並沒有受一點傷，便婉言謝絕了。但帥哥似乎對她那金子般善良的心產生了濃厚興趣，一個勁兒地說要請她吃飯。悠然又以減肥不吃夜宵的理由再度婉拒了。帥哥絲毫不放棄，繼續追問她的手機號碼，說是改天再約她出來吃飯。帥哥的樣貌是標致的，帥哥的身材是高挺的，帥哥的言談是得體的，帥哥的眼神是熾熱的，寫著「人情債，我願肉償」幾個金光閃閃的大字。悠然猶豫了一下，說出了號碼，接著找藉口搭計程車離開。她知道自己和這個帥哥不會再見面，因爲她給出的號碼是錯誤的，因爲……她想清楚了一些事情。

到了第二天約定的時間，古承遠帶著悠然來到市中心一處環境優雅、非常適合裝氣質的法國餐廳。才剛開始喝洋蔥湯，悠然便決定早死早超生，擦擦嘴，將戒指放在古承遠面前。古承遠放下湯勺，良久，才問道：「妳眞的……還是不肯原諒我嗎？」悠然平靜地說道：「不，我早就原諒了你。只是，我在昨晚看清了一些事情。」古承遠問：「什麼事情？」悠然道：「昨晚，我救了一個人，以前看電視時總是想，車子撞過來時，將處於危險中的那個人拉一下，不就得了嗎？何必非要用自己的身體去撲，簡直是找死。但直到事情臨到自己時才明白，那時，人是不會有這麼多理智的，唯一遵從的是自己的心。那個撲倒的動作是下意識的，是爲了確保自己在乎的那個人不會受傷。」古承遠安靜地慢慢問道：「妳救的人，是屈雲？」悠然搖頭：「不，只是一個長得很像他的人。」但，已經足夠說明問題了。屈雲說，她還想著他，悠然不信；小新說，她還想著他，悠然不信；古承遠說，她還想著他，悠然還是不信。但昨天夜裡發生的事讓悠然霎時看清了自己的心——原來，是眞的。

古承遠問：「妳會去找他嗎？」他看著她，眸光難以揣測。悠然繼續搖頭：「不會。他已經開始了新生活，而且……他已經對我死心了。」當她想通時，他們已經錯過了，世事一向如此。悠然一直在想，她的三段感情——兄妹，師生，姐弟之所以不成功，是因爲太過冷門的關係，但仔細看來，卻是由於自己的偏執。她最終要的，是一個愛自己、正如自己愛他的人。拒絕古承遠，是因爲不再愛他；拒絕小新，是因爲從未愛他；拒絕屈雲，剛開始是不確定他是否愛自己，而後來則不確定自己是否愛他。悠然輕笑：「或許，我還沒有遇見眞正對的那個人，不過沒關係，我會等待。談了這麼久的戀愛，有些累了，是時候把重心轉移到課業上。」古承遠問著：「妳再也不曾愛上我了，是這個意思嗎？」燈光下，他的眼睛黑得有點模糊。悠然決定將話挑明：「是的。男女的感情，我不會再給你，而做爲你的妹妹，我會在你需要的時候陪著你……對不起，這就是我唯一能做的。」爲了自己，爲了別人，她再也不會胡來。看清了自己要的是什麼，接下來便是堅持，即使最後什麼也沒有得到，卻對得起自己。那一天，古承遠並沒有什麼異樣，非常平靜，如井中之水倒映著幽月直至亙古。而最終，他問道：「只要我需要妳，不論何時，妳都會來嗎？」悠然這樣許諾：「是的。」古承遠輕輕點了一下頭。就這樣，事情似乎解決了。

悠然重新回到埋頭苦讀埋頭睡覺的日夜顚倒正常日子，心思純淨極了，連晚上做夢都只夢見自己喜愛的動漫角色大打出手。古承遠和他們家的關係也恢復如初，和一家人沒什麼兩樣；原來，人是可以改變的。這個暑假是多事之夏，悠然覺得假期過得賊快，再一個多星期就要開學了。正在此時，李明宇在公司舉行的聚會上抽中了頭等獎——雙人桂林遊。看著老兩口高高興興地收拾行李，悠然氣得牙癢癢，這根本就是歧視她這個愛情結晶！含淚揮著小手帕送父母走後，悠然蜷在沙發裡用大湯勺舀著冰淇淋，準備練仙；不是練成仙女，是練成天蓬元帥。正化在興頭上，古承遠來了電話要帶她出去吃飯，聽聞悠然語氣懨懨，詢問之下，知道她的嚮往，當下發令要悠然收拾東西，和他一起去桂林給李明宇和白苓一個驚喜。悠然歡喜，依言照做，收拾好東西，鎖好門，來到樓下等古承遠。沒多久，古承遠到了，悠然帶著行李上了車。

一路上，悠然摸索著那臺不知怎麼有點故障的相機，隨口問道：「機票買好了吧……算我白問，你辦事，我一向放心。」古承遠問：「妳就這麼相信我？」應該是玩笑的一句話，卻缺少笑意。只是悠然的注意力全放在數位相機上，沒想太多：「如果你都會出岔子，那就眞沒什麼好說的了。」古承遠問：「我在妳心中，眞的這麼好？」「當然。」悠然拿著相機，背對著他忙往窗外拍攝。背後，傳來古承遠淡得略顯疏離的聲音：「那麼，爲什麼不能接受我呢？」就像觸到電線上忽然迸出的火花，悠然緩緩放下相機，輕聲道：「不是說好了，不再提這些事了嗎？」古承遠回道：「是這麼答應過，只是……」臉龐像鍍了層金的暖色，但那雙眸子卻是一種冷色，「現在卻到了該提的時候了。」悠然直覺到有什麼異樣，恰在此刻包包裡的手機響起。低頭，卻不敢接，來電顯示的是屈雲的號碼，那個沒有刻意去記、卻難以忘懷的號碼。當響了三聲之後，悠然接起，沒什麼好躲避的，她這樣想，並且，確實需要一件事來驅散車裡忽然怪異起來的氣氛。

「是我。」這是屈雲的第一句話。悠然道：「我知道。」並努力將注意力放逐在窗外飛速逝去的景色上。接下來，屈雲很嚴肅地問了一句話：「悠然，妳信我嗎？」悠然不解：「什麼？」屈雲的語氣讓空氣緊繃了起來：「因爲接下來，我要告訴妳一些眞相，一些或許妳怎麼也不願相信的眞相。」悠然平生最討厭的遊戲，就是猜謎：「你說！」屈雲簡略地說著：「第一，開車撞妳父母的那個人，是受古承遠指使的。第二，那次的割肝，其實是一次早就排練好的戲，古承遠並沒有受到欺騙。」短短兩句話卻像過了很久才進入悠然耳中，她保持著拿手機的姿勢，甚至連睫毛都沒有眨動一下。屈雲道：「妳可以罵我是騙子，可以看不起我的無聊，但在此之前先聽聽當事人的說法。」他已經將一切證據都收集好了。

古承遠忽然發聲：「誰打來的電話？」悠然回道：「我同學。」她面上如常，一顆心卻開始猛烈跳動起來。屈雲那邊停頓了一下，接著沉下嗓子：「古承遠在妳旁邊？」「嗯。」悠然輕應了一聲，並將手機換在自己的右耳處，不欲讓古承遠察覺。屈雲故作鎮定地說：「悠然，聽我說，馬上找藉口離開他，不要單獨跟他攤牌，明白嗎？」屈雲的這句話，是用一種輕緩的聲音說出的，他努力想讓她靜下心來。悠然努力放鬆語氣：「我正在去機場的路上，要趕去桂林，那麼，開學的時候再見了。」掛上電話，忐忑地等待了五分鐘，古承遠似乎沒察覺出什麼。悠然的耐心已經用盡，她瞅準機會，道：「我想上廁所。」尿遁，這是她的計畫，可是古承遠像沒聽見似的。悠然說：「我憋不住了。」車內冷氣挺強的，但她仍覺得自己手心全是汗。古承遠問：「這招，是剛才屈雲教妳的嗎？」他的眼睛看著前方，嘴角卻是一種冷漠至模糊的弧度——他什麼都知道了。悠然也不想再假裝下去，直接質問道：「撞爸媽的那個人，是不是你指使的？」古承遠問：「妳相信屈雲的話？」悠然握緊拳頭：「我不信，所以我要聽你的解釋。」古承遠說著事實：「可是，妳已經相信了。否則，不會聽他的指揮，迫不及待地要離開我。」悠然無言以對。是的，下意識裡，她已經相信了屈雲，這足以解釋剛才她對古承遠的一連串逃避動作。古承遠安靜地笑著：「原來，演了這麼久，到頭來還是徒勞。」那笑意隨著冷氣，不斷覆蓋在悠然的每個毛孔上。悠然的聲音有些抖，好像一個沒能站穩的人：「這句話的意思，是承認了嗎？」古承遠道：「是的。」悠然沉聲命令：「停車！從此以後，我都不想再看見你！」他怎麼可以對她的父母做出那樣的事情！如果出了一點差池，父母可能永遠也無法醒來。他怎麼可以這麼對待她最愛的人的生命！

古承遠輕聲喚她：「悠然。」悠然轉過頭，看見的卻是一支小型噴霧劑，以及從噴頭噴射出的白色霧氣。一陣刺鼻氣味襲來，接著，悠然陷入了黑暗之中。醒來時，發現自己躺在一幢陌生的別墅大廳沙發上，腦袋有些暈，像醉酒似的。落地窗外滿眼的綠意全都湧入眼中，反倒顯得鼓脹。忍耐著不適，輕輕將頭轉向一旁，悠然看見了腳邊的古承遠。他手中拿著的，正是自己的手機。古承遠道：「屈雲打了二十多通電話給妳，看來，他很緊張妳。」悠然發現自己雙手被冰冷的金屬手銬制住：「你這是什麼意思？」古承遠冷道：「悠然，妳說過，當我有需要時，就會來陪我。可是我隨時都需要妳，所以我不能放走妳。」他走到落地窗前，打開玻璃門，接著，悠然的手機在空中劃出一道銀色弧線，就這樣墜落在山裡。

古承遠平靜地道：「這裡是我買下的度假別墅，很安靜，不會有人來打擾我們。」他重新回到悠然躺著的沙發邊坐下，手沿著她的小腿遊走，指尖像染著冰，即使在如此高溫的天氣裡也能將悠然的皮膚凍傷。悠然問：「你先放出話，讓我提防，再指使人去撞我的父母，接著第一時間來到我面前，讓我傷害你，而後又聯合那人表現自己的無辜，讓我心生愧疚，對嗎？」她的尾音有些顫抖，或許是因爲他手指的冰涼，或許是因爲其他。古承遠的手緩慢地在悠然身體上移動：「是的。」悠然問著：「那次落水後，你根本就沒有昏迷，而是假裝的，對嗎？」他的手一直在前進：「是的。」悠然問：「那次的割肝，只是一場演給我看的戲，你根本沒有受到古志的欺騙，或許，割肝，是你給予他幫你演戲的報酬，是嗎？」他的手撫過悠然的每一寸肌膚，帶著眷戀的歎息：「是的。」悠然問：「你從醫院跑出去，故意將傷口撕裂，又不願回醫院治療，只是爲了逼我戴上那枚戒指，是嗎？」他的手已經來到她的大腿處：「是的。」悠然問：「而我父母之所以會在此刻出遊，也是你的功勞，是嗎？」古承遠將一切都和盤托出：「妳爸公司的老總，和我相熟，這次的獎品是我提供的，條件只有一個——要讓妳父親抽中頭獎，暫時離開。」因爲，事到如今，已經沒有隱瞞的必要。

原來，他的每個動作每句話都是一根染著陰謀的絲線，漸漸地織成一張大網，將她纏繞。得知眞相後，悠然的情緒並沒有噴發，她沒有破口大罵，沒有歇斯底里，而是平心靜氣問了一句話：「這麼做，値得嗎？」眞的，値得嗎？古承遠的答案是肯定的：「如果我不做這麼多，妳怎麼可能會重新親近我，甚至差一點就決定答應我的求婚？」悠然道：「可是總有一天我會知道眞相的，那時，我照樣會離開。」古承遠問：「妳認爲，到那時妳還有離開我的可能嗎？」聲音低沉，那種磁性像鑽入了皮膚底下，化成尖銳。悠然搖頭：「我已經不再愛你，我們在一起是不會快樂的。」古承遠回道：「我會快樂，只要有妳，我就會快樂。」他的手不知不覺中，已經來到了悠然的小腹。

悠然的眼神沉靜如水：「但是我不會快樂。我不愛你，跟你在一起我不會快樂，就像媽和你爸在一起時，她連笑的時候都很少。」古承遠道：「悠然，我不是古志，我會讓妳快樂的。」悠然的聲音忽然變冷：「不，你不會。因爲你根本就不在乎我快樂與否，你在乎的只是能擁有我，你在乎的只是自己的感受……你根本就不愛我。」古承遠緩慢地低下身子，將嘴貼在悠然耳邊：「愛與不愛，妳很快就會知道。」

唇與耳之間隔了幾縷髮絲，摩娑之下，癢意橫溢，卻讓悠然生出了無端恐懼。下一秒，古承遠的手便開始解著她牛仔褲的扣子。悠然大驚失色：「你做什麼？」她開始用被銬住的雙手去擋。但古承遠隻手便消弭了她的抵抗，繼續撫摸著她的小腹：「以前，我一直在想，如果我是媽的親生骨肉，她是不會不要我的。如果是這樣，即使再難熬，爲了我，她也會永遠待在古志身邊。」悠然越聽，越覺得這話冰涼透骨：「你究竟想做什麼？」古承遠道：「所以，如果妳有了我的孩子，也就不會離開了。」他的語氣很輕很緩，卻像是重錘，直接砸在悠然的太陽穴上。悠然開始拚命掙扎：「你不能做這種事情！」古承遠翻身而上，將她的身子穩穩壓住：「悠然，我們會在這裡待上很久，我們會有孩子的。」悠然覺得自己的身子一會兒冷一會兒熱，牙齒也開始上下磕碰，她不敢想像那一刻的到來。褲子的拉鏈已被拉下，一寸寸地往下褪著，雖然緩慢，但總有讓古承遠如願的一刻；就像他說的，時間還很長。他是會達到目的的，無論是犧牲自己，還是犧牲別人。只要夠狠，只要夠狠……

悠然忽然停止了掙扎，她調整呼吸，讓渾身的每個細胞都積聚起力氣，最後一刻，她猛地用額頭撞向古承遠的下巴。此番來勢洶洶讓古承遠下意識地躲閃，如此，便暫時放開了對她的禁錮。覷準機會，悠然猛地掙脫開他，接著飛一般撲向茶几，拿起上面的茶杯狠狠往地上一擲。茶杯瞬間裂成尖銳的碎片，不等古承遠反應過來，悠然直接拿起碎片，毫不猶豫地往手腕動脈劃下。不只是一下，接連著四五下，那動作之決絕活像不是自己的手似的。血找到了出口，爭先恐後地從動脈處逃出，滴落在地板上，像小小的血之湖泊；要比狠，她也是可以的。並不是爲了誰守貞，只是如果眞有了孩子，那將是另一場悲劇的開始。悠然不願看見這種事情發生，於是用碎裂的杯具去阻止悲劇，這是她此刻唯一能做的。古承遠撲過來奪下碎瓷片，但悠然的手已經嚴重受傷。古承遠的眼睛如地獄的土壤，純黑，帶著火焰的暗紅：「看來，我比死還讓妳感到可怕，是嗎？」悠然疼得滿額是汗，嘴角卻在笑：「好不容易活一次，怎麼能讓自己的後半輩子痛苦呢？」其實，悠然是在賭，她賭古承遠不會眼睜睜看著自己死去，他一定會將她送到醫院，屆時她便可向旁人求救。但悠然沒預料到的是，古承遠將她抱進了臥室，接著，一通電話叫來了他的私人醫生。

醫生仔細診斷後，發現悠然割的那幾下幸好沒傷到神經和韌帶，做了局部麻醉及傷口清創縫合後，將藥留下，便準備告辭。此刻，這位醫生在悠然眼中簡直就像大海中的豪華大遊艇，她哪裡肯放手？她趕緊用另一隻沒受傷的手抓住這艘豪華大遊艇的手臂，差點沒把指甲也掐進去：「醫生，快去報警，這人是變態，是神經病，是他綁架我，還把我囚禁在這裡！」還來不及等醫生做出反應，一旁便傳來古承遠不急不緩的聲音：「我叫來的人，你認爲，他會幫妳嗎？」悠然定睛一看，果然，那醫生微笑著將她的手指一根根掰開。頓時，醫生在悠然心中的形象從一艘豪華大艇，直接變成電影最後三十分鐘沉淪的鐵達尼號。但眼睜睜看著醫生離開，可不是悠然的作法。於是，她以未受傷的那隻手抓起檯燈，直接朝他後腦勺砸去，見死不救的鐵達尼號破皮流血了。將醫生打發走後，古承遠緩步來到悠然面前，她內心的警鐘烏拉烏拉地響個不停，趕緊往後退。

古承遠問：「我就這麼可怕嗎？」悠然回答，沒有一秒鐘的猶豫：「是的。」古承遠道：「我只是想和妳在一起，悠然。」悠然急道：「是的，你只是想，你只是想要報復，所以你在我十八歲生日那天狠狠拋棄了我；你只是想要不再寂寞，所以你不顧我的感受，強行將我留在你身邊；你只是想要達成目的，所以其他人的幸福都不再重要……我同情你過去的遭遇，我爲自己小時候對你的傷害也感到抱歉，但這些並不能成爲原諒你一切行爲的靈丹妙藥。古承遠，我不欠你什麼，你不能拖著我的未來，你沒有權利。」悠然的唇因失血而蒼白，那種蒼白像道刺目的光扎在古承遠的眼中。留下是痛，拔去，一樣的疼。他問：「此刻，我在妳心中，一定如喪屍般可怖，是嗎？」悠然毫不留情：「不，比那更甚。」聞言，古承遠嘴角微揚，他笑了，只是那聲音卻像一種啞啞的嗚咽：「可是悠然，妳永遠也不知道自己對我有多重要。妳的童年是我所嚮往的，和妳在一起，我會感受到那種幸福，哪怕只有一點點氣息也是好的，能嗅到，對我，也足夠了。」說完，古承遠朝著她襲來。但悠然隨時保持警戒，身體往後一縮，接著當即扯下手腕上的繃帶，一狠心，傷口扯裂，血滴滲出。

悠然低吼：「放手！否則我就死在這裡！」「放手？」古承遠輕聲重複著這句話，「上一次我放了手，便失去了妳整整四年，這一次我再也不能放。」說完，他竟然拿起用來剪繃帶的剪刀，迅速往自己手腕一劃。悠然熟悉的紅色，從古承遠的脈搏中湧出。接著，他像一條獵豹般以無法阻擋的力量與速度，將悠然壓在床上。他的手腕碰觸著她的，兩種血液融合在一起，流在床單上，開出朵朵喧雜又寂靜的花。「就算是死，我們倆也要一起。」古承遠的聲音安靜得不像從一個活人口中說出。說完，他俯下身子吻上了她的頸脖，就像那纖細蒼白、只在暗夜出沒的吸血鬼，吸吮著挽救自己生命的血液。古承遠的唇冷得有如聚集了全世界的寒冷，一點一點凍結了悠然的生命。悠然仰望著天花板，上面那盞有著墨綠色仿古燈罩的白熾燈彷彿在無聲地劇烈晃動著。手腕處的血管正突突地隨著心臟而跳動，每一下都是刀割般的疼。古承遠的身子重得她無法承受，肺部被壓得只剩最後一口氣。就用這最後一口氣，悠然嘶啞著喊出了內心最想說的話：「你個挨千刀沒人倫、裝氣質裝到被雷劈、裝清純裝到被人輪的屈雲，你踏馬的死到哪裡去了！」在最危險的時刻，悠然想到的人只有屈雲，只有屈雲。即使知道他不可能在此刻出現，但如果她要死，在臨死前，她也要喊出這句最真心的話。

這最後的嘶吼可算是驚天動地，造成的回聲也非常了得，悠然聽見連門外的樓梯都在響動。

按理說，這回聲應該要越來越小，但悠然卻發覺那聲音越來越近，聽真切些，彷彿是皮鞋的嗒嗒聲。幾秒種後，門被撞開，接著，壓在悠然身上的古承遠，重量頓時消失。某人將古承遠拉起，接著一拳將他揮倒在地。而那傳說中的某人，就是——臉色比缺了半邊腦袋仍在蹦跳的死屍還恐怖的屈雲。古承遠也不是弱者，他從地上站起，立刻開始反擊。雙方都是練家子，當即打得劈劈啪啪劈劈啪啪，血沫橫飛，骨頭折斷。悠然非常想撐起身子看看這場精彩的打戲，但她的身體在一連串緊繃狀態後忽然得到放鬆，加上失血過多，一時支撐不住，眼珠打個轉，便晃悠悠昏睡了過去。沒有做夢，似乎只是閉一下眼的時間，她就醒了過來。睜眼之前，悠然便知道即將面臨的，是兩種事實——一是古承遠被打敗，屈雲將自己救回；另一種是屈雲被打敗，並且被種在後山的樹林裡，等待秋天去收穫。因此，悠然這個睜眼的動作，可說是鼓足了全部的勇氣。

結果並沒有讓她失望，是屈雲坐在她身邊，只不過，那張俊俏的臉被揍得青一塊紫一塊。悠然眨眼眨眼再眨眼，彷若不認識他。屈雲道：「重新介紹一下，我就是那挨千刀沒人倫、裝氣質裝到被雷劈、裝清純裝到被人輪的屈雲。」悠然看著屈雲滿臉的傷，問道：「你是壓根沒被埋，還是剛從地底鑽出來？」屈雲懂悠然的意思：「古承遠也被埋得夠嗆，我和他誰也沒占到便宜。」悠然這才拿起眼睛查看四周，發現自己躺在醫院病床上，手腕處纏著厚厚的繃帶。她問：「古承遠呢？」屈雲道：「我本來想報警，但妳媽打電話來為他求情，說一切事情等妳醒來後，聽妳的意思。」順著悠然的目光看了看她的傷處，很自然地便將自己的手覆蓋在上面，「未來丈母娘的話，我不敢不聽。古承遠現在正在另一家醫院躺著，我跟他從樓梯上滾下來時，他頭被撞破，縫了十多針。」屈雲的手乾燥溫暖，那熱度直接透過紗布傳到悠然的手背上。悠然看著屈雲打著石膏的右小腿以及坐著的輪椅：「而你，則小腿骨折。」她伶俐地得出了這個結論。屈雲一派悠閒地說著：「是啊，結果三個人都受了重傷，不得不打電話叫救護車。客廳裡兩個破頭斷腳的，樓上臥室還有個割腕自殺的，差點沒登上晚報頭條。」悠然憧憬的浪漫被事實沖淡了些：「我原本以爲是你抱著我，一步一步走到醫院來的。」屈雲展示著自己的石膏腿：「我沒叫醒妳，要妳抱著我一步步走到醫院來，妳就該慶幸了。」悠然可以想像，那一戰定是慘烈異常。

將思緒再往前扯扯，悠然發現了許多疑問：「你是怎麼發現古承遠做了這些事的？」屈雲緩緩回答：「依照我對他的瞭解，古承遠斷然不會示弱，他不是那樣的人，這裡面，一定有蹊蹺。他的軟弱來勢洶洶，讓妳防備決堤，我再不採取行動，妳的腦子鐵定又會搭錯線、做錯事。所以我暫時離開，躲過他的注意，在這段時間暗中查清了事情眞相。其實，所有的事情都是他計畫好的。五月初，古志的病就已經檢查出來，他低聲下氣地去向古承遠求救，在受到百般侮辱後，古承遠終於答應割肝救他一命，但條件是聯合起來在妳面前演一場戲，讓妳內疚心軟，最終一步步陷落。」悠然細聲道：「這麼說，你說放棄我，只是一顆煙幕彈？古承遠說，你和一門當戶對的女孩相親成功了，正手握手肩並肩一起往結婚的大道上邁進……那女的，眞有其人？」屈雲忽然冒出一句丈二金剛摸不著腦的話：「最近我才發現，戴平光鏡也是會將眼睛戴壞的。」悠然伸出手在他面前晃悠了一下：「你眼睛壞了嗎？」屈雲如墨般的眸子灼灼看著她：「如果沒壞，怎麼每當看著妳，就會得出非妳不可的念頭呢？」悠然努力讓自己平靜淡定，但嘴角還是忍不住笑意微漾。不得不承認，這話讓她心裡甜死人不償命。屈雲抬起他那雙好看的眸子，裡面是太陽的味道：「並且，我也是個講信用的人，某人答應了要回來，我就必須要等她。」

「我發誓，永遠都不會離開你，即使離開一會兒，終究還是會回來。」——悠然想起自己在屈雲的設計下，曾經發過這道誓。他的手指在悠然的繃帶上方移動著：「這次，是我做錯事，氣得妳走遠了些。讓我等得久一點，也是應該的。」他的指尖是暖的。悠然知道屈雲是盛夏的黑布，看上去冷酷，卻吸收了太豔的熱，倘若眞的被他擁抱，那將是滿身的溫暖。屈雲問：「悠然，妳說呢？」悠然抬眼，看著他。他的唇是恰到好處的厚薄，水潤的唇瓣被一種力量微抿著，像在等待著某種宣判，來自她的宣判。可是，還有什麼好說的呢？自己在最危急的時刻喊出了他的名字，已經說明了一切。

經歷過這許多，悠然心頭一直堵塞的那個說不清道不明的東西，不知何時已然消逝了。還躲避什麼，還爭鬥什麼，還固執什麼，還掩飾什麼！她還戀著他，對他的傷害如此介懷，不過是太愛，不過是還在愛。雖然故事的開始很不堪，但在結局時得到「非妳不可」這句話，比什麼都重要。他們男未婚，女未嫁，人格狀態正常，同樣都沒有宗教信仰，同樣擁護著一個國家，愛清潔講衛生，以如此德智體美勞全面發展起來的兩個好娃子結合在一起，絕對是爲這個國家精神文明建設與物質文明建設增光添彩的好事。更重要的是，他愛她，而且，她愛他。好不容易活一次，厚著臉皮忘卻前緣舊事，拋棄自尊，熱火朝天，不顧一切地愛一場，也沒什麼不可。

但在說出那句話之前，悠然還是先問了幾個問題：「以後，你還會沒事就擺張晚娘臉給我看嗎？」屈雲溫柔地答：「不會。」悠然冷靜地問：「以後，你還會什麼事都瞞著我嗎？」屈雲溫柔地答：「不會。」悠然冷靜地問：「以後，你還會因為我偷看帥哥、而罰我去洗碗拖地嗎？」屈雲溫柔地答：「不會。」悠然冷靜地問：「以後，如果家裡只剩一包番茄牛腩口味速食麵，你還會跟我搶嗎？」這次，屈雲沉默了。悠然臉上的淚水寬如麵條，原來到最後，自己在他心中的地位仍舊不如一包速食麵，你說，辛辛苦苦糾結了這二十多萬字有啥意思啊？正淚著，屈雲忽然撐起身子坐上了悠然的病床，接著熟練地吻上她的唇，滑潤的舌在她口腔中一捲，溫柔地回答：「不會……但等妳吃完之後，我會接著吃番茄牛腩口味的妳。」悠然忽地湊上前咬了一下屈雲的唇瓣，接著退回，像隻伸出爪子耍弄人的貓：「那麼，我就回來吧。」下一秒，她這隻貓就被另一隻獸給摟住，緊緊地擁吻著。在窒息的愉悅中，悠然明白，他們兩個誰也逃不了彼此。

這就是屈雲教給悠然的第二十一課——結果，他才是最後的那個人。

Lesson Twenty Two

這個人，從來都是屬禽獸的

悠然和屈雲重新和好了。兩人的病房面對面，把門打開，可以隔著走廊玩撲克牌，形同於整日同吃同睡。但屈雲還是不滿足，說是想要一間兩人住的病房。雖然已經有些日子沒做他的女友，但悠然知道，江山易改本性難移，屈雲大概是想著做那檔子事情了。悠然委婉地一問，果然如此，不禁好笑：「我說，你腿都沒好，還在異想天開呢！」屈雲毫不在意地提出這樣的建議：「沒關係，反正妳在上面就好。」悠然頓時眼淚嘩嘩滴，想不到一段時間沒見，這男人怎麼就懶了這麼多呢？眼看著她也是負傷在身，居然還要完成這種高難度動作，他於心何忍啊他。幸好醫院病房不夠用，這才沒有讓屈雲得逞。

沒事的時候，悠然就推著屈雲到住院部的庭院閒逛，曬曬太陽，摸摸草地，本來是個讓彼此感情昇華的好時機，直到某天悠然一不留神，被屈雲發現自己在偷瞄醫院新來的某位年輕有爲清瘦英俊、剛從國外回來的腦科醫生。其實悠然沒什麼別的想法，畢竟按相貌身材來說屈雲更勝一籌，更不用提他的詭計多端，陰險狡詐，兩面三刀，居心叵測。只是就像來到超市，已經買了上等牛肉，但也沒人規定不能去海鮮櫃位逛逛，飽飽眼福。悠然正看著那隻海龜，右臉頰卻像被雷射灼燒了似的，逼得她一激靈，低頭，正好對上屈雲那雙墨染的眸子。糟糕，牛肉憤怒了，後果很嚴重。悠然立即抬頭，手搭上涼棚，感歎道：「啊，天好藍。」屈雲若無其事地回應：「是，天很藍。」看似萬事皆安，但瞅著屈雲那更為上挑的清冷眼眉，悠然的心就像小龍女那樣連睡覺都躺在細繩上。果然，報復來得如此之快。當天晚上，悠然正躺在病床上悠閒看漫畫，一陣生鏽銀鈴般的嬌俏笑聲直刺入耳中。打開房門，發現走廊對面屈雲的病房門大開，他正躺在床上與兩名白衣天使談笑風生，逗弄她們笑得花枝亂顫，差點沒把腰給扭著了。其中一個還大膽地將手放在屈雲的手臂上，捏啊捏的。屈雲並未阻止，只是略移眼，安靜且意味深長地瞄了悠然一眼，繼續開始勾蜂引蝶以及貢獻豆腐。悠然不得不承認，不愧是屈雲，殺她於無形之中。

這不明擺著警告她，再敢去看那些海鮮櫃位，他這塊牛肉就要出牆了。悠然當然清楚，這醫院百分之八十的護士都被屈雲那張臉迷得七葷八素的，時刻排隊等著要接自己的班呢。一群見色便智昏的女人，悠然鄙視，她們都和她一樣！為了讓屈雲守住貞潔，悠然只能服輸，往後只要遇見那隻海龜，立馬低頭看地板，簡直都可以立一座貞節牌坊了。這樣，屈雲終於滿意了。但悠然越想越不是滋味，當初他流血流汗地追她，結果追回之後又開始奴役她，這哪行啊？於是悠然抗議了。但屈雲很無辜地反問道：「我並沒有說什麼啊！」悠然像吃火鍋時被鵪鶉蛋給噎住。是啊，他確實一句話也沒說。沒多久，她終於省悟過來，眼淚滂沱……完啦完啦，這男淫功力又有了長進，看來這輩子注定是被壓的分了。

最後一次見古承遠，是在醫院裡。照例，那天中午，悠然和屈雲兩人頂著陽光在壓草坪。悠然問：「欸，你說我們倆同時請假一個月，學校裡會不會生出什麼不好的傳言？」話說，由於兩人在開學前受了頗重的傷勢，雙雙請假，雖然學校方面不用擔心，但同學之間的閒言碎語對悠然來說攻擊力還是挺強的。屈雲反問：「什麼叫不好的傳言？」悠然道：「比如說我們私奔了，或者是我因愛不成追殺你之類的。」屈雲道：「應該是第二個，比較有說服力。」悠然權衡了一下自己和屈雲在眾人心中的形象和地位，不得不承認，這流言百分之九十九會是第二個版本。悠然感歎萬千，她實在是冤咧。

正感歎到興頭上，便看見了那邊頭頂包著紗布的古承遠。雖然包著紗布，但並不狼狽，身姿挺拔，硬朗氣質橫溢。他走過來，站在離他們兩公尺之外，停住，眼睛看著悠然，道：「我想和妳說幾句話。」屈雲動作靈活地將輪椅一轉，擋在悠然面前，保護意味十足：「她沒空！」古承遠沒理會他，一雙眼睛依舊看著悠然。經過上次的事件，再看見古承遠說不怕是假的，但害怕的感覺沒持續幾秒，悠然還是克服了。她決定和古承遠單獨談談，不是因爲他的要求，而是她有話要說。聽見悠然要自己到旁邊休息的要求，屈雲默然，但僅停頓了幾秒仍依言照做，自己推著輪椅去到十幾公尺外的葡萄架下。看樣子，似乎聽不見他們的談話。但悠然還是要測試一下，像調試麥克風般將拳頭放在下唇，不停重複道：「屈雲是豬，屈雲是豬。」她那平均視力二點零的眼睛一下子便攫住了屈雲眉間那抹緊繃。她趕緊揮手要屈雲再後退五公尺，接著又繼續試音：「我要紅杏出牆，我要紅杏出牆。」這次屈雲沒反應，看來是眞的聽不見了。悠然放寬心，開始和古承遠談話。

悠然問：「你什麼時候走？」古承遠必須去美國待一年，否則，他指使人傷害白苓和李明宇的事情就會曝光；這是悠然思考許久後，想出的法子。雖然他的遭遇確實令人同情，但並不能以此當成擋箭牌免除一切責罰，做錯了事情，就得承擔後果。悠然之所以這麼建議，還有另一個原因。白苓說，她會跟著古承遠去，照顧他，悠然想讓他們解開心結。雖然結果並不一定樂觀，但不管怎樣，努力了，就問心無愧。古承遠回答：「後天。」他低頭看著悠然，睫毛投射在眼窩下的黑影，似乎亙古存在，「但悠然，記清楚這個要求。一年，只有一年，之後，我一定會再回來的。」悠然問：「你是在威脅我嗎？」古承遠道：「我很高興妳意識到了這一點。那麼，好好享受一下妳和屈雲的最後一年吧。」說完，他掉轉步子，準備走人，但悠然叫住他。古承遠問：「害怕？」悠然搖頭，接著將手腕翻給他看，陽光下，白皙的皮膚上有道猙獰的傷痕。或許是因爲正午刺眼的光線，或許是因爲悠然那種靜若止水的表情，古承遠的上眼瞼微顫了一下。

悠然的聲音略帶一種縹緲：「其實，這道傷痕在四年前就應該存在的。就是在你說恨我之後，加上大學考試失利，我想到要消滅自己，工具都已經準備好了。只是在最後關頭……忽然覺得生命還是美好的，也就放下了那把準備割腕的刀。其實，那個時候，我已經死了。以前的李悠然已經死了，那個能夠給你溫暖、那個一心愛著你、那個能夠永遠陪伴著你的李悠然，已經死了。在那個夏天，我和你聯合起來殺了她，或許我們錯了，只是，她再也回不來。你懷念的、你想要的是從前的我，只是人一旦走錯了一步，後面的發展都不一樣了。你做錯事情可以得到原諒，只是那原諒已經改變不了什麼。」悠然仰起臉，強烈的陽光讓她的眼睛微瞇成月牙形狀，她的臉上有種輕揚的透明笑意：「哥，再見。」說完，她轉身朝屈雲走去，步伐輕盈。無論古承遠是否能想通，無論一年後他是否又會搞出什麼事情，但悠然不再害怕。經歷過這段時間發生的事，她對自己和屈雲挺有信心的，畢竟兩人都是賤骨頭，合在一起雖然爭執不斷，但誰離了誰也不行。因此，要再將他們分開，很難，很難。站在自己背後的古承遠是了悟還是執著，是默默站定還是憤而疾走，她都不再關心。因爲她的視野太小，只裝得下一個屈雲。

走到葡萄架下，看著在枝蔓陰影投射下的那張俊顏，實在心花怒放，嘖嘖，這鼻子是鼻子，眼睛是眼睛，嘴是嘴。走過去，悠然伸手想掐掐他的臉頰，但屈雲握住了她的手。抬頭，他的眸子裡吸收了綠蔭滿滿的涼。悠然趁著屈雲尚處於傷殘狀態，殺傷力有限，趕緊撂狠話：「你脾氣該改改了，怎麼能動不動就擺臉色給我看。不要忘記你現在的狀況，虎落平陽被犬欺，你小心我直接連人帶椅子把你推進水池裡去！」但屈雲輕飄飄一句話就讓她徹底軟了下來：「聽說，妳要出牆？」原來他還是能聽見，這廝敢情是順風耳再世。悠然趕緊解釋：「開開玩笑嘛，就我這小短腿，哪裡爬得上牆啊？」屈雲提議：「可以爬梯子嘛。」悠然驚喜交加：「可以嗎？」屈雲勾起嘴角一笑，頓時漫天桃花雨下：「當然可以……不過，等妳爬在牆上後，我會把梯子搬開，看著妳跳下來摔死。」看著眼前這張絕美的臉，聽著這番狠毒的話，悠然淚水如海。遇上這種男淫，她會被壓得連渣渣都不剩的。

待傷勢好轉，兩人立即回到學校。走進寢室前，悠然心中暗暗忐忑，就怕室友們拿幾雙疑惑的目光看向自己，語調起伏不定地問道：「李悠然，今天，就老實交代了吧，妳和我們的屈輔導員究竟發生了什麼不可告人的事情？」但她多慮了，幾名室友壓根就沒把她和屈雲聯想在一起；應該說，整座校園從來都沒有把她和屈雲聯想在一起過。最後，反倒是悠然忍不住將她們往這個方向引導：「我和屈輔導員同時請假，你們就沒覺得有什麼不正常嗎？」室友們反問：「你們能有什麼不正常？」悠然道：「比如說，我和他這段時間，很可能待在一起？」這句話的結果，是一陣哄堂大笑。晚上，悠然將這件事告訴屈雲，他的反應只有淡淡一句話：「自取其辱。」接著，繼續低頭就著筆電備課。悠然鬱悶地呑下一大盒巧克力。

回校之後，屈雲便要求悠然搬到自己家住，但悠然秉持「距離產生美」這個原則，斷然拒絕了。但因爲已經是大四，室友們各自去找了實習單位，都陸續搬出了寢室，夜裡一個人睡還眞令人害怕，悠然只好放棄原則，正式和屈雲祕密同居。搬去住的第一天晚上，悠然明白了一個眞理——「千萬，不要靠近饑餓的狼！」悠然覺得自己像一塊肉，先是被洗乾淨撕去包裝袋躺在砧板上。接著，屈雲的嘴和舌幻化成刀，將她一下下剁成了肉醬。然後，屈雲的手又將她這攤肉醬揉成了肉團。最後，一口吞下去……簡直是禽獸中的戰鬥機，色魔中的大魔頭！第二天一早醒來時，悠然覺得自己的骨頭全都被搖散了，看著身旁吃飽喝足、睡得香甜無比的屈雲，悠然氣得牙癢癢，撲過去，「嗷」的一聲狠狠咬住他的手臂。划不來，眞的划不來，屈雲的手臂有的只是肌肉和骨頭，居然將她的牙給磕痛了。更重要的是，這一舉動將狼給驚醒了，於是她又再次經歷了從肉到肉醬再到肉團的過程。慘不忍睹啊，慘不忍睹。悠然終於忍不住抗議：「你也太饑渴了一點吧？」屈雲道：「這說明我對妳忠貞，在妳離開的這段時間，我是清白的。另外……」悠然問：「另外什麼？」屈雲奸詐道：「另外，這麼一來，也可以讓妳沒力氣去爬牆。」看來，自己那句無心的出牆，要被屈雲記恨一輩子了。思及此，悠然淚流滿面啊淚流滿面。

大四上學期基本而言是實習時間，悠然一心要考研究所，屈雲便幫她弄來一張實習證明，讓她可以在家裡安心複習功課。悠然覺得自己在屈雲家白吃白住白喝，實在不怎麼像話，便買來烹飪書決定爲他洗手做羹湯。但在廚房經歷過幾次毀滅性災難後，悠然決定放棄。每天早上七點，她跟著屈雲起床，吃完早飯，目送他出門，並囑咐一句：「路上不要看野花，早點帶飯回來。」接著複習幾小時，等中午屈雲帶回外賣，一起吃了，睡個午覺，下午兩點醒來，再次目送屈雲出門，並囑咐一句：「不要被其他女人吃豆腐，早點帶飯回來。」然後又是幾小時的複習，等晚上屈雲帶回外賣，一起吃了，再複習幾個小時，等十一點時，自動躺在床上任由屈雲將自己製作成肉團子。小密聽了之後，哀其不幸、怒其不爭地感慨道：「這簡直就是赤裸裸的包養啊，難道妳就沒有什麼想法？」悠然點頭：「有。」小密一副孺子尙可教也的欣慰表情：「仔細說說吧。」悠然雙手捂住臉頰，臉色緋紅：「我認爲，被他包養的感覺，眞的好。」小密：「……」

雖然是被包養，但悠然從來不放低自己的姿態，比如說這天晚飯時，當屈雲搶走盤中最後一根春捲，悠然當即豎起兩道眉毛，大喊道：「給我放下，這是我的！」屈雲非常淡定地將春捲的一端放在嘴中，道：「要吃的話，自己來咬。」含著春捲，他的話音有些模糊，卻像春捲中的糯米軟黏香滑，勾引著悠然。但悠然不上當，如果她近距離去咬，那麼被製作成肉團的過程就會提前，才不會這麼傻。放棄春捲，收拾碗筷，悠然進廚房洗碗。正在洗最後一個盤子時，屈雲靠在廚房門口，問道：「妳今天在家待了一整天嗎？」悠然應聲：「嗯。怎麼了？」屈雲道：「沒事，只是覺得妳整天待在家裡，對身體不太好。」悠然轉身：「你什麼時候這麼關心我的身體了？」一邊說，一邊將塑膠手套脫下，甩了幾滴水在屈雲臉上。屈雲悠悠地說：「如果妳病了，誰來陪我睡覺呢？」屈雲將「睡覺」兩字嚼得意味深長。悠然搖頭歎息，這個屈雲太荒淫了，差點就快趕上她了。屈雲提議：「這樣吧，明天我休息，帶妳出去逛逛好了。」悠然欣喜地勾上他的脖子：「眞的？」屈雲問：「不過，妳打算怎麼感謝我呢？」聞言，悠然立即後退跳開：「你想做甚？」只見屈雲魅惑狂狷地一笑，拿眼睛往廚房一瞥，道：「今天的戰場，就在這裡吧。」反正廚房本來就是製作肉團子的地方，悠然很爽快地答應了。一個小時後，屈雲也爽快了。

悠然原以爲屈雲會帶她去逛商場，或者去山林踏青。可是，屈雲卻將她帶回了自己父母家。沒想到，這就是她用心服侍他之後得到的報酬！那一刻，悠然非常想將屈雲連根折斷。屈雲的父母住的是獨棟小別墅，幽靜漂亮，看上去很有歷史分量感。但此時的悠然哪有心思賞美景？她只想跑。完全沒有心理準備就去見未來的婆婆，悠然覺得自己做不到。是的，她擔心的只是屈雲的媽媽；至於校長，悠然只能說，他完全沒有存在感。悠然道：「我想上廁所。」屈雲回答：「裡面有。」悠然道：「我不想和你父母吃飯。」屈雲回答：「那妳在旁邊看我們吃也行。」悠然道：「我愛的另有其人，這樣的我不值得你帶著去見父母。」屈雲回答：「沒關係，即使妳心在別處，只要身子在我床上就行。」用盡了各種藉口，悠然還是被屈雲揪著衣領，扯入了他父母家。

院落種著桂花，小小的金黃滿樹怒放，花香四溢。掙扎無果的悠然忽地在院子角落發現一枚球狀物體正在蠕動。仔細一看，才發現是那位毫無存在感的校長，意即，是屈雲的老爸在晾衣服。悠然覺得不可思議。雖然屈雲的老爸很矬，但畢竟是校長，是隨便請人吃頓飯都能抵她四年學費的人，怎麼會淪落到自己洗衣服晾衣服呢？屈雲主動爲悠然解釋：「所有的家務一向都是他做的。」疑惑的悠然問：「難道捨不得請傭人？」不孝的屈雲回答：「如果有了傭人，那他在家裡就更沒有存在必要了。」悠然對著那費力跳上跳下晾衣服的圓球物體歎口氣。現在的校長，一定很後悔當初丟的不是屈雲而是胎盤，養的不是胎盤而是屈雲。歎息正接近尾聲，校長敏感地回頭，看見悠然，眉毛頓時如嚇氣的毛毛蟲般垮下：「李悠然同學啊李悠然同學，我簡直錯看了妳，怎麼才沒幾個月妳就被他重新弄上手了呢？怎麼就不能繼續折磨折磨他呢？」悠然覺得自己應該算是圓滿地完成任務：「已經折磨得他手受傷、胃出血、小腿折斷，還要怎麼樣呢？」校長傳道授業解惑：「皮外傷都是沒質感的，這年頭，要虐心。讓他窩在被窩裡躺一個月，整日渾渾噩噩，不吃不睡，時而胡言亂語，夜半癡狂癲笑，這才叫折磨啊。」悠然握緊拳頭：「嗯，我會努力的。」臉上浮現「請等待我好消息」的堅定神色。「加油，我看好妳哦！」校長重新恢復了笑臉，笑得差點連包子餡都流了出來。正當悠然和校長兩人握手言歡、沉浸在共創和諧未來的美好氛圍中時，悠然忽然聽見那熟悉的「叮」一聲聲響。奇怪，屈雲今天又沒戴那副平光眼鏡，怎麼還會聽見這聲音？悠然得出兩個結論——一是她幻聽，二則是屈雲的功力已經到了新的境界。緊接著，悠然就被屈雲拖進了屋裡。

在客廳中，悠然見到了屈雲的母親。美自然是不必說的，畢竟校長那樣的包子基因，能生出屈雲這樣的人物，他母親的基因鐵定要很完美很強大才行。今日一看，悠然發現自己果然沒有失望。屈雲的母親不僅美，還美得非常英氣，大概是出身軍人家庭的關係，舉止動作既有女人應有的嫵媚，也有俐落的爽朗以及無比尊貴的氣勢，簡直就是女王！未來的婆婆是女王，悠然覺得自己會死得很慘。當即，她只想臨陣脫逃，但屈雲不放手，直接將她拉到母親面前，言簡意賅地介紹道：「媽，這就是李悠然，妳兒媳婦。」女王一雙妙目看向悠然，微微頷首，接著說了兩人認識以來的第一句話：「生孩子，還是剖腹產的好。」悠然：「……」女王對悠然的態度並不女王，而是有說有笑，並且還送了悠然一塊罕見的清透碧綠鐲子當見面禮。屈雲悄聲道：「不用擔心。只要是我喜歡的，我媽就喜歡。」悠然漸漸放下心來。

他們在聊天，而校長則忙著削水果，倒茶，整理屋子，煮飯，悠然只看見一個肉團在屋裡上上下下地忙碌著。終於在吃飯時，校長才得以和他們坐在了一起。趁著老婆和兒子正在交談，校長悄悄拉了拉悠然的袖子，道：「李悠然同學，聽我一句勸，在家庭中，妳一定要挺立起脊椎，千萬不能委屈自己去伺候別人，想想看，爸媽把妳養這麼大，是讓妳被人欺負的嗎？他們若知道妳受了委屈，鐵定是四泡眼淚直直下啊，妳忍心嗎？」一番大道理將悠然講得熱血翻滾，正決定從此以後不再洗碗，但此時女王淡淡地說了一句話：「這菜好像鹹了一點點。」校長道：「老婆，我馬上重新去炒！」悠然眼前一花，只見一肉團以不可思議的速度衝進廚房，沒多久，一盤新菜端了上來，還附帶有貼心的漱口水。校長殷勤地狗腿般陪笑：「老婆，妳再嘗嘗。」悠然搖頭歎氣。校長啊，要是你爸媽看見你這樣子，何只四泡眼淚直直下啊，大概連眼珠子都要哭出來了。

飯吃到中途，女王想聽聽兩人的羅曼史，屈雲便負責講述。隱去了一些不好啓齒的，免去了一些不太浪漫的，選擇性遺忘了一些不利於感情發展的……但聽著聽著，悠然察覺到有些不對了。屈雲訴說著：「分手後，我努力地挽回，而悠然也不是鐵石心腸的人，很多次也想著要原諒，可是在爸的挑唆下，還是決定放棄這段感情。當然，爸是好心，想著梅花香自苦寒來，給我們的感情越多障礙，就越能長長久久。所以，我一點也不介意他用計讓我喝得胃出血，真的，我挺感謝他的。哦，媽妳不知道？就是上半年的事情，雖然當時吐了很多血，生命垂危，但現在已經沒什麼大礙了，不過就是隔三差五地胃痛兩次，不過就是胃癌的可能性增加了一大截。」話音落後，悠然低下身子，看見桌面下校長的腿在不停打顫。桌面上，女王將幽幽的目光投向丈夫：「你就是這麼折磨二十多年前我千辛萬苦流血流淚拚著一條命為你生出的兒子？」校長汗如雨下。女王續道：「我只有一個兒子，自然是百般疼愛，可是看上去，你似乎不太在乎他。難道，你在外面還有其他子女？」校長如坐針氈。女王冷道：「或者，你是看他不像你，所以便暗暗懷疑不是你親生的？」校長抖如篩糠。女王最後撂下一句：「跟我到房間來一趟！」校長的包子臉面如死灰。

目睹這一事件後，悠然用崇拜以及戒備的目光看向屈雲。屈雲淡淡一笑，眼睛微瞇，再次發出「叮」的一聲：「現在，妳應該知道在這間屋子裡，應該歸順誰了。」果然，悠然想，他的功力已經到了無平光眼鏡勝似有平光眼鏡的新境界。後來聽屈雲說，女王生他時難產了一天，最後不得不剖腹，一次生育遭受了兩樣最恐怖的罪，很是辛苦。大概就是這樣，女王把屈雲當成了心肝寶貝，從小就溺愛。雖然屈雲沒明說，但悠然用腳趾頭也想得出來，校長鐵定是看兒子這麼受寵，再思及自己在家中低得差點能鑽入地板的地位，從而對屈雲產生了一種自然的而又不自然的嫉妒之情。因此，父子倆一直在爭鬥著。不過，悠然再用腳趾頭想一下，這二十多年來校長約莫也被屈雲氣得夠嗆。畢竟，屈雲不需要自己動手，只要在女王面前搬弄兩句，校長就死無葬身之地了。悠然吸取經驗教訓，決定儘量減少和屈雲的正面衝突；說句喪氣話，她的智商和手段比起屈雲來，就像珠穆朗瑪峰與死海的海拔差距，那可是相當明顯。

悠然還漸漸發現，男人，就算是屈雲這樣的男人，內心還是小孩心性，偶爾很叛逆，但只要表面上順著他，那就天下太平——屈雲不喜歡她看其他帥哥，沒問題，她背地裡看個夠；屈雲不准她多吃垃圾食品，沒問題，她背地裡吃個夠；屈雲不准她穿在膝蓋之上的牛仔短裙，沒問題，她背地裡穿個夠……這麼一來，連屈雲都忍不住誇獎：「妳最近很乖。」悠然溫順地笑，但內心卻還是有些不穩，這，都是爲了即將到來的龍捲風做防災工作啊。

十一月的一天，龍捲風如期到來。屈雲下班回來後一言不發，臉色非常不好。悠然趕緊低眉順眼，屁顚屁顚地遞上拖鞋，送上熱茶，又主動爲他捶腿捏肩，噓寒問暖。但屈雲冷著一張臉，就是不搭理。實在沒辦法，她只能使出最後一招絕技——脫衣服。記得上回，她因爲複習得太累，便拿屈雲的筆電下載日本床上運動片，一不小心誤中病毒，將筆電裡屈雲辛苦製作的備課資料，以及學院的所有活動資料全都刪除得一乾二淨。悠然認爲自己只有死路一條，便破釜沉舟，在向屈雲坦白罪行後，在他的眉毛豎起來前，馬上脫光自己的衣服黏上去……一陣風捲殘雲之後，屈雲帶著滿足的心情重新進到書房拯救資料，一句話也沒有罵她。在那時，悠然便明白了一個事實——她的下半生，就要靠的他下半身了。今天也是一樣，悠然立即脫光衣服，整個人像蛇般纏上了屈雲的身體……這次，屈雲連地方都沒挪動，直接在沙發上將她製作成肉團子，而且是兩次。

悠然累心又累身，正要沉沉睡去，卻聽見屈雲冷冷的問話：「爲什麼要報考C大？」是的，所謂的龍捲風就是，悠然沒有像屈雲希望的那樣報考本校心理系，而是報考了C大的心理系。其實悠然也不是故意要騙屈雲，這要是眞考進了本校，那自己和屈雲豈不是一天二十四小時都要待在一起，再俊的臉都看厭了。因此，她決定報考離本校三十分鐘車程的Ｃ大，每天還是可以照樣回屈雲家，還是可以有兩人自由的時間，讓感情保鮮期更加長久。屈雲冷冷覷她一眼：「還有其他的原因吧。」悠然不得不感慨，知她者，莫若屈雲也啊。這Ｃ大可是有名的和尚廟，況且，是座充斥清俊和尚的大廟。人家Ｃ大的特色是，女生稀少，而男生的數量和品質大大的好。悠然確實胸懷小小心機——上次住院，路過海鮮櫃位時看了一眼海龜醫生，屈雲將她整得很慘，這是因為她的行為不夠光明正大。但，要是她在海鮮櫃位上班，那看海鮮們就是天經地義的了。只要考進Ｃ大，不僅可以天天調戲各類海鮮，回家後還有屈雲這塊上等牛肉等著自己，神仙的日子也不過如此。因此，悠然大著膽子，瞞著屈雲，報考了Ｃ大。

而現在，東窗事發了。不過，反正名已經報了，就算屈雲有通天本領也不能更改。但因為不想每天看著他的冰塊臉，悠然便忍讓了許多——平口遇見屈雲要求滾床單，她總是抗拒抗拒再抗拒，但事發以來，只要屈雲餓了，她不敢說個不字，立馬自動剝光衣服任他吃。如此溫順謙恭，但效用卻不大，屈雲看上去還是挺生氣的，最明顯的表現有三處——一，他總是搶悠然的番茄牛腩速食麵吃；二，他默不做聲地將做肉團的次數增加了一倍；三，他開始從物質上虐待悠然，就算她生病了，也不給藥吃。每年冬天，悠然總會例行性地感冒，十二月份時，她中招了。悠然本來想要屈雲替她買點感冒藥，但屈雲卻說什麼也不買。最後，流著鼻涕的悠然怒了：「屈雲，你是要眼睜睜看我死嗎？」屈雲伸手梳了梳她的頭髮，輕聲道：「我們家……已經沒錢買藥了。」悠然：「……」

不過，屈雲還不到喪心病狂的地步，雖然不給藥吃，但還是細心地照顧悠然，給她熬雞湯，給她暖被窩，給她剝橘子。在食療之下，悠然不藥而癒了。

終於，來到了一月份，研究所考試來臨。悠然並不很擔心，畢竟她可是拚了老命複習的，有很大把握能考上。到了那天，悠然脖子上套上護身符，手上掛著幸運手鍊，雄赳赳氣昂昂地準時來到指定地點考試。試卷發下來，大略瞄了一眼，心也安了下來，難度對她來說，不大。凝神吸氣，提筆才做了兩道選擇題，忽然旁邊女生身上的香水味飄來，本來是優雅的氣息，但不知為何一股暖流忽然湧上喉頭，還不來及做任何反應，居然「哇」的一聲吐了出來，這是悠然一生中最丟人的時刻。她那被胃液腐蝕得面目全非的早餐，全都躺在地板上，散發著令人不太舒服的氣息。在所有人異樣的目光中，悠然縮成了一團。上午的考試考得比吐出來的那些東西還糟糕。中午，悠然飯也不敢吃，準備買點見效迅速的胃藥，免得下午也考得慘不忍睹。但屈雲聽聞後，固執地硬要拉她去醫院，悠然拗不過，只能跟隨。中午醫生要休息，屈雲便要家中女王打了通電話給相熟的醫院長官，麻煩派醫生在診間等候。去的時候，醫院裡的人很少，與平時的人滿為患形成鮮明對比。

悠然被屈雲拉著進了電梯，三樓時，電梯門開，進來了一個穿白袍的醫生。一開始悠然並沒太在意，但仔細一看，這人的背影有些熟悉，再仔細一想，哎呀，這不就是古承遠綁架自己時，那個見死不救、被她砸了後腦勺的鐵達尼號嗎？悠然怒氣噴發，兩個鼻孔氣得噗哧噗哧鼓脹。鐵達尼號感覺到背後的異樣，轉頭，看清悠然，臉紅了紅；再揚起頭，看清屈雲，因羞愧而泛紅的臉，

「刷」的一聲白了。還沒到達要去的樓層，鐵達尼號便像溜煙似地打開電梯，「咻」一聲跑了。悠然趕緊向屈雲訴說鐵達尼號的罪行，可是看屈雲神色似乎是明瞭一切的樣子；再想到，剛才鐵達尼號看他就像看見鬼的模樣，悠然知道內裡必定有料。禁不住她的詢問，屈雲終於坦白，原來當時悠然失蹤，屈雲動用了許多關係，終於查到古承遠在山中有套別墅，趕緊火速前往。而在門口，恰好遇見了頭破血流的鐵達尼號，並且得知悠然受傷，於是，「便對他使了一點小小的手段，以此洩恨。」究竟是怎樣「小小的手段」，能讓鐵達尼號這會兒再看見屈雲時神色如此失常，悠然一輩子也不想知道。還是少瞭解屈雲的陰暗面比較好，否則，以後都不敢惹他了。

出了電梯，走著走著，悠然覺得有些不對勁：「腸胃科不是在這邊吧？」屈雲道：「相信我。」悠然點頭：「好。」但三十秒後站在婦科診間門前，悠然突地驚覺自己剛才的那個「好」字有多麼腦殘。悠然質問：「你要我相信你的！」屈雲面不改色：「我只是要妳相信我，並沒有說妳應該相信我。」悠然捶胸頓足，這個男淫，他不是淫啊！屈雲才不管她的戲劇化大動作，直接將她按到醫生面前。此舉讓悠然考試考得渾渾噩噩的大腦，頓時炸出了一片清明，她帶著哭腔道：「屈雲，這兩天我可禁不起你開玩笑！」屈雲站在悠然背後，把手放在她肩膀上。醫生問：「上次的月經是什麼時候來的？」屈雲道：「十一月上旬。」醫生問：「最近有避孕嗎？」屈雲道：「完全沒有。」醫生問：「這段時間有什麼症狀嗎？」屈雲道：「胃口變了，以前愛吃辣的，現在愛吃酸的，時常感到疲倦，沒有力氣，今天早上還吐了。」聞言，悠然如五雷轟頂，劈得她支離破碎。是的，這兩個月她的大姨媽都沒有來，每天複習時總是拿著話梅吃，而且睡覺時間明顯變多，但悠然因爲太過於投入複習，根本就沒注意到這些事。最重要的是……他們明明每次都有用套套！上個月不是才抬了兩箱放在床底慢慢用嗎？但屈雲卻對醫生說沒有避孕，也就是說，一切，都是他在作怪！在得出這個結論的過程中，茫然的悠然已經被拉去做了一連串檢查，結果很快出來——她，光榮地中招了。

自然，下午的英語考試，比上午還慘。那聽力測驗，悠然聽見的每個單字都是一個音——baby。晚上回到家，悠然摔了桌上的杯子，用清脆的聲響來表達她的無比憤怒：「屈雲，你給我說清楚！」屈雲氣定神閒地端了一盤西湖醋魚走來，鮮美甜酸，引誘得人口水直淌：「天大的事先放一旁，吃了再說。」雖然恨不得一口咬死他，但悠然的肚子沒骨氣，還是屈服了。吃了菜，喝了雞湯，吃了水果，悠然摸摸胃，再次站起，指著他的鼻子罵道：「屈雲，你個比下水道美人魚還噁心的傢伙，老實交代，是不是你故意在套套上戳洞！」屈雲不以爲恥反以爲榮：「是。」說著，又將鮮榨果汁放在悠然面前。悠然問：「這麼早讓我懷孕，是不是爲了阻止我考進C大？」屈雲閒閒回答：「是。」說著，又將厚厚的毛毯搭在悠然身上。悠然問：「這些事情，是不是從十一月就開始計畫的？」屈雲道：「是。」答案不言而喻。悠然忽然站起身子，毛毯順勢掉在地上，冷聲道：「屈雲，你就這麼有把握事情會按照你的預想進行？」屈雲問：「妳想說什麼？」悠然賭氣道：「我也可以不要他的！」屈雲微慍：「李悠然，話說出口之前要仔細考慮清楚。」房子裡本來很暖和，但屈雲的身體邊緣卻漸漸生出了冷寒之氣。悠然回道：「地球又不會整天圍著你轉，我也不會每次都按照你的要求去做！」看見屈雲的怒火，悠然感覺到報復的爽意。狠話撂完，悠然「蹬蹬蹬」跑上樓，關上臥室門，睡覺去了。

沒睡兩個小時，便被一股強烈的壓迫感驚醒。睜眼，居然看見了女王。不知何時到來的女王坐在悠然床邊，見她醒了，便伸手撫摸她的肚子，幽幽說道：「悠然啊，我的寶貝孫子可就交給妳了，倘若他有個什麼三長兩短，妳……」後面的話女王沒有再說下去，但那效果卻比說了還要恐怖一萬倍。女王施施然離開後，換校長來了。那張包子臉笑得快裂開了：「李悠然同學，安心地生吧，我保證，畢業證書一定準時交到妳手上。但有個條件，得拿孫女來換。」一個要孫子，一個要孫女，悠然欲哭無淚，大概得生個人妖才能滿足他們的要求了。這廂還沒弄完，悠然的父母不知從何處得到了消息，從美國打了電話來。李明宇一把鼻涕一把眼淚地哭勸道：「我辛苦了這麼大半輩子，好不容易才掙出個外孫。悠然啊，妳怎麼忍心讓我白髮人送黑髮人！」悠然開始頭痛，拜託，她肚子裡那個也不過是個肉團而已啊。白苓倒沒有埋怨，反而很理解悠然的決定：「妳這麼年輕，根本還沒有心理準備，再加上讀研究所的心願也還沒達成，所以，媽媽會支持妳的任何決定……只是，妳和屈雲的孩子一定很可愛……唉。」不得不說，老媽這招以退為進果然是高，一聲「唉」讓悠然覺得自己簡直不孝至極。

其實，不要這個孩子只是悠然一時的氣話，是為了讓屈雲不好受才說的。而現在看來，如果真這麼做了，用不著屈雲出手，她肯定會被雙方父母砍得死得不能再死了。經過一番疲勞轟炸，悠然精疲力盡。此時，幽靜的房間中忽然又響起久違的「叮」一聲。轉頭，在房間門口，悠然看見了屈雲。他，在，微，微，地，笑。就像一隻吃飽的獸，看著爪下正徒勞掙扎的獵物般，悠閒地笑著。

這就是屈雲教給悠然的第二十二課——這個人，從來都是屬禽獸的。

尾聲：好一隻占有慾強大的獸

結婚證書已經拿了，酒席也辦了，悠然正式成爲屈家媳婦。

考研究所，自然是泡湯了，努力了這麼久，忽然被屈雲的一己私心葬送，悠然不服氣啊不服氣。因此，趁著懷孕期間，悠然開始拚命折磨屈雲——每天都躺在沙發上，讓屈雲不停歇地按摩三個小時。晚上，一邊看電視一邊把腳伸到屈雲腿上，要他剪指甲，磨腳皮。買回《大明宮詞》劇本，逼屈雲投入感情地朗讀，否則就不讓他和寶寶說話。凌晨一點把屈雲叫醒，說要吃學校外面的大排檔燒烤，待屈雲買回來了，咬也不咬一口，說聲不想吃，繼續睡覺……無論多麼離譜的要求，屈雲眼睛眨也不眨一下就同意了，除了一件，那就是依舊不准悠然看帥哥。只要悠然有看帥哥的跡象，馬上蒙住她的眼睛，五分鐘後才會放開，那時，連帥哥的衣角都看不見了！

這天，挺著大肚子的悠然和準奶爸屈雲來到校外的超市選購食物，畢竟已是六月份，同學們早已畢業離校，悠然得以不再避嫌。在速食麵貨架前，悠然停下，感慨道：「要不是那包速食麵，我想我們也不會在一起。」屈雲道：「不見得，那時的妳囂張到不行，終歸還是會落入我手中。」這話怎麼說得像在對付死敵？她忽然想到些什麼，問道：「對了，你怎麼會用奉子成婚這招的？」屈雲道：「尤林教的。據說，他就是用這招讓唐雍子安分下來，從此安心成為尤夫人。」原來尤林也是壞人啊，悠然握拳。

正在這時，悠然眼角瞥見一個帥哥的影子，口水都還沒來得及分泌，眼前一黑，又被屈雲蒙住了眼睛。掙脫他的手，悠然不快：「爬牆只是說笑的，又不會眞的去爬，你怎麼就不能對我有點信心？」屈雲推著購物推車往前走：「諒妳也不敢爬牆。」悠然問：「那你幹嘛不准我看帥哥？」屈雲繼續推著車往前走，身影頎長筆直。悠然站在原地，開始耍賴：「你不說，我就不走了。」屈雲的腳步不停，只輕輕飄來一句話：「要不是在乎，誰管妳看誰？」悠然愣了愣，半晌，嘴角慢慢地、輕輕地上揚了。要不是在乎她，哪裡還有閒心管她是不是在看帥哥？屈雲走得並不快，是她這個孕婦三兩步就能趕上的，而事實上悠然也這麼做了，她上前挽住了他的手，慢慢往前走。

該怎麼說呢？一不小心挑到了一隻獸，雖然不好對付，但至少是隻愛自己、而自己也愛的獸，這就夠了。想及此，悠然將屈雲的臂膀握得更緊了。回去，繼續調教，或者……被調教吧；話說，與獸作對的日子，其樂無窮。

Side Story

屈雲番外：愛上甜味棉花糖

這是屈雲上任的第一天，他從沒想過會成爲白家軟趴趴老頭學校裡的一名輔導員。本來是想去C大的，沒想到那老頭已經笑嘻嘻地向他認識的所有校長打了招呼，要他們千萬別錄取自己。莫可奈何，只能就此待下。雖然妥協，但老頭也沒贏，在自己的挑唆下，老媽命令這老頭睡了一個月的陽臺，凍得他眼淚鼻涕直下，實在是……大快人心。

一邊想著，屈雲一邊走上講臺，開始自我介紹，以及交代新學年的任務。在一眾女生的愛慕目光下，屈雲卻發現，這個班有一個人未到。並且，根據男女生的總人數推斷，那個膽子肥的，還是個女生。不想打草驚蛇，他並沒有點名，只是暗暗將前來集合的四十多名學生相貌記了下來，決定明天憑著自己出色的記憶力，以及手邊所有學生的資料與照片，查出那個膽肥的究竟是何方神聖。

學院集合結束後，屈雲離校回家，途中，進了超市準備買些料理包、即食品。首先便奔到速食麵貨架前，尋找他最喜歡的番茄牛腩口味。但孽緣，眞眞正正的孽緣，這種口味的速食麵竟只剩下最後一包，並且在他伸手去拿時，另一隻手也同時握住了它。那隻手比他的小上許多，秀氣，指甲短短的，很整齊，塗著透明的指甲油，在燈光下微閃。抬頭，看見一年輕學生模樣的女孩，長髮及肩，沒有燙髮，也沒有拉直，帶著點自然鬈，有點像……他以前養的那隻貓的毛髮。接著，他們同時放手，再同時伸手，到最後，屈雲也不知怎麼回事，忽然很想和這個女孩爭搶。可能是因爲她臉上的表情吧，居然把一包速食麵看得如此珍貴，活像要用自己的生命來捍衛似的。屈雲很好奇，她究竟會爲一包速食麵做到什麼地步，他想看看。但那女孩肚子忽地發出「咕」的一聲，融化了他們之間的僵局。看著那張紅得像番茄的臉，屈雲決定還是不要將她往死路上逼好了。於是乎，他放棄了那包番茄牛腩速食麵，轉身，離開。這是屈雲第一次察覺，原來，自己也是有人性的。然而，第二天屈雲便發現自己的人性用錯了地方。他查出，昨晚那個膽肥沒來集合的，就是在超市裡和自己搶速食麵的女孩——李悠然。

屈雲永遠地記住了李悠然這個名字。因爲她不僅上星期沒來集合，這個星期也同樣缺席。而且，在超市中，屈雲又碰見了她。不去集合，反而在這兒慢條斯理地選購食物，實在是朵欠揍的女子。屈雲決定對她小施懲戒，下一刻，他便將所有番茄牛腩口味速食麵通通搬上了購物推車。可是他忽略了一件事，一包速食麵便能讓她付出性命，那麼十多包更足以讓她做出任何事情。當屈雲被那名中年婦女扇了一巴掌時，他決定，要折磨李悠然到死。

李悠然這孩子似乎是嫌自己的命太長，因爲接下來的兩次集合，她照舊失蹤。屈雲非常希望李悠然是九命貓妖，因爲，一條命，是不夠他玩的。第五次集合，李悠然終於來了，在發現他是自家輔導員後，那張臉活像一道彩虹，紅橙黃綠藍靛紫，變化迅速。到最後，她恨不得能將腦袋鑲入課桌中，永遠不抬起。屈雲慢慢地玩耍著，一開始照舊不動聲色，待她以爲一切過關無礙之時，才突地刺出一刀。

「第一週，李悠然無故缺席。」

「第二週，李悠然無故缺席。」

「第三週，李悠然無故缺席。」

「第四週……無故缺席者，李悠然。」

他緩慢地念著，彷彿是在片切烤鴨，一下一下，將一隻肥油大鴨切成了光骨架子。到最後，在全學院學生的注視下，李悠然已經死過了一遭。但是，不夠，絕對不夠。接下來，在無數次選修課堂上，在運動會上，屈雲都成功地讓李悠然這學生理解到生不如死的滋味。然而出乎意料的是，她毫無求饒跡象，就像一根堅韌的草，無論怎麼推，無論怎麼折，都斷不了。並且，她也不是一味忍讓，在他沒有防備的時候，偶爾也會出些新奇怪招，挫挫他的銳氣。因爲有李悠然的陪伴，屈雲覺得這學期過得特別快。

學校放假後，屈雲的日子過得挺無聊的，基本上，每天都待在家裡當宅男。他開始想念那個好玩的學生，李悠然。要是有她在身邊任由自己蹂躪，日子過得可就舒心多了。上天似乎聽見了他的祈求，沒多久，便讓他在超市中的老地方遇見那個天生注定被他蹂躪的傢伙。看她的模樣，想必是和家裡鬧了彆扭；也就是說，她現在已經是一個無家可歸的窮學生。當即，屈雲用免費的食宿將這個玩具給誘騙了回家。屈雲喜歡看李悠然爲食物而低頭的樣子，那一聲弱弱的貓叫讓他心情十分之好。然而幾秒鐘之後，屈雲發現的一個事實卻讓他的心情跌到谷底……李悠然，竟然是古承遠同母異父的妹妹。

古承遠，是他永遠也不想提起的名字。那個千方百計接近自己、讓他掏心掏肺與之成爲好友的人；那個用最赤裸的方式，讓他看見背叛的醜陋的人；那個只因看不慣他有個關心自己的母親、便計畫了一切的人……那個他最恨的人。而面前的李悠然是他的妹妹，親妹妹。如果她受傷，那麼古承遠也會難過吧。但這個想法，卻在看見李悠然的腳因爲踩上廚房地板碎片而流血時，很自然地打消了。李悠然是無辜的，在爲她包紮傷口時，屈雲這麼想。

收留仍在繼續著。一場大雨，改變了他們之間的關係。「乾脆我們倆來交往吧。」李悠然這麼提議，故作毫不在乎，似乎像在問「今晚是吃魚還是紅燒肉」那般自然。只是，她的耳朵，紅得透了明。屈雲答應了，口中說出的那個「好」字，是他心中的陰暗。他明白自己之所以答應，是由於李悠然和古承遠的關係，他並不覺得自己已經愛上了李悠然。究竟要對她做什麼，屈雲也不清楚。

兩人是交往了，但屈雲並沒有對悠然做出什麼男女朋友應有的舉動。屈雲不是隨便的人，或者說，他有感情上的潔癖，無法與不是自己喜歡的女人進行身體上的接觸。但關係確定後，屈雲看見了李悠然的另一面。看電影時，她一雙眼睛賊溜溜地轉悠，總想著該怎麼吃他豆腐；她總是用自認含情脈脈、實則瘆人的目光看著他；回到她家，第一時間就打電話來，彷彿害怕他忽然消失一樣；無論對她多麼冷淡，她卻仍像一團火，永遠也熄不滅，並總是像糖一樣黏在他身上，散發著微甜的氣息，像是……暖暖的棉花糖，靠近了，有種讓人不捨的溫暖。因此，當一坨原本二十四小時黏著你的棉花糖忽然無消無息失蹤兩天後，屈雲感到有些不習慣了。

打電話去棉花糖家，卻得知她和一位男性友人去了華山；膽子眞是夠肥。屈雲當即收拾行李，沒有一分鐘的停留，直接趕赴前去捉姦。只是，那名男性友人原來只是李悠然的閨密。李悠然開心地笑道：「男朋友，你吃醋了。」一雙笑眸映著天上的白雲，她輕輕捏著他的臉頰，手指，暖和柔膩。吃醋？屈雲猛地一驚。自己這是在做什麼，應該只是一場戲罷了，爲什麼當了眞？「我不是吃醋，我只是不想自己的東西被別人染指。」屈雲用這個原因反駁李悠然，反駁自己。

既然都來到華山了，那就繼續往上爬吧。但李悠然平時看起來挺強悍的，活像一枚原子彈都傷不了的樣子，此刻卻累得連氣也喘不過來。屈雲沒有多想，握住了她的手，拉著她往上爬。這是他們第一次牽手，屈雲並不覺得抗拒，反而覺得兩隻手握在一起很和諧，很完整。

終於，在朝陽峰上，李悠然大聲喊出了心中的話。她說，她喜歡他。雲霞籠在她的臉上紅融一片，她的臉頰潔淨光滑，她的嘴角沁著微笑，她的眸子倒映著的全是他的影子。他彷彿就是她的一切，她將自己的所有都解剖給他看。這個單純的、偶爾狡猾的、總是帶著甜味的女人。屈雲吻了她，沒有經過任何思考。他只是想吻，就像看見自己喜歡吃的食物，伸手便拿來吃。吻完後，他並沒有後悔，因爲，這個女人很美味，是他喜歡的味道。李悠然這傢伙總是想著要如何將他吃乾抹淨，並且毫不掩飾這種齷齪不道德的想法。她心裡的每件事都逃不過屈雲的眼睛，他喜歡她的這種單純，嗯，很喜歡。

開學前幾天，李悠然和他通話時，語氣裡帶著一種竭力隱藏的興奮。其實，她的模樣很明顯向屈雲表達了一個意思——我，要偷偷提前來看你了。查詢了火車時刻表，屈雲準時在火車站接到了李悠然。她臉上那種計謀落敗的懊喪，讓他心情很好。這女人是經不起餓的，於是，屈雲主動提出要帶她去吃飯。豈料，她選擇的館子居然是以前和某個男友來過的；意識到這點，屈雲覺得今早吃的八寶粥裡的棗子似乎還梗在咽喉中，下不去。越想，越不痛快。因此他在李悠然愛吃的冰淇淋裡放了一勺鹽做爲懲罰。而這次，他不得不承認，自己確實是在吃醋。

其實他打從內心對李悠然是放心的，因爲這個女人滿心滿眼都只有他。說得更赤裸點，她所有腦細胞的每日工作，就只是思考著該怎麼把他拖上床去。但，他還是喜歡吃她的醋，因此當看見這個女人在光天化日毒辣日頭底下，調戲那幼齒暴躁的大一新生龍翔時，屈雲便從站立已久的樹蔭下走出來，再次懲罰了她。因爲他已經將她看成了自己的東西，就在還來不及意識到的時候，他甚至漸漸忘記了這個女人是古承遠的妹妹。

就在這時，唐雍子回來了，約他在咖啡館見面。她說，她後悔了；她說，她和他才是最合適的一對；她說，她之所以會背叛他，只是因爲感受不到他對自己的在乎，只是爲了報復他；她說，希望他能再給她一次機會。但屈雲的回答只有一句，抱歉，我已經有女朋友了。他這朵花已經插在李悠然的身上。沒想到，這件事被李悠然那名時常去斷背山和別人放羊的男性閨密看見了，並向她告了密。看著李悠然緊張的樣子，屈雲覺得很愉快。對付她，只消三言兩語，便能成功將話題岔開。

只是，經過唐雍子這一攪，那件生命中遭到恥辱背叛的傷害，那個他痛恨的人又開始在他腦海裡浮現。有時候，看著李悠然，屈雲會不自覺想起古承遠，想起那些傷害。而且，他親眼看見古承遠來看她，那個似乎沒有心肺的男人，似乎很關心這個妹妹。想到他們之間的血緣關係，屈雲的心裡很煩亂，而李悠然卻不怕死地在這時候撲到自己身上。這一次，他反攻，品嘗了她。他需要她的甜味與溫和，來壓住那些無名的煩躁。然而在最後一刻，他停了下來。他不想傷害她，現在他們的關係是一團亂麻，在弄清自己的心之前，他不能對她做出不應該的事情。因此，屈雲果斷起身，離開了李悠然的寢室……柔軟的，帶著一絲甜味，那是，李悠然的身體。

在那之後，他的心情因爲李悠然的小動作而變得稍稍好轉。她似乎聽了某個狗頭軍師的話，開始製造自己和龍翔的緋聞。雖然李悠然儘量減少和他見面，儘量裝出冷淡的樣子，儘量表現出已經移情別戀的模樣，但屈雲還是看出了端倪。因爲，她看他的眼神依舊如此窮凶惡極地想將他生吞活剝。瞞不了的。屈雲很輕鬆地站在一旁，看她導演一場好戲。

話說李悠然雖鬥不過他，但對付龍翔倒是絕對的心狠手辣，看得屈雲……怪高興的。因此他便配合了幾下，讓李悠然認爲自己眞的吃了醋，而且還是山西的老陳醋。接著，屈雲打了電話要李悠然來談談，看著她臉上那股強壓下來的得意，他也強忍住笑意，說道：「我們分手吧。」頓時，李悠然活像被火燒了屁股的猴子般，急得跟什麼似的，一五一十將所有計謀都說了出來，甚至，她的眼睛，都有些泛紅了。屈雲很欣賞李悠然的著急，因爲她的表現讓他眞眞切切感受到，自己在她心中是很重要的。知道眞相後的李悠然整個人撲倒在他身上，但屈雲對她的碰觸一點也不覺得反感，他似乎很喜歡她依偎著自己的動作。

那次，李悠然第一次收起了她的開朗，寂寂地說出了眞心話，她喜歡他，在乎他，需要他的保證。可是，屈雲卻給不出來。如果李悠然只是李悠然，那該多好。那是第一次，屈雲在怨恨，怨恨上天竟將她和古承遠牽扯上血緣關係。他問：「也許，我不是妳想像中的屈雲，那時候，妳還會喜歡我嗎？」一旦李悠然發現他之所以答應開始這段關係，只是抱持著想傷害她而報復古承遠的想法時，她是否會一如既往地喜歡他？李悠然道：「如果是這樣……我會變得和你一樣壞，這樣，我們就相配了。」他想像過她的很多種回答，但從未料到是這一句。她一心一意想要的，就只是和他在一起。她掏心掏肺，將自己完全不設防地放在他面前。這個女孩子眞的很蠢，蠢得……讓屈雲忍不住想將她摟在懷中，狠狠地吻住。

之後，屈雲漸漸發現自己開始對李悠然妥協。比如說，她把不喜歡吃的蔬菜放進他碗裡時，他不再強塞回去，而是很自然地吃掉。比如說，她把自己的腿放在他身上時，他不再推開，而是任由她自由舒展腳丫。再比如說，她提議要他陪著坐火車送她到家門口，接著再自己搭車回來時，他也答應了。在火車上看見他，李悠然很開心，像隻溫順的貓將腦袋枕在他肩上。那一刻，他轉頭，看見車窗玻璃上清晰映著自己嘴角的笑。但接下來，李悠然的一席話讓他的心沉了沉：「如果你做了很對不起我的事，我就什麼也不做了，不再喜歡你，不再在乎你，不再想你，不再看你。」他不願想像那一天的到來。儘管話題很快就被他有意岔開，但屈雲的心底仍舊沉沉的。幸好，李悠然隨即又解了他的煩悶。她想要他陪著回去見父母，這根本就是一句玩笑話。屈雲自然明白，就算借給她一百個膽，李悠然也不敢將自己勾搭上輔導員的事情告訴父母。但，屈雲答應了。果然，李悠然騎虎難下，一邊著急地扯自己的頭髮，一邊還必須佯裝鎮定地與他周旋。看著她光潔額頭上越來越密集的汗珠，屈雲忍不住想笑出聲來。最後，仍舊是李悠然求饒。看著她可憐兮兮的模樣，屈雲決定放她一馬。但臨要離開時，她忽然跑到旁邊的樹叢中貓著腰，對他招手，一雙笑眼彎成了月牙，臉頰上全是樹蔭的綠蔭萌動。她在求吻，毫無心機，像是璀璨的水晶。在這一刻，屈雲確信，他比她更想接吻，於是他這麼做了。吻完後，神清氣爽地目送小女友上了樓。

但老天爺這天似乎特別喜歡看他心情跌宕起伏，才剛轉身，屈雲便看見他生命中的黑暗點，古承遠。「過得好嗎？」古承遠笑著問出了這句話，語調很自然，根本就不像遇見一個曾經被他傷害過的人。屈雲反問：「你希望的答案是什麼？」古承遠笑而不語，那笑容卻冰冷而刺眼。那一刻，屈雲對他的恨更加濃烈。他無法理解古承遠的思維，只因為他的母親來過宿舍幾次，幫自己整理了一下東西，只因爲這個，古承遠便處心積慮布置了一個陷阱讓他墜落。更無法回想的是，在兩人成爲朋友的那段時間裡，當自己眞心待他時，古承遠又是如何在暗處對著自己冷笑。那段他曾經珍惜的友情，原來只是一場侮辱。「你怎麼會來這裡？」古承遠的問話讓屈雲猛地清醒過來。屈雲的第一個念頭是，不能讓悠然知道這件事。他半眞半假地回答：「特地來報仇的，你相信嗎？」古承遠笑笑：「隨時歡迎，但今天不是時候。老同學，後會有期。」說完，便沿著李悠然走過的路，上樓去了。屈雲久久站在原地，沒能邁動腳步，他擔心事情會有一些變化。過沒幾秒鐘，李悠然便打電話來，她提到了古承遠的名字。那一刻，屈雲心中一緊，手心瞬間浸滿了汗珠。但李悠然接下來的話讓他大大鬆了口氣——她還不知道他和古承遠之間發生過的事。李悠然囑咐他保密二人關係，而這也正是屈雲要做的。但一想到李悠然和古承遠在一起，屈雲便覺得活像腰上綁了顆定時炸彈，隨時都可能炸出一些眞相。

屈雲按捺不住，沒多久便拿起手機，撥給李悠然，想探探她的口風。可是沒響兩聲，那端便傳來一句冰冷的女聲：「您撥打的號碼已經停話。」李悠然離開時曾答應過他，就算是睡覺也會將手機放在枕頭旁，保持開機，方便他倆隨時通話聊天。唯一的可能，便是……她知道了眞相。她知道他之所以答應和她交往，是因爲和他哥之間的一些過節。因此，她傷心了，生氣了——「如果你做了很對不起我的事，我就什麼也不做了，不再喜歡你，不再在乎你，不再想你，不再看你。」李悠然的話清晰浮現在他耳邊。現在，她就是在實現諾言嗎？整整五天，李悠然的手機都呈現關機狀態。答案似乎已經很明顯了，她知道了真相，她放棄了他。這五天是一場不小的煎熬。

在學校外面的停車場，屈雲遇見了古承遠和李悠然。自始至終，她都沒有再看他一眼。其實，這樣結束也是好的，彼此都沒有陷得太深，趁此時抽離，乾淨俐落。屈雲這麼想著，但腳卻不聽使喚，來到了李悠然宿舍大門外的小樹林站著。他不知道自己在等待什麼，他只是想站在這裡，想再看那個女人一次。一個小時後，李悠然拿著飯盒出來了，站在原地，她看著他，臉上有著疑惑。屈雲想起了五天之前的她，那個臉頰上有著葉蔭浮動、笑得璀璨動人、眼裡全裝著他的李悠然。他懷念那個她。走到她面前，沉默至臨界點，屈雲終於清清嗓子，找到話題：「妳放在我家的書，準備什麼時候拿走？」李悠然的反應讓他重新燃起了希望——她什麼都還不知道。她瞪著雙眼，鼻翼翕動，神情激動而認真：「你是不是在這幾天認識了別的女人，所以想和我分手？我告訴你，你休想，你敢有這個心思，我就……就把你的房子給燒了！」完全是一種占有的姿態，對他的占有；可是，屈雲心甘情願。

危機解除後，屈雲買了手機給她，並要求她隨時開機，只因，他憎惡失去她蹤跡的感覺。李悠然沒變，還是和以前一樣，喜歡黏著他，喜歡趴在他胸前。而屈雲也沒有變，總是對她冷冷淡淡，因為性情如此，更因為喜歡看她被吐槽後、對自己又恨又愛的表情，比如忍不住想撲過來咬住他脖子，可是臨要動口了，卻又捨不得。沒多久，李悠然開始追問他的過去，那些關於古承遠、關於唐雍子、關於那隻貓……那些他不願回想的事情。屈雲總是採取躲閃態度，就連心情也變得不快。幸好之後李悠然的心思都用在複習英語檢定考試上，她很認眞刻苦，甚至到了頭懸梁錐刺股的地步。一切就爲了通過之後，她要對他提出一個要求。看著那段時間她眼底的黑眼圈，屈雲有些警覺，按照她這麼認眞的程度，她的要求很可能不是那麼好應付——「我要你親口說……你愛我，還有，你永遠都不會離開我。」李悠然將臉埋在他肩膀上，說出了這句話；很簡單的一個要求，只需要他動動嘴。但屈雲說不出口，因爲他們之間還有很多事情沒有解決。屈雲從來不會輕易許下承諾，因爲諾言對他來說便是一生一世，是應該用生命去完成的事情，現在的他沒有資格說這句話。他不肯說，於是激怒了李悠然，她奪門而出。可是就像過去無數次那樣，李悠然的氣很快就消了，她從沒有眞正生過他的氣，從不讓他爲難。那晚在濱江路邊，她不顧眾人目光，對著江水勇敢地大聲喊出自己的心：「屈雲，我愛你，我永遠都不會離開你！」她的鼻尖被凍得通紅，看上去很柔弱，可是聲音卻異常堅定。他對她來說，原來這麼重要；而她對他而言，也是一樣的吧。

屈雲生命中最黑暗的一天，便是他的生日。那年生日，他遭到背叛，並親手殺死了自己最愛的寵物。從此，每年的生日，便成了他不願回憶的日子，他不願提起。然而，一向對自己順從的李悠然卻硬要追根究柢。他要怎麼對她說，說他的生日就是她親哥哥傷害他的那天？屈雲心情很不好，語氣也重了，李悠然賭氣離開。這次，李悠然應該是眞的生了氣，因爲一連幾天都沒來找他。

不久後，生日到了，那一天，他喝了酒，很多很多的酒。他醉了，卻沒有得到想要的忘記，那些過往反而一遍遍在他腦海中翻轉。太齷齪，太不堪，太血腥，太刺痛……每一幕都讓他的情緒緊繃到極致。他需要釋放。半醉半醒之間，有人在敲門，那聲音大而急，像拳頭般砸在他沉重的腦袋上。屈雲站起，猛地開了門。門外站著的，是李悠然。她似乎很生氣，口中劈里啪啦吐出了很多字。屈雲沒有回話，他只是堵住了她的嘴。她是解藥，他需要她。在沙發上，火在他們之間燃燒了起來，那場火大得驚人，炙熱而複雜。他們情不自禁，他們身不由己。在最後一刻，她問：「爲什麼，你要我？」是的，爲什麼會要她？爲什麼會在兩人之間什麼都還沒有時就答應和她交往？酒精沒有阻止他的回憶——因爲她是李悠然，因爲她是古承遠的妹妹，因爲他想要報復，是的，他想要報復。那就報復吧，至少，她解了他的毒，她讓他很快樂。就這樣，他要了她。但，清醒後的屈雲並沒有因爲身體的愉悅而放鬆，他的心情沉到了谷底。雖然他們的開始是一場不明瞭的陰謀，但發展至此已經圓滿了。屈雲決定忘記以前的一切，李悠然只是李悠然，是他的女友，是他愛的女人，僅此而已。

放開包袱後，和李悠然在一起的時光變得更加快樂，她總是能逗他開心。而且，這個女人的味道很不錯，他吃上了癮，不肯放手，於是用盡大小手段將她留在自己身邊過寒假。但快樂總是短暫的，沒多久，古承遠找來了。或許有一天，屈雲會親自向李悠然解釋一切，但不是現在。他趕緊帶李悠然到山上滑雪，原以爲會有一個無人打擾、只屬於他們兩人的假期，但唐雍子和尤林卻出現了。在他們的攪和下，李悠然知道了一切。她嘴唇發白，哭至崩潰，讓屈雲不知所措；不知所措，是他這輩子從沒體驗過的情感。他想解釋，但找不到語句——因爲妳是李悠然，因爲妳是古承遠的妹妹，因爲他想報復；那一晚的他確實是這麼想的，他無法否認。他抱著她，他不想放手，但這麼做只會讓李悠然的情緒更加失控。尤林說，再這麼下去，她會哭死。屈雲強迫自己冷靜，他同意讓尤林送李悠然回家。李悠然離開的下一秒，屈雲便想追出去，想用強將她帶到荒無人煙的小島，隔絕世人，只剩兩人生活。

他忍耐著，咬牙堅持著，終於在大年初五那天爆發。再不見她，他會瘋掉，於是他追去了李悠然家樓下。她的情緒平靜了許多，卻始終沒有下樓見他。沒關係，他繼續等。終於，在第二天，她來了，但卻是告知他，她要離開他。那麼決絕。他不同意，也不可能同意，但最後屈雲發現，她看他的眼神竟帶了厭惡。癡纏，不是好辦法，屈雲決定再次冷靜。是他犯了大錯，他要用時間來彌補，「我放妳走。」他這麼告訴李悠然。可是，他清楚記得在山上時，要李悠然發的那個誓——「我發誓，永遠都不會離開你，即使離開一會兒，終究還是會回來。」是的，現在，她只是離開一小會兒。這是對他做錯事的懲罰，他甘願領受，但絕不放手，絕不。

寒假接下來的日子，他詳細計畫著該如何將李悠然重新奪回來——第一步，他遵從李悠然的命令，將她看成一個普通學生，彷彿忘記過去曾經發生在他們之間的一切。而且，他還用一些模稜兩可的話讓唐雍子誤會，要她免費來幫自己的忙……然後，他藏在角落裡，看清了悠然的表情；他躲在啤酒攤旁邊，看著她喝醉，並送她回宿舍。她的心裡，還是有他的，只是，他犯的錯太大，她一時原諒不了。第二步，就是重新開始，就像他們初相識時那樣，盡量向她挑釁，讓一切重新開始。

屈雲的計畫從來都是完美的，然而這一次，卻失敗了。他受傷進了醫院，李悠然卻決然地走了。不久之後，她和那個龍翔在一起。屈雲並沒有太大的擔心，因爲龍翔和她並不合適。李悠然只是在玩一個遊戲，屈雲這麼認爲。然而，他怎麼也沒料到，在那件事發生之後他們竟然眞的交往了。她說，她決定走出來，離開他這座山，尋找其他的棲息地。那一刻，屈雲感到了害怕，腦子裡一直想著她的話，以致於在全學院學生面前呆立了十分鐘。

之後，他做了自己曾以爲一輩子都不會做的事情，他，癡纏了她。然而，她最終還是選擇了龍翔。至此，屈雲覺得自己已經變得不再像自己，但是他無法控制。他甚至用了最卑鄙、最失敗的手段阻止李悠然去機場。終於，李悠然答應考慮。他給她時間，她給他希望。但是，希望再度熄滅，因爲古承遠重新阻隔在他們之間。而這次，古承遠是以掠奪者的全新身分出現，他有了擁有李悠然的資格。屈雲承認，自己是鬥不過古承遠的，因爲他比古承遠正常。古承遠是一個可以用你意想不到的殘忍方式達到目的的人；那殘忍，針對別人，也針對他自己。

果然，古承遠一步步朝著李悠然靠近。如果是別的，屈雲不會和他爭，但這是悠然。思慮許久，終於以退爲進，他假意放棄，實則暗中調查古承遠。他不眠不休，用最快速度掌握了所有證據。但還是慢了一步，李悠然落入了古承遠的手中。李悠然被古承遠劫持、失蹤的那段時間，每一秒鐘對屈雲來說都是一根扎心的針。密密麻麻，將他的心刺得如篩子。他發誓，當李悠然回到自己身邊後，一定要拿繩子套住她，哪裡也不准去。幸而在最後時刻，他救到了李悠然。他們，終於重新在一起。

結局，似乎皆大歡喜，但恢復之後沒多久，李悠然卻打算去C大讀研究所。那個男性荷爾蒙如潮水般洶湧的C大，那個母豬都賽貂蟬的C大。李悠然這麼一去，不知又有多少飛蛾要撲上來。既然她不仁在先，那麼他不義也是理所當然……沒多久，李悠然如他預料的那樣，懷孕了。他用繩子拴住了她，期限是一輩子，或者，還可以搭上下輩子。

New Side Story 1

古承遠番外・新：黑夜裡總會有顆星

不只別人，就連古承遠也覺得黑色是最適合自己的。

回憶起來，他的整個人生都是黑色。不，或許在最初的童年，還混雜著些許彩色。那時他有個母親，一個溫柔纖細的、身上總是帶著微微自然花香的女人，她愛穿長裙，愛披長髮，愛給他做最好吃的蛋糕。每當父親古志因爲一些小事對他施暴，柔弱的母親總會站出來護住他，勇敢對抗父親。那時的古承遠覺得，即使世界毀滅了，只要有母親在，也是完美的。

但有時候，父親暴躁起來，竟會對母親動手，小小年紀的他便暗暗下定決心，要快快長大，成爲一個足以與父親抗衡的人，保護自己，保護母親。但，他們卻沒有等到他長大。有天晚上，母親與父親爆發激烈爭吵，古承遠聽見母親說：「我沒有辦法再和你繼續生活下去，我愛上了另外一個人。」父親重重地扇了母親一個耳光，將她打倒在地。她掙扎許久，站起身，聲音中沒有絲毫畏懼：「全部的財產我都不要，只要離婚。」她的堅決是任何暴力都阻止不了的。

古承遠感到害怕，母親要離開了，這是他唯一的保護者，他不能失去她。當天夜裡他緊緊抱著母親，怎麼也不放手，請求她，求她不要離開自己，就算要走，也要帶著他一起離開。年幼的他無法想像，該如何在一個只有父親的家庭中存活下去。母親鄭重答應會帶他離開，她溫柔的話音寬慰了他焦慮的心，古承遠想，就算以後過得很苦，但只要和母親在一起，他什麼都能忍受。

可是命運是個玩笑王，在這場離婚戰爭中，父親竟拿出了他並非母親親生兒子的證明。原來，他是一個私生子。母親敗訴，失去了他的撫養權，在法院門口，他哭喊著抓住母親的裙子，但父親卻粗暴地掰開他的手，將他們分開。那天晚上，醉酒的父親拿著皮帶狠狠抽打了他：「一定是你，一定是因爲你，她才會離開！現在你也想離開，你們一個個都想離開我，妄想，全是妄想！」之後他被關在房間裡，傷口發炎化膿，整個人發起了高燒，兩天沒有吃喝，要不是爺爺趕來將他送進醫院，可能他早就不在人世。在醫院醒來的那一瞬間，渾身疼痛的古承遠忽然感到很失望——爲什麼，自己還沒有死？爲什麼，還要留在這個世界？

父親離婚後，脾氣更加暴躁，經常爲了一些小事毒打他，有一次甚至將他的頭強行按入水中，在他將要窒息時才鬆開。古承遠逐漸變得沉默，在他的世界裡沒有人可以相信，除了母親。離婚後的母親時常偷偷去學校看他，這讓他的內心尚存一點黯淡的希望之光，或許，有一天她會將自己從那個地獄裡救出來。可是希望很快破滅，母親和那個叫李明宇的男人結婚了，並且有了孩子，一個流淌著她血液的孩子。懷孕而後生產，她能來看他的時間逐漸減少，古承遠一點點明白了……母親，已經不再屬於他一個人。一種強烈的被拋棄與背叛感席捲了他的心，他小小世界裡的最後一點光芒也熄滅了。仇恨一天天在他心底成形，他恨毒打自己的父親，恨拋棄自己的母親，但更恨的是那個奪去自己母愛的孩子。

幾年之後，他看見了她。一個洋娃娃般的小女孩，模樣並不算非常可愛，但眼裡的純眞卻很奪目，奪目到……讓他覺得刺眼。只有那種被父母寵愛的孩子才會擁有這樣的純眞。世界就是這麼不公平，有的孩子一無所有，有的孩子卻一出生便擁有一切。那一刻，他恨透了她。他恨她，可是卻不能表現出來。是的，打她罵她是沒有任何快感的，短暫的疼痛很快就會被寵愛她的父母所安撫。他要的，是讓她不幸福，他要徹徹底底讓她傷心。那一刻，這個黑暗的念頭開始在他心中蔓延，他甚至愉快地覺得，自己餘下的生命將因這個念頭而活存；多好，至少有了活下去的理由，他這麼告訴著自己。

到底要怎樣才能讓這個女孩傷心得毀滅，這需要從長計議。於是他拿出巧克力，引誘這個叫李悠然的洋娃娃。李悠然，多好的名字，只有什麼都有的人才會只期望悠然自得。他剝開巧克力的錫紙，遞到她的嘴裡，洋娃娃猶豫了一會兒，最終咬了下去。然後她抬起頭，對他咧嘴一笑，笑得很滿足，雙眼美目閃出的光彷彿是最亮的星。那瞬間，就連他身體裡最冰冷的一處都感覺到了暖意。只是，他的心太冷，暖意太短，過後便是更深的冷凝。毫無用處。

在他的偽裝下，那個叫李悠然的洋娃娃開始依賴他。他穩而不動，像隻毒蛇般隱藏著，用盡心機待她，終於等到她長大，成長爲一個亭亭玉立的少女。他開始時不時引誘她，以一個男人的姿態。他帶她去酒吧，教她喝酒，教她接吻，他讓她盡情享受這段禁忌關係，讓她深陷其中。他要讓她愛上自己，深深地愛上。因爲只有愛情，唯有愛情，才能徹徹底底毀滅一個女人。他等了那麼久，等到血液開始因過度濃厚的仇恨而凝固，他，終於等到了那一刻。

李悠然的十八歲生日，他帶她去遊樂園，給了她最美的玫瑰色幻想，然後灌醉她。他打算占有她，而後遺棄她，給予她最沉重的打擊。可是進行到最後一刻時，腦海裡卻全是她滿足開懷的笑，有股暖意一點一點地滲透進心裡，渾身像置於水火之中。他下不了手，他弄不清到底出現了什麼問題，他只是忽然不敢面對被自己占有後醒來的她。他停止了，可是報復並沒有停止。

面對酒後醒來的李悠然，他緩緩地說著，每一個字都沾著毒液：「因爲，我恨妳，恨得連碰妳一下都讓我感到噁心。記得上次我告訴妳，我從來都沒有把妳當成妹妹，那是眞的，因爲……從我見到妳的第一眼起，我就把妳當成我的仇人，是奪走我一切的人，是要補償我痛苦的人。」他說著最惡毒的話，做著最惡毒的事，他是痛苦的，她必須也是痛苦的。

如他所願，她崩潰了，接著大學考試失利，她將自己關在房間裡，不吃不喝，有如一具行屍走肉。他清楚，那個夏天，她眼裡令他嫉恨一生的純眞消失了，永永遠遠地消失了。他的目的達到了，因此離開了那個幸福得讓他感到窒息的家庭。但，越是遠離，那個他最恨的人的身影，卻越是清晰地刻印在腦海裡——她輕聲地叫著他「哥哥」；她挽著他像擁有了全世界；她每次看見他，眼裡閃亮得像灑滿了滿天的星。他懷念她，再強的自制力也無法阻止他想見她。

但再見時，她已經變了，看見他有如看著一條毒蛇。沒關係，她躲他就追，他們是注定要糾結一生的。然而屈雲出現了，他曾經的手下敗將，一個有著幸福家庭的男人，他一向不將他放在眼裡。可是這一次，當他目睹和屈雲在一起時的李悠然，眼裡竟閃現那顆久違的星，忽然從骨縫裡透出一絲驚恐——她，愛上了屈雲。李悠然一旦愛上誰，便會毫無保留、全心全意地去愛。古承遠很清楚，因爲他也曾經被她那樣愛過，曾經。果然，即使屈雲那樣傷害了她，她仍舊原諒了他。那麼，她爲什麼不能原諒自己呢？她是屬於他古承遠的，她身上有他最需要的溫暖，這一生他們注定虧欠彼此，注定用彼此償還。

強硬的行不通，他便設局，他無所不用其極，只是爲了讓她重新回到自己身邊。以前的他錯了，錯得離譜，傷害她並不能讓他快樂，眞正的快樂是永遠把她留在身邊。就差那麼一點，他就成功了。可是最後關頭，悠然卻仍舊要離開，她想要的，只是屈雲，再不是他。他沐浴在黑暗裡，想著，冷了那麼久，寂寞了那麼久，只有她的出現像一顆星，劃破黑暗，重要得無可取代。

李悠然這顆星最終還是劃過他的黑夜，他失去了她，被迫去了國外一年，回來時，她已經結婚生子，成了別人的妻子。他時常想起離開前見她的最後一面——她仰起臉，強烈的陽光讓她眼睛微瞇成了月牙狀，臉上有種輕揚的透明笑意：「哥，再見。」如她所說，他們再也回不去了。此後，古承遠只能躲在遠處，看著悠然帶兒子在甜品店裡吃冰淇淋。雖然那孩子長得像屈雲，可是每次吃東西時眼睛總會眯笑得像月牙，很是滿足，像極了悠然。如果當初他放棄報復，或許，這一切都是屬於他的。

每個人的黑夜裡總會有顆星，老天給予他的並非全是黑暗。在最絕望的時候，老天給予了他悠然這顆燦亮星辰，但，卻是他張開手親自將她揮走。

從那刻起，他的人生又陷入了永恆的黑暗。

New Side Story 2

李悠然番外・新：週而復始的一天

鬧鐘鈴響，一隻手顫抖著從柔軟的被窩中伸出，帶著憤恨無奈崩潰種種種種豐富情緒，按下了鬧鐘。

世界安靜了。

早上八點

一聲淒厲的慘叫在臥室中響起——「啊啊啊啊，又睡過頭了，爲什麼每次我都要手賤地把鬧鐘按下去！」隨著這聲慘叫，李悠然像隻被火燒了屁股的兔子快速奔進浴室，只用三分鐘時間便洗漱完畢。幸好年輕，皮膚保養得當，擦上保濕霜便能出門，照樣光潔無瑕，離青春無敵也差不遠。洗漱完畢後，又如打仗般奔到衣櫃前取出最簡單的牛仔褲T恤，褪去睡衣準備換裝。

她的長髮飄忽於光潔的脊背上，勾動得空氣都流瀉出曖昧的氣息。而這一切全被床上那雙眼睛看在眼裡，男人的獸性在清晨開始甦醒。正爲上班即將遲到而焦急萬分的悠然，忽地被一雙狼爪逮住，還沒回過神來，便被拖進被窩裡……蹂躪。

「我……」她的嘴被堵住，狼舌在她口腔內翻湧追逐。

「要……」剛穿上的T恤與牛仔褲也被褪下，毫不留情地丟在地上。

「上班……」內衣被推到胸部之上，男人的舌尖開始在她最母性之處輾轉流連，大手略帶粗魯地揉撚著，胸如白色的海浪般在他的大掌之間翻湧，看似溢出，卻總是被囚禁。

李悠然終於爆發，用盡全力將壓在自己身上的丈夫推開：「屈雲，這個月你已經害我遲到兩次了，今天絕對不行，快給老娘死開！每次都是看我快遲到了還想著做這件事，你太邪惡了！」李悠然錯估了屈雲，對他而言，這舉動壓根搆不上邪惡的一根腳趾頭。正當她還來不及說出下一句話，屈雲便做了眞正邪惡的事情，他的手，伸入了她的下體。

李悠然先是感到一陣突如其來的猛烈刺激，帶著些微的痛楚，沒來得及等她抗拒，手指便開始了自主的魔力動作，情色的技巧律動讓她快速濕潤，而那陣陣的顫慄從腳底直接傳遞到腦部，所有的清醒瞬間消失，她唯一能做的便是緊抓住他，像在大海中抓住最後的浮木。屈雲的手指在她的身體裡勾引，而他的唇舌在她的肌膚之上流連，雙重夾擊下，李悠然只覺得自己彷彿身在雲端，所有感官舒適得失靈。屈雲看著身下赤裸的李悠然，她臉上的潮紅，她嘴畔隱忍的嬌吟，她白皙肌膚下的激情……一切的一切重疊起來，讓他再也無法忍耐。一個動作，他進入了她。

結婚三年，兩人床事無數，可是無論做了多少次，他總是不滿足。先是沉穩的律動，欣賞著悠然咬唇難熬的嬌羞神態，之後當快感來臨，便如野獸般盡情衝撞，壓榨出最後一滴精力。

在慾望巔峰即將到來之時，李悠然自情慾濃霧中掙扎出來：「不行，那個沒有了，不能射在裡面，會出事的。」說著便想推開他，但小白兔哪裡是野獸的對手，屈雲重新將她制住，然後，淋漓盡致地將自己的所有……灌輸給了李悠然。

正癱在她身上時，屈雲用還沒完全散去慾望的聲音，道：「妳本來就欠我個女兒，是時候還債了。」

早上十點～十二點

花了好幾張大鈔搭計程車，最終還是遲到了。

看著老闆葉小密的臭臉，李悠然很是無辜。葉小密怒火焚燒：「李悠然，妳今天可是創了歷史紀錄，遲到了一個小時，生孩子去啦！」悠然心想，不是生孩子，是造孩子。

葉小密大學畢業後，財運好得不得了，三年內就開了間自己的公司，李悠然生完兒子後就來這裡上班幫忙，爲事業而奮鬥。知道自己錯在先，李悠然一整個上午辛勤工作，還奉獻了無數帥哥直男的聯繫方式供葉小密荼毒、誘逼轉性，這才讓葉老闆展開笑顏。

這個社會，不容易啊。

中午十二點

出外覓食，李悠然在速食店裡狼吞虎嚥，替早晨的有氧運動補補氣血體力。

中午十二點半

接到屈雲電話：「回家路上，記得去買驗孕棒。」李悠然氣得將手中的漢堡當成屈雲的腦袋，咬了下去：「就算有了，也不會這麼快！你當自己是神槍手啊！」

下午一點半

李悠然來到藥妝店，不是買驗孕棒，而是買避孕套。好不容易熬到兒子屈天天三歲，剛送進幼稚園，剛有了自己的精力和時間去創造事業，哪裡能被另一個小屁孩攪亂呢？

正要結帳時，屈雲又打了通電話來：「不要妄想買避孕套，我不會用的。」李悠然將避孕套放下，剛剛將手伸向避孕藥，屈雲冷幽幽的聲音又從話筒那端傳來，「就算妳買了藥，也會被我神不知鬼不覺地換成維生素。」

李悠然徹底崩潰，敢情自己嫁了個千里眼啊！

下午二點半～五點

李悠然繼續努力工作，中間接到數通屈雲的電話，以確定自己老婆的行蹤。

下午五點

下班，到幼稚園接兒子屈天天放學。路上，母子倆吃了無數的零食。李悠然囑咐：「兒子，等會兒千萬別告訴爸爸我們吃了零食，否則他會生很大很大的氣的。」屈天天舔著手指上的糖，一張唇紅齒白的臉和屈雲簡直是一個模子印出來的：「可是，爸爸沒有生氣過啊。」你老爸生氣起來，在臥室裡對你老媽做的慘無人道事情，你當然不會看見！李悠然咬牙切齒。

迫使兒子答應不說後，李悠然又開始洗腦：「天天啊，爸爸悄悄跟我說想要給你個妹妹，就是那種整天流鼻涕跟在你背後、跟你搶玩具搶零食搶爸爸媽媽的生物，你想要嗎？」果然，屈天天一張小臉頓時憋屈得快要擰出苦水來。李悠然步步引誘：「不要也可以啊，你就去跟爸爸說，你不要妹妹，只要你一個。但是，千萬別說是媽媽跟你告密的啊。」

屈天天完全上當。

李悠然很是欣慰，還好，兒子的智商混合了自己的，否則不好騙啊！

晚上六點

回家後，一頓美味大餐已經擺在桌上，有松鼠桂魚，清蒸蝦，燒茄子，炒青菜。色香味俱全，令人垂涎三尺。自從家中有了天天後，屈雲開始狂練廚藝，果然是一頭智商過人的禽獸，沒幾個月便練出了一手絕技，從此家裡廚房的事全被他包辦。

母子倆被美食引誘，完全忘記剛剛已經吃了一大堆零食，最終，肚子塡成了兩顆皮球。

晚上七點

收拾完碗筷後，屈雲帶著天天開始疊積木，父子倆玩得起勁，天天時不時發出咯咯笑聲。

李悠然安心地在旁邊整理著公司資料，正在效率極佳的時候，天天忽然想起放學時老媽說的那番話，眨巴著大眼睛對屈雲道：「爸爸，不要妹妹，只要天天。」屈雲微笑，笑得和藹極了：「天天怎麼知道爸爸要妹妹？」天天剛想開口，但記起老媽的警告，選擇了撒謊：「爸爸你自己說的。」李悠然埋頭敲擊鍵盤，做出事不關己狀。

屈雲眼內閃過一道精光。

晚上八點半

屈雲幫天天洗完澡，換好睡衣，哄他上床，父子倆在房間裡說了一陣悄悄話。出來後，屈雲對李悠然微笑，笑裡藏的不是刀，而是原子彈：「挺好的，把腦筋動到了一個三歲小孩身上。」李悠然剛想喊冤，屈雲立即打斷：「別嚎了，天天已經跟我坦白了。」李悠然啞口，天啊，混合了她的基因，天天這孩子的智商果然不怎麼樣。

屈雲冷靜逼近：「李悠然，妳欠債不還。」野獸逼近，李悠然警覺地一步步移動：「我哪裡欠你什麼？要怪就怪你自己不是蚯蚓，不能雌雄同體。自己動手，生個女兒多好。」屈雲道出一個事實：「李悠然，妳哪一次逃得過我手掌心，勸妳還是認命吧。」李悠然大叫：「再讓我休息一年，一年後，我就生！」屈雲態度堅定：「今天就生。」他說到做到，李悠然下一秒便被逮住，被打横抱起，跨進了臥室。

「救命啊！」李悠然發出慘絕人寰的叫聲，並不斷起義，然後被鎮壓。幸好，在危機關頭，門從外面被推開，天天揉著眼睛，問道：「爸爸，你在欺負媽媽嗎？」李悠然剛想大聲說「是」，嘴卻被屈雲捂住：「沒有，爸爸和媽媽是在幫你製造妹妹。」天天轉著圓溜溜的眼珠想了想，伸出兩根胖乎乎的手指，道：「那我要兩個，爸爸媽媽加油哦。」說完之後，天天體貼地關上門，回房睡覺等妹妹了。

李悠然徹底崩潰：「你居然能說得動他，而且還要兩個妹妹！屈雲，你簡直不是人！」屈雲嘴角微勾，眼內精光微閃：「等會兒，妳就會發現我更不是人的時候。」

那一瞬間，李悠然彷彿又看見當年那個站在超市貨架前，跟自己爭搶番茄牛腩口味速食麵的禽獸老師……還沒來得及回憶完畢，她就被屈雲一口一口吞下了肚。

李悠然的一天，就此結束。

屈雲番外・新：妳是我的番茄牛腩速食麵

屈雲走進咖啡店，俊朗面目與雅致氣質令店內女客人偷偷注目，他逕直走到一面目平凡的溫柔男子桌前坐下，漂亮的眉目微皺。尤林問：「悠然又怎麼惹到你了？」屈雲反問：「怎麼見得是她？」尤林含笑不語，他和屈雲是多年好友，知道屈雲遇事遇人一向冷靜有加，然而偏偏李悠然就是他命中剋星，每每都會讓如冰塊冷靜的他暴走。

灌下一杯濃濃黑咖啡，屈雲開始吐苦水：「天天都三歲了，但她整天吵著要開創自己的事業，還爭取加班出差，簡直是胡鬧。」尤林微笑：「現在男女平等，人人都有追求事業的權利。雍子的公司也說，計畫派她下半年去澳洲分公司那邊工作。」屈雲察覺出了不對勁：「那你就讓她去？」尤林溫和地笑道：「當然。可是，她不久就會因爲懷孕而放棄。」每次一笑，他平凡的五官會霎時變得格外迷人。「你搞的鬼！」屈雲清楚記得，唐雍子生完第一個孩子後，便賭咒發誓說再也不生第二個。尤林但笑不語。

懂得吸取旁人經驗是件好事，從這一刻起，屈雲決定開始製造第二個孩子。可是做為一個當年敢單槍匹馬跟屈雲搶奪最後一包速食麵的女人，悠然也不是省油的燈。面對屈雲的各種暴力與非暴力床上運動，她拚命對抗，試圖將避孕執行到底。幾天下來，屈雲身上光榮地掛了不少彩，屈雲有點鬱悶。李悠然也很鬱悶，雖然早就知道屈雲是禽獸，但這段時間以來他簡直就是禽獸的升級版——發情中的禽獸，整天想的就是如何繁衍更多的後代。

可是屈雲怎麼會忽然變成升級版，這對悠然而言是個解不開的謎。終於在又一次被耕耘被澆灌之後，悠然問出了這個問題。

屈雲的回答卻是：「因爲我對妳當初拋棄我投入他人懷抱的事，始終耿耿於懷，不能釋然，所以必須讓妳用肉來償。」悠然很無奈：「你到底把我當什麼？」屈雲的眼慢慢地睇上：「我把妳當成……番茄牛腩速食麵。」接著，李悠然這包番茄牛腩速食麵又再度被食用。

食用完畢後，神清氣爽的屈雲送兒子天天去上幼稚園，天天一邊喝牛奶，一邊問：「爸爸，妹妹什麼時候才會有？」車上的照後鏡倒映出屈雲微翹的唇：「快了。」

在幼稚園門口，天天踮起腳親了屈雲一口，忽然想起什麼，猶豫了一下，從小書包裡拿出一盒巧克力：「爸爸，昨天有個叔叔送我這個，還要我不要告訴你們。我想了好久，還是覺得乖寶寶不能對爸爸媽媽撒謊。」屈雲輕聲問道：「天天記不記得，那個叔叔長什麼樣子？」一邊接過巧克力仔細端詳。那是最樸實的式樣，長條形，分成許多小格，像一扇扇棕色的小門。天天用盡自己僅有的辭彙努力描述：「那個叔叔和爸爸一樣高，比爸爸還要壯……」越往下聽，屈雲心越冷。

將天天送進幼稚園後，屈雲打了通電話給尤林。好友果然沒讓他失望，半天之後，給了他一個確切的地址。那是一幢位於市郊的別墅，毫無阻礙地，屈雲見到了古承遠。

當古承遠見到突然上門的屈雲時，臉上沒有一絲驚訝表情：「你知道了，比我想像中快。」屈雲將巧克力遞到他眼前：「古承遠，你到底想做什麼？」古承遠反問：「你覺得，我會對你兒子做什麼？你是不是在想，這巧克力裡頭被我添加了什麼。」此刻的他身穿浴袍，手上拿著一杯伏特加，自斟自飲著。屈雲冷笑：「這種事，我完全相信你能做得出來。」古承遠晃動著酒杯，一仰頭，將酒一飲而盡：「沒錯，我古承遠什麼卑鄙的事都能做得出來。我想問你的是，如果我做了，你會怎麼辦？」屈雲雙眸寒光隱現：「如果你真的這麼做了，我會做出連自己也想像不到的事。」古承遠盯著屈雲，忽然笑了出來：「放心，雖然他是你的兒子，但也是悠然的兒子，我怎麼捨得讓他出事？」

屈雲開門見山：「古承遠，你到底想做什麼？」尤林提供給他的消息是，近來，古承遠經常暗中觀察天天以及悠然，此人的居心不得不讓人生疑。古承遠重複說著：「我想做什麼，我想做什麼……我想要悠然重新回到我身邊，我想要天天是我的兒子，我想要你從未出現過。」屈雲冷冷地打斷了古承遠：「這些事，即使是在夢裡也不可能實現。我再次警告你，不要再接近我的妻兒，下一次，我不會留情。」古承遠眼裡有無數毒蛇的信子在遊動：「你的妻兒？屈雲你就這麼篤定悠然永遠都是你的嗎？曾經，她也屬於過我，我是她第一個愛上的男人。」屈雲淡然對峙：「而我則是她最後一個愛上的男人。她一旦決定的事，永遠也不會改變。她決定嫁給我，就永遠不會離開。」古承遠突然舉起空酒瓶，陽光透過瓶底折射出絢麗色彩，他緩聲問道：「那麼你呢，我一直很想知道你對悠然的心。」屈雲反問：「什麼意思？」

古承遠幽幽地說：「最剛開始，你不就是因爲想報復我，才和她交往的嗎？而之後，又因爲知道了事情眞相而愧疚，從此善待她，然後她逃你追……我想問的是，如果她不是我妹妹，你和她也許永遠都處於兩條平行線。你對她，到底是愛多，還是愧疚多？她在你心裡，到底是怎麼樣的一個存在？」屈雲站起身，背對著他：「她是我永遠不能缺少的人。就像你說的，我對她的感情不是一朝一夕形成的，正因爲如此，這份感情可以很牢固。何必計較那麼多，我這輩子只會愛她，她也只會愛我，這就夠了。如果你眞的在乎她，我希望你能離我們遠遠的，這樣，她才會幸福。」古承遠攤開雙手，癱倒在沙發上，閉上眼，光影在眼皮上流轉：「如果我能離開，也不會在這裡出現了。不過放心，我不會打擾你們。可是屈雲，我希望你記得，我永遠都會等著悠然，只要她願意，我會立即帶走她。」「你永遠也等不到這樣的機會！」屈雲說完最後一句話，便頭也不回地走出那間即使在陽光下也同樣陰冷的別墅。

晚上回家後，屈雲做了一大桌菜，但全是兒子愛吃的。天天高興地拿起筷子橫掃碗碟，而悠然卻鬱悶地扒著飯粒；她早上明明要屈雲幫她做松鼠桂魚補身體的，結果這廝居然食言。屈雲涼涼道：「現在不吃，等會兒餓了別叫我給妳煮宵夜。」跟屈雲混了不少年，李悠然也學會了不少暗黑的皮毛：「你這簡直就是虐待，還說要生女兒，說不定我現在已經懷上，等會兒一餓就餓沒有了。」可惜皮毛只是皮毛，屈雲乃是暗黑之宗：「妳究竟有沒有懷孕，我會比妳的子宮更早知道。」悠然無法，只能舉起筷子跟兒子搶食，搶著搶著，忽然想到什麼：「對了，下午你去哪了？我打電話去你辦公室，他們說你請假。」屈雲回道：「我去幫天天找新媽媽，既然妳不肯生，只能麻煩別人了。」這番話成功地讓悠然將飯粒噴到天天的小腦門上。

屈雲不顧失神的悠然，將天天抱到浴室，洗得香噴噴擦乾塞進被窩。回臥室後，發現悠然也同樣把自己的腦袋塞在被窩裡，明顯生著悶氣。屈雲柔柔地說：「都當媽媽的人了，開個玩笑還生氣。」說著，伸手掀開被子，一不留神被悠然反撲在床上，只見她雙目怒視：「屈雲，你到底把我當什麼，生育工具啊？」屈雲攤手：「我今天早上就說了，我把妳當成番茄牛腩速食麵。」一邊說，眼睛卻看著悠然因這番大動作而春光乍洩的前胸。悠然怒得雙目發火，狠狠揪住屈雲的領口：「原來我在你心中這麼廉價！我要和你這個狼心狗肺的分手……」話音未落，悠然便感覺天地旋轉，她瞬間被壓倒在床上，再次被徹徹底底吃了個乾淨。

又被當成速食麵吃了一回，悠然又氣又累，沉沉睡去。迷糊之間，忽聽見屈雲在她耳邊道：「傻瓜，怎麼就聽不懂呢？」悠然還來不及多想便墜入了夢鄉，夢裡，她又回到最初和屈雲相見的場景——超市的速食麵貨架前，他嘴角上揚，俐落而堅定地將所有速食麵都掃進自己的購物推車，他用行動表示著，絕對不讓於他人。睡夢裡，悠然揚起了嘴角，如果紅玫瑰的花語是「熱戀」，那麼番茄牛腩速食麵的物語便是「絕不讓於他人」。

悠然決定醒來後，要對屈雲說一句話：「你也是我的番茄牛腩速食麵。」

（全文完）

作・者・後・記

愛得勇敢

有時覺得，寫作者的話比寫正文還難，所以每次寫的時候總是遲遲不能下筆（好吧，我承認這是在爲自己的拖延症做掩護）。

《愛上傲嬌老師》（原名：《獸類輔導員》）是我在大學畢業、要進入社會那年寫的，算是對大學四年生活的一個童話總結。當年我站在學校大門前，老淚縱橫，悲的並非是再也吃不到美味而便宜的酸辣粉，而是四年最美好的時光裡，竟沒遇見過一個長得稍微周正點的雄性。回家之後，我咬牙切齒，寫下了這部作品。

本書女主角李悠然面對愛情時是很主動的，看對了眼便放手放心去愛，並且愛得轟轟烈烈，毫無保留，撞破了南牆也不回頭。

爲了幸福，有何不可呢？

現代社會，男女之愛不再單純，太多的計較，太多的猶豫，太多的害怕讓彼此錯過，讓感情失色。但李悠然卻像隻注射了興奮劑的小野兔，朝著屈雲那條大野狼直衝過去，雖然她被他的利爪劃傷，但他也被她的熱血融化。

我希望各位姑娘們能像悠然一般勇敢去愛，相信愛情，即使遇見眾多人渣，受了傷，痛苦之後，仍舊要抬腿前進。那些賤人賤事，不過是尋找幸福路途上的荊棘與惡龍，揮劍滅之，最終定能來到城堡，見到王子。

拚命奔跑，華麗跌倒，人山人海，邊走邊愛——這就是我的終極理想。

最後，感謝好讀出版的精心製作，感謝編輯們的幫助和理解，感謝各位讀者的大力支持，我會繼續努力的。

撒空空

二〇一三年三月二十日

國家圖書館出版品預行編目資料

愛上傲嬌老師（2）／撒空空著；──初版──臺中市：好讀，2013.08

冊；　公分，──（真小說；36）（撒空空作品集；04）

ISBN 978-986-178-281-2（平裝）

857.7　　　　102008046

好讀出版

真小說 36

愛上傲嬌老師（2）

作　　者／撒空空
封面插畫／度薇年
總 編 輯／鄧茵茵
文字編輯／簡伊婕
美術編輯／賴維明
行銷企畫／陳昶文
發 行 所／好讀出版有限公司
台中市 407 西屯區何厝里 19 鄰大有街 13 號
TEL:04-23157795　FAX:04-23144188
http://howdo.morningstar.com.tw
（如對本書編輯或內容有意見，請來電或上網告訴我們）
法律顧問／甘龍強律師

戶名：知己圖書股份有限公司
劃撥帳號：15060393
服務專線：04-23595819 轉 230
傳真專線：04-23597123
E-mail：service@morningstar.com.tw
如需詳細出版書目、訂書，歡迎洽詢
晨星網路書店：http://www.morningstar.com.tw

印刷／上好印刷股份有限公司 TEL:04-23150280
裝訂／東宏製本有限公司 TEL:04-24522977
初版／西元 2013 年 8 月 1 日
定價／230 元
如有破損或裝訂錯誤，請寄回台中市 407 工業區 30 路 1 號更換（好讀倉儲部收）

Published by How-Do Publishing Co., Ltd.
2013 Printed in Taiwan

ISBN 978-986-178-281-2

情感小說 · 專屬讀者回函

書名：愛上傲嬌老師（2）

姓名：________________ 性別：□男 □女 生日：______年______月_____日

教育程度：________________________

職業：□學生 □教師 □一般職員 □企業主管
□家庭主婦 □自由業 □醫護 □軍警 □其他________________________

電子郵件信箱（e-mail）：________________________ 電話：____________________

聯絡地址：□□□ ____

您怎麼發現這本書的？

□書店 □___________網路書店 □朋友推薦 □___________網站／網友推薦

□其他____

買這本書的原因是

□內容題材深得我心 □價格便宜 □封面與內頁設計很優 □其他____________

您閱讀此本小說的原因：□喜愛作者 □喜歡情感小說 □值得收藏 □想收繁體版

□其他____

您喜歡閱讀情感小說的原因

□打發時間 □滿足想像 □欣賞作者文采 □抒解心情 □其他________________

您不喜歡哪類情感小說的情節設定

□人人都愛女主角 □女主角萬能 □劇情太俗套 □太狗血 □虐戀 □黑幫

□其他____

最無法忍受的主角人物關係

□父女 □師生 □兄妹 □姊弟戀 □人獸 □ BL □其他______________________

您最常接觸情感小說的方式

□購買實體書 □租書店 □在實體書店閱讀 □圖書館借閱 □在______________

網站瀏覽 □其他____

您喜歡的情感小說種類（可複選）

□宮廷 □武俠 □架空 □歷史 □奇幻 □種田 □校園 □都會 □穿越 □修仙

□台灣言情 □其他____

推薦你喜歡的情感小說作者或作品（多多益善喔）

____

您還對本書還有其他想法嗎？請通通告訴我們：

____

____

請填妥後對折黏貼，直接投郵即可，無須貼郵票。

廣告回函
台灣中區郵政管理局
登記證第 3877 號
免貼郵票

好讀出版有限公司　編輯部收

407 台中市西屯區何厝里大有街 13 號

電話：04-23157795-6　傳真：04-23144188

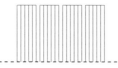

沿虛線對折

填 問 卷， 送 好 書

詳填此張讀者回函，並附上 40 元郵票（寄書郵資），即送您好書

中視八點檔大戲｜傾世皇妃原著小說｜林心如主演

《傾世皇妃（上）一寸情思千萬縷》

定價：250 元

數量有限，送完為止